一
の呪いにかかっても、
王
は恋に落ちません
ほづみ
JN062243
fairy kiss

この作品はフィクションです。
実際の人物・団体・事件などに一切関係ありません。

一目惚れの呪いにかかっても、王太子とは恋に落ちません

fairy kiss

第一章　王子様の呪いに巻き込まれてしまった

リーナは淡いピンク色のドレスに身を包み、ドキドキしながら講堂の入口に立っていた。

本日は六年間在籍したボーフォール学園の卒業式。夕刻より学校の講堂で祝賀会が開かれている。ドアの向こうからは楽しげな声や音楽が漏れ聞こえていた。

日もすっかり落ち、開始時間はとっくに過ぎている。時間ぴったりに来なかったのは、来賓が挨拶しているところにこっそり来て、こっそり帰るつもりだったからだ。

――おかしなところはないわよね。

今一度、リーナは自分の姿を見下ろしてみる。淡いピンクのシンプルなドレス、それに合わせた小ぶりなアクセサリーとハンドバッグ。ここまで羽織ってきた外套(がいとう)は腕にかけている。

ドレスは大丈夫、耳飾りも首飾りも大丈夫。次に髪の毛に手をやってみる。髪飾りも大丈夫。

大人っぽいかっこうは、十八年生きてきて初めてだから、なんだか気恥ずかしい。

それでなくても人が集まるところが苦手なのに、今日は人生初のドレス姿。ドキドキするなというほうが無理だ。

――お、落ち着くのよ、私……。

リーナは重厚な造りの大きなドアの前で深呼吸を繰り返した。

人が集まるところは苦手だ。なぜなら、ボーフォール学園がある、ここベルンスター王国に住んでいるのは、黒髪に青い瞳のベルンスター人ばかりだから。

けれどリーナの髪は銀色で、目は菫色。肌もベルンスター人に比べて白く、ベルンスター人でないことは明らかな外見をしている。

はっきり言って、すごく目立つのだ。

ボーフォール学園は上流階級の娘たちが通う学校である。家柄を重んじる良家のお嬢様たちに、異国人の血が流れている者はいない。異国人の見た目を持つリーナはそれだけで敬遠されてしまう。だから、今までいろんな催し物が開かれてきたが、そのどれにも参加したことはなかった。

下手に参加すると、あからさまに邪魔者扱いされてしまうためだ。こっちだって鋼の心の持ち主ではない。自分と同級生たちの住む世界が違うこともよくわかっているから、交わる気はさらさらなかった。

そんなリーナだが、今日ばかりは好奇心を抑えきれなかった。

なんと、祝賀会に王太子殿下がご臨席されるのである。

——本物の王子様を見ることなんて、もうないかもしれないもの。

実物を見たことがあるクラスメイトたちが「とにかくかっこいい」と騒いでいた。そんな人物が来るのだ、気になるではないか。リーナは明後日には、王都ベルンを去ることが決まっている。今日を逃したら、この国の王子様の顔を直に拝む機会はもうないだろう。

それに、それほどの有名人が来るのならリーナが後ろでコソコソしていても、きっと誰も気づかない。そういう目論見もあった。

――ついでに並んでいるごちそうもつまんじゃおう。

誰にも気づかれなければ、誰にも文句を言われずに済む。

卒業式の時に配られた祝賀会のプログラムによると、そろそろ来賓の挨拶の時間帯だ。そう思っていると、閉じたドアの向こうから大きな拍手が沸き起こる。

来賓が登場したに違いない。

リーナはもう一度深呼吸して気合を入れ直し、そーっと会場に続くドアを開いた。

講堂にいる人々は全員、リーナに背を向けている。予想通りだ。きらびやかに着飾った同級生たちの後ろからその先にある壇上に目をやると、紺色の礼服に、王族の証である緋色のマントを翻して背の高い青年が颯爽と登場したところだった。

言われなくてもわかる。彼こそ、この国の王太子殿下こと、アレクシス・トール・グラナード殿下だ。

アレクシスは笑みを浮かべながら、割れんばかりの拍手と歓声に片手を上げて応える。

「伝統あるボーフォール学園の卒業祝賀会に出席できたことを光栄に思う。皆さん、卒業おめでとう」

辛抱強く拍手が鳴りやむのを待ってから、アレクシスは語り出した。張りのある声が、講堂に響く。見た目を裏切らない、低くてよく通る声だった。

「私はあなた方とそう年齢が離れているわけではないが、それなりに様々な体験をしている。そこから私なりに学んだことを、今日は話したいと思う」

堂々とした態度、話しぶり、人前に立つことに慣れている感じは「さすが王太子殿下」と思わせるものがある。

　一番後ろから見ているからよくわかる。この場にいる全員が、彼に見惚れている。

「――この学園で淑女たるべく学びを受け取ったあなた方は、数年のうちに妻として立派に家を取り仕切るようになるだろう。その時、いろいろと意見をしてくる人も出てくるはずだ。あなた方の時間は限られている。他人の意見に振り回され溺れてしまうことは、大切な時間を無駄遣いしているのと同義だ。だからこそ、自分の心を信じ従う勇気を持ってほしい――」

　なんだかドキリとする言葉だ。

　よく通る声と聞き取りやすい発音、語りかける口調のおかげですんなり耳に入ってくる。リーナもいつしか、アレクシスの挨拶に聞き入っていた。

「――私自身、いつもそうありたいと思っているし、これから新たな人生に踏み出すあなた方にもそうであってほしいと思っている」

　そう言って、アレクシスが挨拶を締めくくると、盛大な拍手が沸き起こる。

――噂通り、素敵な王子様ね。いいものを見ることができたわ。

　わずか数分の挨拶だけでこんなに大勢の人を虜にできるなんて、すごいと思う。

　リーナは満足感でいっぱいになりながら、視線を動かした。右手の壁際に料理が並べてあるテーブルが目に入る。今日の祝賀会は立食形式なのだ。この場にいる人間がアレクシスに気を引かれているうちに、ごちそうを少しつまんでさっさと帰ろう……と、一歩踏み出した時だった。

「あら、リーナ・バートン。よく来ることができたわね」

　一番聞きたくない声がすぐ近くから聞こえた。

バッと振り向くと、リーナのすぐ横に、ドレスアップしたウルリカ・ベルナールの姿があった。

――いつの間に⁉

さっきは誰もいなかったはずだ。

驚くリーナに、ウルリカがニヤリと笑う。彼女こそ、リーナをいじめるグループの筆頭だ。

目と唇が大きなウルリカは、自身の情熱的な雰囲気に合わせてか胸元が大きく開き、腰はきゅっとくびれ、スカート部分が脚に沿うデザインの深紅のドレスを着ている。もともと長身なのに黒く波打つ髪の毛を頭の上にまとめているせいで、大変迫力がある。

「ドレスが用意できないのかと思ったけれど、ふうん、ちゃんと用意できたのね。どこで買ったの？　それとも借りたのかしら？　あらまあ、ささやかなアクセサリーですこと」

ホホホ、と笑うウルリカの胸元には、特大の紅玉（ルビー）。

「でも頑張ってドレスアップしたところで、その髪色ではみすぼらしいわね。グラキエス人っていうのは髪も肌も真っ白で、本当に不気味。白い悪魔と呼ばれるのもなんだかわかるわ」

ウルリカの言い草にリーナは眉根を寄せたが、何も言わずにくるりと背を向けて歩き出した。相手にしていてもいいことはない。目当ての王太子は見ることができたのだから、もう寮に帰ってしまおうと思ったのだ。

――祝賀会のごちそうが食べられなかったのは残念だけど、まあいいか。どっちにしても一品か二品しか食べられなかっただろうしね。

ウルリカの嫌みを聞きながら食べたのでは、きっと料理も味がしないだろうから。

銀色の髪の毛に菫色の瞳は、ここベルンスター王国がある東大陸のずっと北にある島国の民、グラキエス人のものだ。

グラキエス王国は現在、鎖国政策を取っているため、銀髪の人間を国の外で見かけることはほとんどない。

かつてグラキエスは、島国ならではの強大な海軍力で、東大陸の沿岸部を荒らして回った時期がある。突然襲い来る銀髪の人々のことを、当時の人々は「白い悪魔」と呼んだ。

グラキエスが鎖国を始めて二百年、今はもう沿岸部を荒らし回ることはないのだが、グラキエス人の蔑称として「白い悪魔」という呼び名が定着してしまっている。

「待ちなさいよ。人が話しているのに！」

ウルリカが後ろからリーナの肩をつかんで強引に振り向かせた。ビリッと、つかまれたあたりから布が裂ける音がする。

「ちょっと、やめてよ！　人のドレスなんだから破かないで！」

リーナは慌ててウルリカの手を振り払った。

「借り物！　やっぱりね。あなた、このボーフォール学園に似つかわしくない貧乏人だもの。自分でドレスを用意できるわけがないんだわ」

勝ち誇ったかのようにウルリカが笑った。

「前から思っていたのよ。高貴な身分が集まるボーフォール学園に、どうやったら貧乏な上に汚い血の持ち主のあなたが入り込めるのか。答えによっては学園側にあなたの在籍を取り消す訴えを起こそうと思うの。あなたみたいな白い悪魔が首席なんて、ボーフォール学園の恥よ」

リーナはウルリカを睨（にら）みつけた。

グラキエスは鎖国政策中ゆえに、国外で見かけるグラキエス人は国に戻ることができない「訳あり」であることが多い。

ここボーフォール学園は、良家の娘たちが社交界デビューする前に一般教養と礼儀作法を学ぶ目的で作られた、全寮制の女学校だ。貴族ではなくてもお金があれば入ることもできる。ウルリカは平民だが、父親が事業で成功したため、ボーフォール学園に入学してきた。

けれどリーナは、「訳あり」の見た目に加え、服の数も最低限、持ち物には中古品も多いと、良家の娘らしくない質素な生活ぶりで知られていた。生家の華やかさを競う傾向があるボーフォール学園にあって、リーナは明らかに場違いな存在だった。

本来なら門前払いされていてもおかしくないリーナがのうのうと六年間在籍し、毎年五本の指に入る成績を修め、最後には学年首位として表彰されたことが、ウルリカは気に入らないのだ。

なぜならリーナがいなければ、ウルリカが学年首位になっていたから。

リーナが頑として自分の素性を語らなかったのもあるだろう。どうやらそれを理由に、リーナの在籍そのものを取り消したいらしい。

「失礼ね！　こう見えても、ちゃんと正当な手続きを踏んでボーフォール学園に入学しているの。成績だって、試験の得点順なのだから公正な評価よ」

それに、この見た目も、素性を伏せることも、入学前に学園側に許可を取っている。そのことから生じるトラブルに学園は一切関与しない、という誓約書に承諾のサインも入れた。見た目で在籍を取り消されるようなことはないはずだ。

「第一、私はベルンスター生まれのベルンスター人よ。お母様は異国の生まれだけれど、汚い血なんて失礼にもほどがあるわ」

今まで母親のことに関しては、誰に何を言われても反論してこなかったが、今日が最後ならもういいだろう。リーナは初めて母のことで反論すると、今度こそ背を向けて歩き出した。

「待ちなさいよ、リーナ・バートン！」

ちらりと振り返ると、ウルリカがもたつきながらリーナを追いかけてくるのが見えた。

面倒だなと思いつつ、リーナは外に続く重い扉を開けて中庭に出る。三月下旬とはいえ空気はまだまだ冷たく、夜の中庭に人影はない。

あの露出部分が多いドレスでは外まで追ってこないだろうと思いつつ、リーナは中庭の片隅にある関係者用の出入口に向かった。用務員用のものなので生徒や職員はほとんど使わないが、中庭を横切ってこの小さな出入口を通るのが寮への近道なのだ。

すっかり安心したリーナの背後で重たいドアが開く音がする。驚いて振り返ると、なんとウルリカが中庭まで出てきているではないか。

——しつこいなあ。

リーナはドレスのスカート部分をたくし上げ、走り出した。

ちらりと目をやると、ウルリカは相変わらず、ぴったりドレスに苦戦してもたもたしている。これ幸いとばかりにリーナはすねまで出して中庭を駆け抜け、ウルリカから姿が見えない場所までやってくると、サッと歩道沿いの植え込みの裏に隠れてやった。

植え込みは腰くらいの高さだが、歩道の反対側には花々が植えられていて立ち入ることは禁止されている。ここに隠れているとは思うまい。

「……もう、どこに行ったのよ。逃げ足だけは本当に速いんだから。うー、それにしても寒い」

しばらくしてウルリカがやってきて、ぶつくさ言いながら通り過ぎる。リーナはその様子を植え込みの陰からじっと見ていた。

やがてリーナを捜すことをやめたのか、ウルリカが講堂に引き返していく。

見えなくなるまで見届けたあと、リーナはそろりと立ち上がった。

歩きながら、先ほどウルリカが引っ張った袖部分を確認してみる。

予想通り、袖山の縫い目が裂けていた。

――でも生地までは破れていないから、繕って返せばなんとかなるかしら……。今日のためにせっかくクライトン先生が貸してくれたのに、ウルリカってばひどいわ。

ため息をつきながら、広い広い中庭を一人で歩いていく。夜空は晴れ渡り、大きな月がかかっている。そのおかげで明かりが一切なくても、中庭はそれなりに明るく視界には困らない。

中庭の突き当たり近く、この先は中庭と校舎を隔てるフェンスというところでかすかな声が聞こえた気がして、リーナは立ち止まった。

在校生は春休みだし、今日に限っては先生たちも祝賀会に出ているから校舎は無人のはずだ。

不思議に思い、リーナはそーっと足音を忍ばせて、声のするほうに近づいてみた。

植え込みの向こう側に、背の高い男性とドレス姿の女性が見て取れた。女性はドレス姿だから卒業生に違いない。男性は誰だろう？　いやそんなことよりも、

――あ、もしかしてあの二人、出入口の前で話していない？

リーナは二人に気づかれないよう腰を落としてそっと近づき、植え込みの間から様子をうかがっ

た。

思った通り、二人はリーナがこれから通ろうとしている出入口の真ん前で話をしている。

――えー、困る！

講堂に引き返したらウルリカが飛んでくるに違いない。それは嫌だ。どうしてもその出入口を通りたい。

――もう、誰なのよ、こんな時間帯にこんなところで話しているのは！

誰であってもいいが、規律厳しい女学校の卒業式の日に人が近づかないような場所で会うなんて、秘密の逢瀬（おうせ）としか思えない。正直、気になる。

とはいえ、顔を確かめるために近づくのはさすがに品がない。ここなら少し距離があって会話まで聞こえないが、二人の様子はわかる。それに三月の夜は寒い。二人は外套の類を羽織っていないから、長居しないに違いない。

というわけで、リーナは好奇心を抑え、植え込みの陰に隠れて二人の話が終わるのを待つことにした。

――うーん、寒い……。

外套を着ていないのはリーナも同じだ。腕にかけたままにしているのだから。物音は立てたくないので、羽織ることはしない。二人の話が早く終わることを祈るのみである。

そう思っていたら、足音がどんどん近づいてきた。音の感じからして、男性のほうだろう。話が終わったようだ。思ったより早かったことに、リーナがほっとした時だった。

「お……お待ちくださいませ！」

向こう側から可憐な声が飛んでくる。男性の足音が、植え込みを挟んでリーナのすぐ隣で止まる。

――えーっ⁉

この位置はまずい。大変まずい。男性がちょっとでも視線をこちらに向けたら、しゃがみ込んでいるリーナが見えてしまう。

リーナは大急ぎでドレスの裾をかき集め、姿勢を低くした。

――どうか気づかれませんように！

「まだ何か？　私は忙しいので手短に頼む」

――この声……アレクシス殿下⁉

先ほど祝賀会の挨拶で聞いたばかりだ、アレクシスの声ははっきりと覚えている。リーナは驚いて、思わず植え込みの陰からその人物を見上げてしまった。

リーナのすぐ横に、この国の王子様が立っている。礼服にマント姿は先ほど挨拶をした時のかっこうだ。大変凛々しい。

――ひえーっ。

自分の人生でこれほど王子様に接近する機会があるだろうか。いや、ない。緊張で鼓動が速くなる。

「すでに議会がお妃様の選定に入ったと聞いております。アレクシス殿下は、どなたかにお決めになりましたの？」

アレクシスを追いかけてきた女性が、思い詰めたような声で聞く。鈴を転がすようなこの声にも覚えがある。

リーナはそっと視線だけ動かして、その女性を見た。

——まあ、ミシェル様じゃないの！

そこにいたのはリューデリッツ侯爵令嬢ミシェル。黒髪をきれいに結い上げ、濃い色のふんわりしたデザインのドレスをまとっている。ドレスに縫いつけたクリスタルが月明かりにきらきらと輝いて美しい。月下なので、ドレスの色まではよくわからなかった。

話したことはないが、リーナの同級生でもっとも身分が高い令嬢だ。いつも二人ほど取り巻きを連れており、彼女たちが何かと世話を焼くため、ミシェル本人が慌てたり大きな声を出したりすることはない。だから、ミシェルにはおとなしいイメージがあった。

そのミシェルが、男性、それも王子様を呼び出して話をしているなんて。しかも国民の関心が高い話題を直球でぶつけにいくなんて。なんだか意外だ。

アレクシスは確か二十三歳。独身だ。アレクシスの妃が誰になるかについては、リーナの同級生たちもよく話題にしていた。

リーナにとってはあまりに遠い人物の話なので「ふーん」くらいにしか感じていなかったが、侯爵令嬢であるミシェルにとっては身近で切実な話なのかもしれない。

「誰が候補者になるのかは聞いていないな。だから私はまだ誰も選んではいない」

勢いよくたずねるミシェルに対し、アレクシスは丁寧に答える。挨拶の時の好青年そのままの対応だ。

「アレクシス殿下と家柄、年齢が釣り合う令嬢となりますと、それなりの人数になりますよね。アレクシス殿下のお気持ちは、お妃選びに反映されますの？」

「いいや。私は議会の決定に従うだけだ」

「でも、国王陛下と王妃陛下のお二人は恋愛結婚だと聞いております」

「まあ、あれも一種の恋愛結婚かもしれないが……両親はもともと幼なじみ同士なんだ」

「それなら」

「ただ」

何か言おうと口を開いたミシェルを遮り、アレクシスが続ける。その声がさっきよりも冷ややかに感じられ、リーナはドキリとした。

「私はこの国の利益になる者を妃に選びたい。そこに私情は挟みたくないので、議会の決定に従うつもりでいる。また王宮で無用な争いを招きたくないから、愛妾の類を持つつもりもない」

アレクシスの答えに、ミシェルが沈黙する。

声色は卒業式の挨拶の時のように柔らかだが、有無を言わせないような隙のなさがある。

――愛妾の話までしなくても……。これも国王代理ゆえの責任感なのかしら……？

アレクシスの父である国王は、数年前から体調不良を理由に南の離宮で療養中だ。その南の離宮には、十年ほど前に事故に遭い体が不自由になってしまった王妃が暮らしている。

そして療養中の国王に代わり、王太子アレクシスと、その姉の王女ベアトリスが国王の仕事を行っている。これはつまり、アレクシスの国王としての研修期間のようなもので、現国王は近いうちに退位するのではないかともっぱらの噂だ。

――ミシェル様がお妃選びについて探りを入れにくるということは、噂は本当なのかもしれないわね。

ミシェルの実家は高位貴族なのだから、情報はいち早く手に入るだろう。

王子様も侯爵令嬢も大変そうだ。

こんなところで逢引(あいびき)なんてと思ったが、リーナが考えていた秘密の逢瀬とはちょっと違った。

——まあ、なんにしても早く話し終わってほしいわ。

寒いし、ずっとしゃがんでいるので足が痺(しび)れてきた。

「……わたくし、ずっとアレクシス殿下のことをお慕いしておりましたの。わたくしを、アレクシス殿下のお妃様の候補にしていただくことはできますか？」

そんなリーナの心の声が聞こえるわけもなく、ミシェルが震える声でさらに言う。

「心配しなくても、あなたは身分的にも年齢的にも候補になっていると思う。だが、先ほど言ったように、妃は私の一存では選べないんだ」

対するアレクシスは、さっきと同じ言葉を繰り返した。言葉は丁寧だが、口調が冷ややかになってきている。アレクシスにとって妃選びの話題は、あまり触れてもらいたくないことなのかもしれない。

——自分に選択権がないのなら、お妃選びの話を持ち出されても困るわよね。

王太子という立場上、議会が選んだ妃を受け入れると決めているが、アレクシス自身は思うところがあるのかもしれない。

「要するに……どなたでもよろしいということですよね」

「議会が選出する令嬢に対し、私は異を唱えない」

「どなたでもよろしいのでしたら、わたくしでも構わない、ということですわよね。……アレクシス殿下、どうかお許しくださいませ」

ミシェルが覚悟を決めたかのように告げると、手に持っていたハンドバッグから何かを取り出す気配がした。残念ながら、リーナの場所からはそれがなんなのかは見えない。

なんだろう、と思ったところで、

「見つけたわよ、リーナ・バートン！」

不意打ちのように背後から大きな声が飛んできて、リーナは驚きのあまり肩を揺らして振り返った。そこにいたのは、まいたはずのウルリカ。リーナが歩いてきたのと同じルートでずんずんと近づいてくる。

「それで隠れているつもりなの？　こっちからは丸見えよ、間抜けね！」

――いやいや、そんな大声出さないで……っ。

リーナは小さくしゃがんだ姿勢のまま、ウルリカに向かって「来ないで」と手を振った。

「なんだ？」

案の定、アレクシスがウルリカに気づく。月明かりしかないから、ウルリカからは濃紺の礼服を着ているアレクシスと、濃い色のドレスのミシェルは見えにくいのかもしれない。対するリーナは淡いピンク色だし、何よりウルリカからはよく見える場所にしゃがみ込んでいる。

講堂に戻ったと見せかけてずっと自分を捜し回っていたウルリカの執念深さも怖いが、それよりも今騒がれたらリーナがこっそり二人のやり取りを見ていたことがバレてしまう。

――ど、どうしよう……。

どうするも何も、逃げるに限る。幸い出入口は目の前だ。

リーナは覚悟を決めると、バッと立ち上がった。

しかし逃げ出すべく足を一歩出したところで、突然膝がカクンと折れる。

長くしゃがみすぎて、足がすっかり痺れていたことを失念していた。

ああっ、と思った時にはもう、すぐ横の植え込みに向かって体が傾いていく。アレクシスが突然現れたリーナに驚き、目を見開く。祝賀会の挨拶の時には遠すぎてわからなかったが、彼の髪の毛には癖があり、その瞳はだいぶ淡い青色だ。

植え込みに引っかかったせいで、ドレスのスカート部分がビリビリと破れる音がした。目の前にアレクシスの飾りがいっぱいついた礼服が迫る。

あの飾りが目に刺さったら痛そうだとリーナがぎゅっと目を閉じた次の瞬間。

瞼（まぶた）越しにもわかるほどのまばゆい光が目の前で炸裂（さくれつ）した。

――えっ……何……!?

だがそれは一瞬のこと。

リーナはアレクシスの胸板に正面から飛び込む形で派手にぶつかり、そのままアレクシスを押し倒す形でひっくり返る。

悲鳴が上がる。ミシェルのものらしい。

いてて、と思いながら目を開けると、案の定、アレクシスの上に乗るようにして倒れている。礼服の飾りボタンがおでこに食い込んで痛い。

慌てて顔を上げたら、何が起きたのかよくわかっていないといった感じのアレクシスの、氷色の瞳と目が合う。

こんな時にもかかわらず、なんてきれいなんだろうと、リーナは見惚れてしまった。

「大丈夫ですか⁉　あなた、アレクシス殿下の上からおどきなさい！」

ミシェルが手にしていたものを投げ捨てると慌てて駆け寄り、リーナを突き飛ばした。その拍子にハンドバッグと外套が手を離れ、リーナ自身も地面の上にひっくり返ってしまう。

「アレクシス殿下、おけがは⁉」

「俺に触るな！」

駆け寄って助け起こそうとするミシェルの手を払いのけ、アレクシスが鋭く言い放った。

ミシェルがぎくりとしてその場に固まる。

「……大声を出してしまって、すまない……。助けは不要だ」

自分でも思った以上に大きな声が出てしまったらしく、アレクシスが口元を手で覆いながら、ゆっくりと立ち上がる。

「そちらのご令嬢は無事か？」

アレクシスがたずねるので、リーナは地面に座り込んだままこくこくと頷いた。

「……先ほど、何か光ったな？　あれはなんだ？」

口元を覆ったまま、アレクシスがミシェルに問う。

「……アレクシス殿下、わたくしを見ても、何も、思いませんか？　何か、変わったところは？」

「どういう意味だ？　別に……何も思わないが？」

「え、そんなはずは……。先ほど、光が消えたあと、最初に見たのは……わたくしですか？　それとも、こちらの娘ですか？」

ミシェルが震える声で聞くと、

「そちらの娘かな。俺の……いや、私の上にいたからな」

アレクシスが大きく息をしながら答える。月明かりのせいかもしれないが、なんだか顔色が悪く見える。

「あ……あなた、なんてことをしてくれたの⁉ あれは一度しか使えないものなのに！」

アレクシスの答えを聞き、ミシェルが顔を覆ってわっと泣き出した。

リーナとしてはぽかんとするばかりだ。話がまったく見えない。

「ねえ、今、何か光っ……わっ、アレクシス殿下⁉」

そこにちょうど、リーナを見つけて追いかけてきたウルリカが現れた。

「な、何……？ 何があったの？ 修羅場？」

立ち尽くす王子アレクシス、泣いている侯爵令嬢ミシェル、地面に座り込んでいるリーナ。ウルリカでなくても驚くに違いない。

「修羅場などではない。妙な誤解はするな」

アレクシスが冷たく言い放つ。妙に険のある声音に、ウルリカが「ヒッ」と小さな声を上げた。

「ミシェル嬢もいったい何がしたかったのかわからないが、私の妃になりたいのなら私ではなく議会に働きかけることだな。それからそちらの君。いきなり現れたということは、ずっと植え込みに隠れて覗(のぞ)いていたんだろう。悪趣味にもほどがある」

これだから女は……とうんざりしたように小さく続け、アレクシスがマントについた土をパンパンと払う。

リーナは呆然とそんなアレクシスを見つめた。ひどい言い草だ。

「悪いが、あなた方のお遊びに付き合っていられるほど私は暇ではない。ミシェル嬢、あなたの醜態を吹聴されたくなければ、この二人によく言い聞かせておくことだ」

娘たちに冷ややかな一瞥をくれると、マントを翻してさっさと立ち去った。

――今の、本当にアレクシス殿下なの？

祝賀会の壇上で見た時は「かっこよくて頼もしい」と思ったのだが、前言撤回。「ものすごく感じが悪い」に格下げだ。

「……醜態ですって。あなたのせいで何もかも台無しよ！」

アレクシスが去ったあと、ミシェルが涙をためた目でリーナを睨む。

「なぜそんなところに隠れていたの。わたくしたちを尾行でもしていたの!?　人として最低だわ。これだから卑しい生まれの人間は……」

「尾行なんてしていないわよ！　寮に帰ろうとしたら、出入口の前でミシェル様とアレクシス殿下が話していらっしゃったから、少し離れたところで待っていただけよ。私のいたところに近づいてきて話を始めたのは、お二人のほうじゃないの」

あまりの言われように反論したリーナに、ミシェルがうるさいとばかりに手をひらひらと振る。

「まあどっちにしても、ここで見聞きしたことは他言無用でお願いするわ。もし他人に話したらどうなるか、わかっているわよね？」

ミシェルはそう言い残すと、先ほど投げ捨てたものを拾い上げ、さっさと立ち去っていく。

その場に残されたのは、地面に座り込んだままのリーナと、立ち尽くしているウルリカ。

「ミシェル様って、あんなにはっきりしゃべる方だったのね」

ウルリカが呆然と呟く。リーナも同じ気持ちだ。それにあんなに自分勝手な人だとも思わなかった。

「アレクシス殿下も挨拶の時とは人が違うみたいだったし。ああ、でもあの毅然とした態度も素敵ねえ……」

ウルリカがうっとりと呟き、遠い目をする。先ほどのアレクシスのことを思い返しているに違いない。

——あれを素敵と思うなんてどうかしているわ……って、はっ！　今がチャンス！

ウルリカの気が逸れたことに気づいたリーナは、音を立てないようにハンドバッグと外套を拾い、靴を脱いで手に持つ。そしてそーっと腰を浮かせたかと思うと、脱兎のごとく駆け出した。

「あっ!?　ちょっと、リーナ！　逃げる気!?」

後ろからウルリカの声が飛んでくる。その通り、逃げる気だ。


——なんだったのかしら、あれ。

結局、ウルリカはついてこなかった。中庭から出ていったリーナを追いかけるより、講堂に戻って祝賀会を楽しむことにしたらしい。

部屋に戻りドレスを脱いでハンガーに吊るす。部屋着に着替え、リーナは改めてドレスを見つめた。

ドレスはスカート部分の至るところが裂け、地面に転がった時についた泥の染みまでできている。

ウルリカが引っ張って破いた袖だけならまだしも、ここまでズタボロにしてしまっては、リーナの手で原状回復させるのは無理である。

リーナは盛大にため息をついた。

このドレスは、祝賀会で着るものがないリーナのために図書館司書のクライトン先生が貸してくれたものだ。嫁いだ娘さんのものだという。ドレスに合わせてアクセサリーも一式。

クライトン先生は、ボーフォール学園でもっとも親身になってくれた先生だ。勉強のため図書館に入り浸るうちに仲良くなった。

――どうしよう……。

ドレスの惨状をチェックしつつ、リーナは改めて先ほどの出来事を思い返してみた。

詰め寄られる王子様、侯爵令嬢が放った光。ミシェルの「何もかも台無し」というセリフも気になる。

――あの光には何か作用があるのかしら。

話の流れから察するに、アレクシスの心を動かすような何かが起こせたのかもしれないが、ミシェルの確認にアレクシスはなんともないと答えていた。

――うーん、わからない。

それに、アレクシスの態度も引っかかる。

――あんなに別人みたいになる？　びっくりするわ。つまり挨拶の時の感じのいい姿というのは、「よそいきの顔」ということよね。

別によそいきの顔があってもいいのだが、それが剝がれた顔なんて知りたくなかった。

――……まあ、いいか。私には関係がないし。もう会うこともないだろうし！

リーナは頭からアレクシスを追い出すと、部屋の隅に置いてあるトランクに目を向ける。

明日中に荷造りを終え、明後日正午の汽車に乗ることになっている。行き先は、王国南部にある古都バンスブルー。ベルンが王都になる前の都には、リーナがこれから働くことになっているバンスブルー大学がある。

もう一度、汽車の切符を確かめるべく、トランクの上に置いてある肩掛けカバンの中を探る。切符を取り出したはずみで、はらりと一通の封筒が床に落ちる。その封筒を拾うと、宛名に目を留めた。

宛名は、リーナ・バートン様。ひっくり返すと、そこにはフェルドクリフ家の封蝋（ふうろう）とパトリシア・ノン・フェルドクリフの名前が記してある。

現在のフェルドクリフ女伯爵にして、リーナの継母（ままはは）の名前だ。

「リーナ・バートンか」

胸に苦いものが広がるのを感じながら、リーナは呟いた。

対外的に一度も本名を名乗ることなく、リーナは正式に「リーナ・バートン」になるようだ。

何度も繰り返して読んだから、手紙に書いてあることは暗記してある。

卒業にあたり、約束通りリーナを正式にフェルドクリフ家の戸籍から抜く。来月から学費の返済を始めるように。この手紙にはそう書いてある。

これで実家と縁が切れる。

つながっていると搾取されるだけだから、縁を切って正解なのだとは思うが、両親とも縁が切れてしまうから心の中は複雑だ。

手紙を傍らに置き、リーナは首にかかっている細い鎖を引っ張り出した。その先にぶら下がっている小さな鍵をしみじみと見つめる。

在りし日、病床の父が「これは秘密の部屋の鍵。お父様の宝物を隠してあるから誰にも言ってはいけないよ。お父様の宝物を、リーナに預けるからね。大人になって、リーナに大切な人ができたら。信じて一緒に生きたいと思える人ができたら、開けてごらん」とくれたものだ。

父の宝物がなんなのか気になるが、父はこれがどの部屋の鍵なのか教えてくれる前に亡くなった。実家のどこかの部屋の鍵だとは思うから、実家と縁を切られたリーナには、開けることができない。

――お父様、ごめんなさい。この鍵を使うことはないみたい……。


学校では「リーナ・バートン」と名乗っているが、リーナの本当の名前は「リーナ・クラン・フェルドクリフ」という。

王国の北西部に領地を持つフェルドクリフ伯爵家の長女、それが本当のリーナの姿だ。

父は先代のフェルドクリフ伯爵、母は父がグラキエスから連れてきた女性。実の娘だが、リーナは母の名前を知らない。

リーナの父は若い頃、二年ほどかけて外国を旅していたが、その途中で乗っていた船が嵐で遭難してしまったそうだ。幸い、グラキエスの軍艦が通りかかって助け出され、大けがを負った父はグラキエスに運ばれて手当てを受けた。

そこで父は母と出会い、二人は恋に落ちた。

「お母様は、とにかく明るくてよく働いて、見ているだけでこっちが元気になるような人だったよ」

父はよく、リーナに母の話をしてくれた。

リーナは父から聞く母の話が好きだった。リーナを出産後、産褥熱で亡くなったため、リーナは母のことを知らない。父の語る母はいつも楽しそうで、リーナの寂しい心を優しく包んでくれた。

グラキエスは鎖国中ゆえに、けががよくなったら立ち去らなければならない。父は泣く泣く母に別れを告げ、船に乗ったのだが。

「船が引き返せない場所に来て、いきなりお母様がお父様の前に飛び出してきたんだよ。あの時ほど驚いたことはなかったなぁ」

母は父の乗る船にこっそり忍び込み、ついてきてしまったのだという。送り返そうとしたら泣いて嫌がるので、そのままベルンスターに連れてきて二人だけでこっそり結婚式を挙げたのだそうだ。

この一件で父は親戚中から縁を切られてしまったが、母は屋敷のみんなに慕われ、穏やかな生活を送れていたと使用人たちから聞いていた。

「リーナの髪と目の色はお母様にそっくりだね。きっと、お母様みたいな美しくて優しい女の子に育つだろう。リーナはお父様の自慢の娘だ」

そう言って父はリーナの銀髪を撫でては額にキスをしてくれた。

大好きな父の自慢の娘であることが、リーナは嬉しかった。

「お母様は先に天国に行ってしまったけれど、決していなくなったわけじゃない。天国からリーナのことを見ている。お母様はリーナが幸せな人生を送ることを望んでいたからね。リーナが泣くとお母様が心配するから、リーナはできるだけ笑ってあげるんだよ。嫌なことがあったら、少しは泣いてもいいけれど、泣いても運命は変わらない。だから必ず泣きやんで、お母様に笑顔を見せてあげるんだよ。お父様との約束だ」

父はことあるごとに、リーナにそう聞かせた。

泣いても運命は変わらない。それは、父が自分自身に言い聞かせていた言葉だと気づいたのは、ずっとあとになってからだが、その言葉はリーナの胸にも深く刻み込まれることになる。

リーナの幸せな日々に変化が現れたのは、三歳の時。父が再婚することになったのだ。相手は侯爵家の娘パトリシア。二歳の女の子と、おなかにもう一人子どもを連れてリーナの住む屋敷にやってきた。

父と継母との間に何があったのか、父は最後まで語らなかったからリーナにはわからないが、三歳のリーナは母と妹ができたことを単純に喜んだ。しかし、継母はリーナに冷たい視線を送るばかりでまともに話してもくれなかったし、妹のエミーリアに近づくことも嫌った。翌年、弟のエドアルドが生まれたが、やはり近づけなかった。

継母がリーナのことを「白い悪魔」と呼んでいることに気づいたのもこの頃だ。父に話すと、父は顔色を変えてすぐさまリーナと継母が顔を合わせなくていいようにしてくれた。継母と父はかなり言い合いをしたようで、この一件で継母はリーナが嫌いだという態度を隠さなくなったが、リーナの生活は継母たちが来る前のものに戻ったので、平穏そのものだった。

リーナの運命が変わったのは、十歳の時。父が病気で亡くなったのである。

弟で跡継ぎのエドアルドはまだ六歳。爵位を継ぐには早すぎるということで、エドアルドが成人するまで継母が中継ぎでフェルドクリフ伯爵になった。

その途端、リーナはそれまで使っていた本館の明るい子ども部屋から離れの日当たりが悪い部屋に移動させられ、食事も使用人と同じもの、服も古着ばかりになった。部屋にあった母の遺品もすべて捨てられてしまった。使用人も執事のシリル・バートン以外は全員入れ替えになり、以前のように優しくしてくれる大人はいなくなった。

しかし不満を漏らそうものならお仕置きが待っている。父がいなくなったあとの継母は、リーナに容赦がなかった。

自室に閉じ込められて食事抜きはかわいいほうで、特に嫌だったのが暗くてじめじめしてかび臭い地下室に閉じ込められること。

この地下室は光源が何もないので、いつまでたっても目が暗闇に慣れることがない。

何も見えない、助けを呼んでも誰も来ない。少女にとってこのお仕置きがどれほどの恐怖をもたらすか、継母はよく知っていたのだろう。

小さなリーナはそれでも継母の仕打ちに耐えた。泣いたら天国の母が心配する。母はリーナが幸せな人生を送ることを願っていた。父とも約束した。泣かない……泣きたくない……リーナは必死に亡き両親の思いに応えようとした。しかし、物事には限度というものがある。

父の死から一年が過ぎる頃、継母のお仕置きに耐えかねたリーナは思い切ってシリルに理由をたずねた。

シリルは少しためらってから教えてくれた。リーナの父と母が実際には結婚していなかったこと。だが、父がリーナを庶子と認めていること。父の遺言で、継母はリーナを成人する十八歳まで育てなければならないこと。国に対して毎年その報告義務があること。違反した場合は爵位も領地も国に返上することになっていること。

　継母から見たリーナは、目障りなのに追い出すこともできない忌々しい存在だったのだ。

「書類の上での奥様は、旦那様の正妻ではなく、お嬢様も嫡子ではありませんが、旦那様は奥様とお嬢様をそれは愛しておいででしたよ。お二人を正式な家族にできないことを、旦那様も大変悔しがっておいででした」

　シリルはそう言うが、そういう経緯があるのなら継母が自分を受け入れる日は来ないだろう。理由を知ってしまうと、自分はどうなるのかという不安のほうが大きくなった。亡き母の願い通り幸せな人生を送るのは難しいかもしれない……。


　月日が流れ、十二歳の春のある日。

　八歳になったエドアルドがリーナのもとに立派な封書を持ってきてくれた。

　異母妹のエミーリアは継母の言いつけをよく守ってリーナと接触しないようにしているが、異母弟のエドアルドは離れに住んでいるリーナになぜか懐いており、大人の目を盗んでは時々遊びに来ていたのだ。

　封書の宛名にはフェルドクリフ伯爵グスタフ様、及びそのご令嬢リーナ・クラン・フェルドクリフ様。差出人はボーフォール学園。

　なぜ王都の女学校から自分宛てに封書が届いたのかわからず、リーナはシリルを呼んで二人で開封した。

「これは、旦那様がお嬢様のボーフォール学園への入学手続きを終えており、この春から入学を許可するという通知ですね。そういえば旦那様が手続きをされておりました」

「私、学校に通えるの？」

相変わらず継母からの差別は続いていたので、リーナはその入学許可証に喜んだ。父がリーナを気にかけてくれていたことが嬉しかった。

しかし当然のように継母はリーナの進学を拒否した。理由はお金がかかるからだ。卒業後に働いて返すと言ったが聞いてくれず、久々に地下室に閉じ込められた。

翌日、リーナを迎えに来てくれたのはシリルだ。

「パトリシア様とかけ合ってきまして、条件付きで進学を認めていただきましたよ」

その条件とは、

一、十八歳まではフェルドクリフ家の娘だが、決して名乗らないこと
二、卒業後、進学にかかった費用を返済すること。また、連帯保証人を用意すること
三、卒業後は身分を放棄し、平民になること

の、三点。リーナが最初に提案した「働いて返す」の上に、フェルドクリフ家とは無縁を装え、卒業したら本当に縁を切れ、という条件が上乗せされていた。

ボーフォール学園の六年間の学費総額はおよそ三千万ギリンかかるが、成績優秀者は学費が減額される制度がある。シリルはそれを利用すれば、だいぶ学費を抑えられるとリーナに教えてくれた。

それに、きちんと学校を出ているほうがいい賃金の仕事に就くことができる、とも。

「ここに残っても、お嬢様の未来はありません。パトリシア様のことです、お嬢様のお気持ちなど汲んではくれないでしょう。だから、お嬢様はこの家を出たほうがいい。これはチャンスです」

シリルはそう言ってリーナを後押ししてくれた。リーナも同じ気持ちだ。実家を離れるのは寂しいけれど、父が残してくれたチャンスを無駄にしたくない。ここにいては難しい「幸せな人生」も、手に入るかもしれない。

連帯保証人には、シリルがなってくれた。ただ、リーナの肩を持ったことでシリルは解雇されてしまった。

十二歳の春、リーナはシリルの名にちなみ「リーナ・バートン」として、ボーフォール学園に入学した。

入学直前に「素性は隠したい」「通名を使いたい」と申し出たリーナを、ボーフォール学園はよく許してくれたものだと思う。

＊＊＊

卒業式の翌日。リーナは司書のクライトン先生にドレスとアクセサリーを返却するため、図書館を訪れた。

「ごめんなさい。ボロボロにしてしまいました……大切なものなのに。弁償は必ずします」

「あらあら」

リーナから返されたドレスに、クライトン先生は目を丸くした。

「何をどうしたらこういうことになるのかしら。でも弁償は不要よ。このドレスはあなたへの卒業祝いということにしましょう。それより、祝賀会はどうだったかしら。楽しめた？」

ドレスとアクセサリーを受け取り、応接間に促しながらクライトン先生が聞く。白髪のふくよかなこの女性は、学校になじめず逃げ込んだ図書館で真っ先にリーナに声をかけてくれた。継母との契約通り詳しいことは明かしていないが、苦学生であることは察しており、何かと気にかけてくれる、リーナにとっては大切な存在だった。

「いいえ、ほとんど。会場に行った途端に、ウルリカに絡まれちゃったの」

「あら、また？」

クライトン先生はリーナがウルリカを始めとした数人に絡まれることを知っている。

「首席の卒業生に対し意地悪をするなんて、いつからボーフォールの乙女はこんなに了見が狭くなってしまったのかしら」

クライトン先生にすすめられ、リーナは席に着いた。クライトン先生が用意してあったお茶と焼き菓子をテーブルに置く。

「六年を通して五位以内の成績を取れたのは素晴らしいことよ。あなたのお望み通り、奨学金ももらえたのだし、胸を張りなさいね」

クライトン先生も席に着き、目の前でお茶をカップに注いでくれる。

領地にいた頃から離れでせっせと課題をこなしてきたリーナにとって、勉強に明け暮れる生活はおなじみのものだった。おかげで奨学金をもらえ、学費は当初の三分の一にまで減らすことができた。

「了見が狭いといえば、私が紹介した職場も酷かったわね。ボーフォールの首席の子よ、と言ったら飛びついてきたくせに」

思い出したら腹が立ってきたのか、ぷりぷりしだしたクライトン先生にリーナは苦笑した。

「まさか白い悪魔がやってくるとは思わなかったからでしょう」

「あなたの銀髪が珍しいのは確かによ。でも、そんな呼び方をしなくてもいいのにね。私はあなたの銀髪、きれいだと思うわ。私と色が似ているけれど、やっぱり違うわね。私の髪の毛はただのおばあちゃん。でもあなたは、星の光を集めたみたい」

クライトン先生の指摘に、リーナは肩から流れ落ちる自分の銀髪に目を向けた。

リーナのまっすぐな髪の毛は、白というより灰色に近い。光を受けるときらきら輝いて銀色に見えるのだ。クライトン先生の白髪ともまた違う色合いをしている。

ベルンスターの人々は黒髪だから、リーナの銀髪は非常に目立つ。色を染めるか、かつらをかぶるかしたほうがいいというアドバイスは、いろんな人から受けてきたし、リーナ自身も検討したことがある。

しかし、継母に形見の品をすべて処分されてしまったリーナにとってこの銀髪は、母とのつながりが感じられる唯一のものだ。だから、どうしても色を変えたり隠したりすることができなかった。

「まあ、でも、見た目は関係ないと言ってくれた職場もありましたし。世の中捨てたものではないですね」

リーナはそう言って笑い、クライトン先生が用意してくれたカップに手を伸ばした。

裕福な同級生たちと違って卒業後に就職しなければならないリーナは、真っ先にクライトン先生に相談をした。

苦学生であるリーナのために、クライトン先生はあらゆるツテをたどって様々な求人を持ってきてくれた。どこも「ボーフォールの首席が仕事を探している」と言うと最初の反応はいいのだが、いざ面接となると、銀髪のリーナをじろじろ見つめ、身の上の話ばかり聞きたがることに閉口した。答えられないことが多いのもよくなかったのだろう、「あなたはうちにふさわしくない」とどこも採用してくれず、途方に暮れてしまった。中にはきっぱり「白い悪魔は体裁が悪い」と言ってくるところもあった。

応募の時の反応から「ボーフォール学園の首席」に価値があることはわかったが、結局どこも見た目で判断してきた。リーナの努力なんて見てくれなかった。

そんなこんなでリーナの就職活動は難航を極め、もう日雇いの仕事でもいいから何か見つけなくてはと思い始めた矢先、クライトン先生のもとに王国南部のバンスブルー大学から「欠員急募」の求人が飛び込んできた。なんでも法学部の教授の秘書が突然辞めてしまい、今すぐに秘書が必要なのだという。

年齢、人種、性別、宗教は不問。こんな求人は見たことがない。見た目のことを一筆添えて履歴書を送ったら「ボーフォールの首席なら能力的に問題ない。十日以内に就労が可能なら採用する」と連絡があった。リーナの努力をそのまま認めてくれる職場がこの世に存在したのである。

この時ほど「神様はいる!」と思ったことはない。

これが卒業式の六日前のこと。就労予定日である採用通知から十日目は、明後日に迫っている。明日には王都ベルンを旅立ち、バンスブルーに向かう予定だ。

「バンスブルー大学はこの国でももっとも古い大学のひとつね。ボーフォールの乙女の勤め先としてもふさわしいと思うわ」

クライトン先生がカップを手に微笑む。

「そういえば、祝賀会には王太子殿下もいらっしゃったんでしょう？　どんな方だった？　噂ではすごくかっこいいそうだけど」

「そうですね……確かに、見た目はかっこよかったです。声もよかったかな……」

だが、アレクシスの本性はなんだかちょっと俺様な感じだった。

――お妃様になる人は苦労しそうだわー。顔はいいんだけどね。顔だけはね。

中庭での冷ややかな態度を思い出し、リーナは心の中で文句をつける。

「アレクシス殿下は、毎年どこかしらの学校の卒業式に顔をお出しになるわね。最近はますます亡き兄様に似てきたと評判ね」

カップをソーサーに戻し、クライトン先生がそう教えてくれる。

国王夫妻には三人の子どもがいたが、十年ほど前に王妃と第一王子が乗った馬車が事故に遭い、第一王子が死去。王妃は大けがを負った。それ以来、王妃は公の前に姿を現さず、最近は国王も体調を崩しがちで、療養のため王妃が暮らす離宮で過ごしている。

このあたりまではリーナでも知っていることだが、昨夜の一件でアレクシスは議会が選んだ女性を妃として迎えるつもりでいることはわかった。

ミシェルにあれこれ質問されて苛立っているようだったから、いろんな人に妃選びはどうするのか聞かれて辟易しているのかもしれないし、議会の意見を受け入れるしかない立場に納得していないのかもしれない。

その後しばらくクライトン先生と世間話をしたのち、リーナは頃合いを見て暇(いとま)を申し出た。

「あら、もうそんな時間かしら」

クライトン先生が時計を見てびっくりする。

「あなたのことは本当に心配しているの。手紙をちょうだいね」

二人して立ち上がり、クライトン先生が図書館の入口まで送ってくれる。

「ええ、もちろんです。……先生もお元気で」

「あなたも。体には気をつけるのよ」

手を差し出してくるので別れの握手かと思ったら、クライトン先生は優しくリーナを抱きしめてくれた。

「本当に、体には気をつけるのよ」

「はい。……ありがとうございます」

一人ぼっちに慣れているせいで、こうした気遣いに本当に弱い。込み上げる思いに涙声になりながら別れを告げ、リーナは図書館をあとにした。そのまま学園の敷地を出て王都の中心部に向かい、必要なものを買い揃(そろ)えて寮に戻る。

気がつくと部屋が真っ暗になっていた。荷造りに熱中するあまり、時間を忘れたらしい。

リーナはランプを灯(とも)し、カーテンを閉めるべく窓辺に立った。

空は紫紺色。一番星がきらめいている。雲ひとつない空だ。

——明日もよく晴れそうね。

もう学校は卒業してしまった。明日にはこの寮からも出ていく。継母の手紙によると、リーナの戸籍の変更手続きも開始されている。いよいよ一人で生きていかなくてはならない。一千万もの借金を背負いながら……。

これまでは保証人になってくれたシリルや、親身になってくれたクライトン先生のような優しい人の助けに恵まれていた。でも彼らには彼らの家族や守るべき存在がいる。これ以上、彼らに甘えることはできない。

——一人でやっていけるかしら。

孤独を感じることは多かったが、本当の意味で「一人で生きていく」のは初めてだから、やっぱり怖い。

秘書に就く予定の教授とはどんな人だろう。勤務先になるバンスブルー大学とはどんなところだろう。友達はできるだろうか。……恋はできるだろうか。

恋はしてみたい。好きな人のために母は故郷を捨てたのだ。それほどの強い気持ちとはどんなものなのだろう。自分にもそんな相手が現れるだろうか。

母の人生は短かったが、幸せだったとは思う。リーナ自身も、そんな人生に憧れる。

とはいえ、この国……というより、この大陸での銀髪への風当たりの強さを考えたら、よっぽどの変わり者でなければリーナを受け入れてくれそうにないから、恋に関しては諦めている。

それはともかくとして、両親が見たであろうグラキエスの海と空は、見てみたいと思っている。本当はグラキエス本国に行ってみたいのだが、鎖国中なのでそれは無理。だから大陸沿岸部、グラキエスに一番近いところまで行ってみるのがリーナの夢だ。そのためにはたくさんお金を貯めなくてはいけない。明日はその夢への第一歩だ。

決意も新たに、リーナはカーテンを閉めた。

＊＊＊

翌朝。

リーナは身支度を整えると、六年間お世話になった部屋をチェックし、忘れ物がないことを確認した。汽車は正午ちょうどだ。

「よし、出発」

帽子をかぶり、気合を入れた時だった。ドンドンと、ドアを殴る勢いでノックされる。

「リーナ・バートン、まだいますか？」

声は寮の管理人のものだ。

「いますけど……」

「王宮からお使いの方がいらっしゃっています。ドアを開けてください！」

「え、王宮？」

リーナは不思議に思いながらドアを開いた。

規律に厳しいことで知られる女性管理人の隣には、見目麗しい背の高い男性。着ている服から、王宮の使者だということはわかるが、ここは女子寮である。当然男子禁制である。そっちのほうに驚いていると、

「リーナ・バートン様でいらっしゃいますか？　ボーフォール学園の卒業式の夜、アレクシス殿下とリューデリッツ侯爵令嬢ミシェル様との面会の場に居合わせた」

使者が聞いてくる。

「は、はい……」

あれは面会だったのか？　と疑問に思いながら頷けば、王宮の使者はやおらリーナの足元にあるトランクを手にした。

「アレクシス殿下がリーナ様にぜひお会いして確認したいことがあるそうですので、ご同行願います」

使者はリーナの荷物を持ったままずんずんと歩いていく。全財産を奪われているので、リーナとしてはついていかざるを得ない。

寮の外には黒塗りの二頭立ての馬車が横づけされていた。リーナが乗ったこともないような立派な馬車だ。その前で使者がようやく立ち止まったので、リーナは思い切って聞いてみた。

「あ、あの！　私、正午の汽車に乗らないといけないのですが、それまでには帰してもらえますか？」

「それはアレクシス殿下のご用件次第でございます」

使者は扉を開き、ほとんど押し込めるような勢いでトランクとリーナを乗せる。六年間過ごした学園とのお別れもそこそこに、慣れ親しんだ王都の町並みを抜けてリーナが連れていかれたのは壮麗な王宮の正面にある、巨大な門。

——ひぇー、こんなところから入ってもいいものなの⁉

わけがわからないまま王宮の中に入り、トランクを持った使者と一緒に豪華な廊下を歩く。高級そうな調度品に場違いなリーナは縮こまるばかりだ。

やがて目的の部屋にたどり着いたらしく、使者がノックして張りのある声で「リーナ・バートン様をお連れしました」と室内に声をかけてから、ドアを開く。

まず目に飛び込んできたのは、ドアのすぐ横に立っていた騎士服姿の青年。短い黒髪に濃い青色の瞳。太めの眉毛ときりっと結んだ口元に、意志の強さを感じさせる。

「お待ちしておりました、リーナ・バートン嬢」

騎士が促すのでおずおずと中に入ると、そこはそれなりの広さを持つ部屋だった。大きな窓から光が差し込み、室内は大変明るい。

背後でパタンとドアが閉まる。振り返ると使者の姿はなかったが、リーナのトランクはドアの傍らに置いてあった。

財産の無事を確認したリーナは、改めて室内に目を戻す。

リーナを呼び出したという張本人のアレクシスは窓のそばに立ち、部屋の真ん中にあるテーブルセットに華やかなドレスに身を包んだミシェルと、妙に貫禄(かんろく)がある男性が座っている。男性は痩せているが肩幅が広く、たっぷりとした口ひげが特徴的だ。目つきが鋭いせいか、油断ならない気配が漂っている。

「これで役者は揃いましたかな。ではこちらに」

男性がリーナに着席を促す。リーナはミシェルの隣に腰をかけた。

「私はこの国の宰相を務めているカール・ヴィスリーと申します。そちらのカイルは私の息子で、アレクシス殿下の近衛騎士を務めております。あなたがリーナ・バートン嬢……で、間違いないですな？」

ヴィスリーの確認に、リーナは頷いた。

「ミシェル様から、バートン嬢はボーフォール学園を首席で卒業したとうかがっておりますが、本当に？　よくボーフォール学園が入学を認めたものですな。風紀が乱れるとは思わなかったんでしょうか」

ヴィスリーがリーナの髪色をじろじろと見つめてくる。いきなり髪色を蔑まれるとは思わず、リーナは目を見開いたまま固まった。

「髪色のことは今回の聞き取りと関係がないだろう。……が、ボーフォールの乙女の質が落ちていることは間違いないとは思う」

窓辺に立ったまま、アレクシスが腕組みをしてこちらを見てくる。本日のアレクシスは幅広のタイに上着にベストにスラックスと、上流階級の男性の一般的な昼の服装をしている。逆光で表情はわかりにくいが、少し疲れているのか、声には先日のような張りがない。

――ボーフォールの乙女の質って……盗み聞きのことかしら、それともアレクシス殿下に突っ込んでいったことかしら。呼び出されるということは、すごく大変なことをしてしまったということよね……。

リーナの背中をツツーと、冷たい汗が伝う。

「二人に話を聞くのですから、アレクシス殿下もこちらに」

ヴィスリーがアレクシスにも着席を促すが、

「私はここでいい」

アレクシスはあっさり断る。

「さて、今日ここに呼び出された件について、二人とも心当たりがあると思う。端的に聞こう。ミシェル嬢、あなたはあの夜、私にいったい何をした？」

アレクシスは窓辺から静かな口調でミシェルにたずねた。

「な……何って、わたくしは何も……」

「あの時、あなたは確か私に対して『お許しください』と言った。そのあと何かを取り出して、私に強い光を浴びせた。君も覚えているだろう？　バートン嬢」

アレクシスに突然水を向けられ、リーナは飛び上がるほど驚いた。王子様に名前を覚えられているとも、同意を求められるとも思わなかったのだ。慌ててこくこくと頷く。

「で、その時にどういうわけかそこのバートン嬢が私に突っ込んできた。それは想定外の出来事だったはずだ。それを見てミシェル嬢は台無しになったと言って泣いていたから。間違いないな？」

再びアレクシスがリーナに同意を求める。リーナはこくこくと頷いた。

「これは、どういう意味かな？　教えてもらおうか」

「そ……それは……。そ、それよりも、わたくしたちの話を彼女が立ち聞きしていたことのほうが問題なのでは？　いきなり飛び出してくるというのも、どういう了見……」

「ミシェル嬢。質問しているのは私だ。質問に質問で返すものではない」

アレクシスがぴしゃりとミシェルの言葉を遮る。息をのんで俯くミシェルを横目に見ながら、リーナはようやく自分が王宮に呼ばれた理由がわかってきた。

——私は、証言者ということかしら。

アレクシスが聞きたいのはミシェルの放った光のほうで、リーナの盗み聞きも激突の件も今のところは問題になっていないみたいだ。……そのうちなるかもしれないが。

「あなたの様子から、あの光は私に対して何か作用を及ぼすものであったと推測できる。違うか？」

「アレクシス殿下のお体に、何か異変が生じましたでしょうか？」

ミシェルがおそるおそるといった感じで言う。

「ああ、大変な異変が起きていて、ものすごく困っている。なんなんだ、これは？　私に何をした？」

「そんな……！　ですが、あの時は何もないと……！」

「あの時はなんともなかった。だが、徐々に体調が悪くなって、あれから何日もたっていないのに今は食事も睡眠も取ることができなくなった。これでも体調には気をつけているほうなんだ、心当たりはあの光しかない」

アレクシスがじっと自分の手を見つめる。その手が細かく震えているのが、リーナからも見て取れた。

——あら、でも私もあの光を浴びたけれど、私はなんともないわ……？

アレクシスとミシェルのやり取りを聞きつつ、リーナは不思議に思った。夜はぐっすり眠れているし、食欲もある。

「毒の類か？　誰の指示だ。姉上か？　あなたは姉上とも親しかったと記憶している」

こっそり膝の上で手のひらを見つめるリーナをよそに、アレクシスの追及は続く。

「違います！　毒物なんて使っておりませんし、誰の指示でもありません。すべてわたくしの独断でございます。それに、殿下を害する目的で用いたわけではありません！　誓って、わたくしは……！」

「私に何かしたのは認めるんだな。たいした度胸だ。王族に害を与えた者は問答無用で反逆罪になって縛り首だ。ついでに言うなら、あなただけでなくあなたの一族も立場を失うことになるが」

アレクシスが急に強い口調になる。

——えっ、反逆罪に縛り首⁉

恐ろしい言葉に驚き、リーナは顔を上げた。驚いたのはミシェルも同様だったらしく、リーナの横で目を見開き、呆然としている。

「縛り首……わたくし、縛り首になるのですか？　アレクシス殿下のお命が無事でも？」

「私の命が無事でも、私に何かしたことを認めたからな。聞いただろう？　ヴィスリー」

アレクシスがヴィスリーに目をやる。ミシェルとリーナがつられるようにそちらを向くと、ヴィスリーは頷いた。

「ミシェル様は、アレクシス殿下の体調の急変とご自身の行動の関連を認めましたので、反逆罪が成立します。反逆罪は未遂であっても極刑と決まっております」

「そんな……」

ミシェルが真っ青になって震え出す。

「わ、わたくし、こんな症状が出るなんて聞いておりませんわ……！　わたくしですら知らない作用についても、罪になるのですか⁉　こんな恐ろしいものだと知っていたら、使ったりしなかったのに！　縛り首だなんてあんまりです！」

ミシェルがわっと顔を覆って泣き始めた。

それを見たアレクシスが疲れたように瞼を押さえる。

「こんな作用が起こるとは知らなかった、と言ったが、あなたはなんらかの作用が起こることを期待して、私にそれを使ったのではなかったか？　何が起こるかわからないが、何かが起こることは間違いなかったわけだ」

「でも」

「あの時の話の流れから察するに、あなたは私の妃に選ばれたくてそれを使った。私はその前に、妃は議会が選ぶから私には選択権はない、と言ったはずだ。つまり、すでに決まっていることを捻(ね)じ曲げてでも自分が選ばれたいという気持ちがあったわけだろう？　これが害意でなくてなんだと言うんだ」

瞼から手を離し、アレクシスがミシェルを睨む。声には疲れと苛立ちが滲(にじ)んでいる。その迫力にリーナも竦(すく)み上がった。

「が……害意などではございません！　わたくしはずっと前から、アレクシス殿下をお慕い申しておりました……！」

ミシェルがぼろぼろと泣きながら告げる。

「害意でなく好意であれば、問題ないと？」

「そんなことは……っ」

「私に何をしたんだ。問答無用で縛り首ではさすがにリューデリッツ侯爵がかわいそうだな。回答いかんによっては情状酌量を認めよう。正直に答えてくれ」

改めてアレクシスが低い声で問う。

「……呪いを、かけました。あの光を見たあと、最初に見た人を好きになるという呪いです……」

アレクシスに睨まれて、ミシェルは涙でいっぱいの目を少しの間泳がせたが、しばらくして観念したように呟いた。

それを聞いて、アレクシスが驚きと呆れが混ざったような表情を浮かべる。

――光を見たあと……光を見ることが大切なのね。

ミシェルの説明で、光を浴びているにもかかわらずリーナが無症状である理由がわかった。

それにしても、ミシェルの言い分はずいぶんだ。呪いを使ってアレクシスに好きになってもらうということは、彼の心を操るということだ。

――そんな不自然な形で好きな人の心を手に入れて、幸せになれるのかしら。

お互い強く想い合っていた両親を知っているからこそ、疑問に思う。

「本気で言っているのか？　私は迷信の類は信じない」

アレクシスが非難のこもった視線を送るが、ミシェルはめげなかった。

「この大陸の東の果てよりさらに東、海の真ん中にある島に住む人々は、人の心を操る術を持っているそうなのです。アレクシス殿下はすでにお妃様選びを始めていらっしゃるのでしょう？　学園でもそう噂されておりましたし、父もそのようなことを申しておりました。それで、アレクシス殿下に選んでいただこうと……あらゆるツテをたどって、相手の心を魅了するという東方の島国の不思議な道具を手に入れました。でも説明では、心を惑わすだけだと。それ以外の作用はないと聞いておりました！」

一気に言ったあと、心の糸が切れたのか、ミシェルが再び涙をこぼし始めた。それを見たアレクシスが、心底うんざりといった顔になる。

要するに、ミシェルの暴走した恋心に、アレクシスは巻き込まれたということらしい。リーナはその場に居合わせてしまった、と。

そんなことでこんな恐れ多い場所に呼ばれることになったとは思わなかった。アレクシスではないが、リーナもミシェルの言い分に呆れる。

――あら、そういえば、アレクシス殿下が最初に見たのは私になるんだけど……？

ふとリーナは重大なことに気づく。だが、目の前にいるアレクシスはリーナのことを好きどころか、意識している様子すらない。

「まあ、いい。ミシェル嬢の言う通りであれば、私はあの光を見たあと最初に見た者に恋をするんだったか？　記憶が正しければそちらのバートン嬢を目にしたと思うが」

アレクシスも同じことに気がついたようで、リーナに目を向ける。切れ長の氷色の瞳に射貫かれて、リーナは身動きができなくなった。その色のせいで冷たい印象が増し増しだ。

「特に何も感じない。そういえばバートン嬢もあの光を見たのではなかったか？　君の体調はどうなんだ？」

「わ、私は光を見ていないのです。アレクシス殿下にぶつかると思って目を閉じていたので。ですから体調には特に変化はありません」

リーナの答えに、アレクシスがひとつため息をつく。

「私だけ貧乏くじを引いた形だな。だが、ミシェル嬢が見込んでいた効果が出ていないところを見ると、残念だがその呪いの道具とやらはまがい物だったようだ。とはいえ、私の体調不良の原因はどう考えてもあの光だ。ほかに心当たりがないからな。で、これはどうすれば解呪できるんだ？」

「……わかりません」

「わからない？　それは困るな。あなたは自分がやったことに対し、責任を負わなくてはならない。この呪いの解き方を早急に見つけてきてくれ。反逆罪は家族にも累が及ぶからな」

アレクシスの言葉にミシェルはがたがたと震えており、今にも気を失って倒れてしまいそうだ。さすがってしまった呪いの代償がこんなに大きなものだとは、思わなかったに違いない。さすがにちょっとかわいそうになってくる。

「期限を切ろう。この状態で悠長に待つことはできない。十日で解呪方法を探してくるんだ」

「十日!?　む、無理です……。道具を融通してくださった方によると、作ったのはあの島国の中でも特殊な流浪の民と聞いております。その方も偶然手に入れたのだと。十日で探し出すのはとても」

「無理でも探し出すんだ！」

それまで苛立ちながらもかろうじて冷静さを保っていたアレクシスが、突然荒々しい声を出した。ミシェルがびくりとする。アレクシスがミシェルを睨みつつゆっくりと近づく。

「こっちは公務で忙殺されているのに、なぜお嬢様のわがままに付き合わなくてはならないんだ。これだから女は嫌いだ。自分のことしか考えないし、すぐに泣く！　泣けば許してもらえると思っているところも腹が立つ」

アレクシスがすぐ傍らに立ち、ミシェルを見下ろす。背が高いから、威圧感がものすごい。

「すぐ好きだのなんだの言い出すところも理解ができない。俺の何を見て好きになるというんだ。

俺のことなんてほとんど知らないだろう!?　俺がいったい何をしたというんだ？　なんでこんな目に遭わなきゃいけない!?」

アレクシスには鬱憤がたまっていたようだ。これでもかというくらい飛び出してくる文句の数々に、ミシェルはもとよりリーナまで固まってしまった。

――なんだかちょっと論点がずれているような気がしないでもないけれど、とにかく言い草がひどいわ。

「あなたはわかるか？　あの直後から体の中をミミズが這いずり回っているような不快感がずっと続いている。食事どころか、寝ることもできなくなっているんだぞ!?　俺の仕事は、女学校で挨拶をするだけじゃないんだ！　どれもこれも全部、あなたのせいだろう！」

苛立ったアレクシスが、テーブルを殴りつける。その物音にミシェルが小さく悲鳴を上げた。

――ミシェル様のせいで呪いがかかってしまったというのなら、アレクシス殿下の怒りももっともだけれど……。

苛立ちを隠す気もないアレクシスはずっとミシェルを糾弾している。ミシェルは自分が全面的に悪いと自覚しているためか、返事もせずにただ震えているだけだ。

リーナはちらりと暖炉の上の置時計に目をやった。

汽車の出発時刻が迫っている。あまり時間に余裕がないことに気づき、リーナは膝の上の手をぎゅっと握り締めた。

――いつまで付き合わなければならないのかしら。忙しいとおっしゃるわりに、ミシェル様をいじめる時間はあるのね。

これはアレクシスの不調の原因解明の場ではなく、単なる憂さ晴らしの場ではないか。ミシェルにただ不満をぶつけるだけの時間に付き合うなんて、冗談ではない。こっちだって暇ではないのだ。大学の職員が駅までリーナを迎えに来ることになっている。連絡手段が手紙以外にない以上、到着時刻に遅れるようなことはしたくない。そんなことをしたら、バンスブルー大学からの印象が悪くなってしまうではないか。

それどころか、採用を取り消されたらどうしてくれるというのだ。こっちは行くあてがないのだから、本当に野垂れ死にしてしまう。

しばらくリーナは時計を横目で見つつアレクシスの怒りが収まるのを待っていたが、アレクシスのミシェルへの糾弾は終わりそうもない。この王子様は人を罵る語彙が豊富かもしれない。いや、そうではなく。

「もうそれくらいになさってください！」

焦りが頂点に達したリーナは、たまらず声を上げた。

アレクシスの氷色の瞳がこちらを向く。

「ここであれこれ言っていても、道具を作った方を見つけることはできません。早急に解散して、ミシェル様に解呪方法を探していただいたほうがよろしいのではないですか？」

「つまり君は、自分は関係がなさそうだから早く帰りたい、と？」

アレクシスの怒りが自分に向いたのを感じて、リーナはぎゅっとスカートをつかんだ。間違ったことは言っていない。

「そうは申しておりません。客観的な意見を述べたまでです」

「客観的ね。部外者はなんとでも言えるな」

「アレクシス殿下、そのくらいになさってください。アレクシス殿下のお怒りはごもっともですが、いかなる時も王太子としての品格を保っていただかなくては。あまり無様な姿を人前で晒(さら)すと、アレクシス殿下を推した国王陛下の判断を疑われてしまいます」

　アレクシスとリーナの言い合いに、ヴィスリーが割って入る。アレクシスがはっとした表情を浮かべる。

「バートン嬢の言う通りです。ここでミシェル様を問い詰めても何も解決しません。ミシェル様には急いで呪術師を捜してもらいましょう。バートン嬢はどうもご足労様でした。帰りは馬車で送らせますので」

　そう言って身振りでミシェルとリーナの退室を促すので、二人して立ち上がる。ミシェルのほうが先にドアに向かって歩き出し、リーナがあとに続こうとした時だった。

　背後で呻(うめ)き声と大きな物音が聞こえた。

　はっとして振り向くと、アレクシスが胸元を手で押さえて床に片膝をついている。その肩は大きく上下し、本当に苦しそうだ。

「アレクシス殿下？」

　ヴィスリーが不安そうな声を出すよりも先に、リーナはアレクシスのもとへ駆け寄っていた。

「大丈夫ですか⁉」

　助け起こそうとしゃがんで手を差し伸べたら、アレクシスに乱暴に振り払われた。その衝撃でぐらりと体がかしいで、リーナは声を上げる間もなくアレクシスのほうに向かってバランスを崩す。

アレクシスが驚いた顔をするが、こっちだって驚いている。リーナは無我夢中で何かをつかもうと手を伸ばし、なぜかたまたま指先が当たったアレクシスの手をつかんでしまった。……が、なんの助けになるわけでもなく。

べちゃっとアレクシスにのしかかる形で床に倒れ込む。アレクシスのベストのボタンがおでこに食い込んで痛い。一昨日の二の舞だ。

と、その時。

どろりと、アレクシスの手をつかんだ手のひらから、嫌な気配がリーナの中に流れ込んでくる。どす黒くて悪意に満ちた何か。あまりのおぞましさに、全身が総毛立つ。

——何これ……！

リーナが体をこわばらせるのと、アレクシスがはっと息をのむのは同時だった。

「アレクシス殿下！」

大きな声を上げながら、ドア付近に立っていたアレクシスの護衛騎士、カイルが駆けつけてリーナを助け起こす。

「おけがは？」

だが心配しているのはアレクシスだった。さすが護衛騎士。助け起こされた瞬間にアレクシスの手をつかんでいた手が離れ、どろりとした嫌な気配は消え失せる。

「俺は大丈夫だ」

床に座り込んで手のひらを見つめるリーナそっちのけで、カイルがアレクシスを助け起こす。

「具合が悪いようでしたら、お部屋に戻りましょう」

「……。いや、その前に確認したいことがある」

カイルを押しのけ、アレクシスが床に座ったままのリーナのほうを向く。アレクシスも床で体を起こしただけなので、二人して床に座り込んで向かい合う形のまま、アレクシスがいきなりリーナの手をつかんだ。

つないだ場所から、ぞわっと言いしれない気持ち悪い気配がリーナの中に流れ込む。さっきと同じ。さっきは一瞬だったから驚きのほうが大きかったが、今度はアレクシスがわざとそうしているからびっくりはしない。ただ、何が起きているのかはわからない。

アレクシスが手を離す。ぞわぞわとした気持ち悪さが消える。

アレクシスが再びリーナの手を取る。ぞわぞわとつないだ場所から気持ち悪い何かがリーナの中に入り込もうとしてくる。皮膚の下を無数のミミズが這い回っているような、たとえようもない気持ち悪さ。

——嫌だ、あっちに行って！

皮膚の下でうごめくミミズのような気配に鳥肌が立ったリーナは、思わず心の中で叫んだ。すると、しゅわっと手のひらに雪を受けた時のように、ミミズたちの気配が消える。

アレクシスが驚いたようにリーナを見つめてきた。ミミズの気配はアレクシスも感じているようだ。

——これがアレクシス殿下のおっしゃっていた、体調不良の原因？

リーナが念じたことで消えたミミズたちだが、すぐまたアレクシスの体の奥から湧いてきてリーナの手のひらの下で暴れ出す。

気持ち悪くてたまらないリーナは、思わずアレクシスが握り込んでいる手にもう片方の手を重ね、アレクシスの手を包み込むようにして「気持ち悪いやつ、あっちに行って！」と願った。すると、さっきよりも早くにミミズの気配が消える。

「……どういうことだ……？」

アレクシスが呆然といった感じで、リーナを見つめる。

「わかりません」

アレクシスがリーナの手のひらから自分の手を引き抜き、その手に視線を落とす。

「どうかされたのですか？」

カイルが怪訝(けげん)そうに聞いてきた。それはそうだろう、アレクシスとリーナは床に座り込んだまま、お互い手をつないだり離したりしているだけなのだから。

「もう一度、手を」

カイルになんと答えるべきか困っていたら、アレクシスがそう言って再び手を差し出してきた。よくわからないが、逆らう理由もないのでリーナは片手を伸ばす。アレクシスの大きな手がリーナの手を包む。

さっきよりはだいぶ少ないものの、どろどろとしたミミズたちの気配がつないだ手のひらから伝わってきては、雪のように消えていった。

「なるほどな」

アレクシスが呟いて手を離す。

ここへきて、リーナもようやく理解してきた。

「呪いの意味がわかった。ミシェル嬢、この呪いは確か、光を浴びたあと、最初に見た人間に恋をする、だったか？　……恋はしていないが、バートン嬢に触れている間は体中の不快感が消える」

「……えっ？」

カイル、ミシェル、ヴィスリーの三人が揃って声を上げる。

リーナは「やっぱり」と思った。アレクシスに触れている時に感じたあのミミズの気配は、やはりアレクシスが感じている呪いだったのだ。

「ただ手を離すと不快感は戻ってくるから、バートン嬢の効果は一時的なものだろう。これはおそらく、物理的に離れられなくする呪いのようだな。本来、俺を救ってくれるのは光を放ったミシェル嬢のはずだった。なのにバートン嬢が突っ込んできて、その役割が彼女のものになった」

アレクシスがゆっくりと立ち上がる。

それに合わせてリーナも立ち上がった。

「ははあ、なるほど。物理的に……となりますと、バートン嬢にはミシェル様が解呪方法を見つけるまで、ここに滞在してもらわなくてはなりませんねえ」

「えっ、困ります」

ヴィスリーの提案にリーナは声を上げた。

さっき、アレクシスが「十日以内に解呪方法を見つけてこい」と言ったのに対し、ミシェルは「十日では無理。もっとかかりそう」と答えていた。

バンスブルー大学は「採用から十日以内に就労できること」という条件でリーナを採用してくれた。その十日目は明日だ。指定された日までに行けると返事をしたからこそ採用をもらえたのだから、「行けなくなりました」なんて言ったら採用が取り消しになることは間違いない。

いくつも応募した中で唯一、能力を重視、見た目は不問と言ってくれた職場を逃すわけにはいかない。


「私、次の予定があるので、ここにいられないんです」

「どういうご予定ですかな?」

ヴィスリーが聞く。

「仕事です。明日からバンスブルー大学で働くことになっているんです」

「そうですか。残念ですが、その仕事先には勤務開始が少し遅れると連絡していただきたい」

リーナは即座に首を振った。

「それは……できません。困ります! 仕事がなくなったら私、生活が……」

「仕事が必要なら、こちらであなたの希望する仕事を探しましょう」

焦ってまくし立てるリーナを遮り、ヴィスリーが言う。

「……え?」

「バートン嬢、あなたにはここに留まって、アレクシス殿下のおそばに仕えていただきます。もちろんそれに対する報酬はお支払いしましょう。それなら、問題ないのでは?」

「勝手に話を進めるな」

異を唱えたのはアレクシスだった。

目を向けると、アレクシスは不愉快そうにヴィスリーを睨んでいる。

「触っている間は不快感が消える。手を離すと戻ってくる。ということは、四六時中べったりくっついていないといけないということだろう？　無理だ。現実的じゃない。予定を重要なものだけに限定すれば、十日くらい我慢できる」

「どうあっても我慢されるというわけですか」

　ヴィスリーの目に冷ややかな色が浮かぶ。

「ではミシェル様が解呪方法を見つけてくるまで、アレクシス殿下は病気療養ということにしましょう。今の状態で公務をこなされるのは不可能です。あまり失態を重ねられますと、この国の統治者としての素質を疑われかねませんので。次期国王にベアトリス殿下を、という声が出てくるようなことがあっては、私としても困るのですよ」

　ヴィスリーの指摘にアレクシスがウッと詰まる。

「……だが……、俺のそばに女を置くのはまずい。変に勘繰られたり妙な噂が流されたりすると困る」

「アルベルト様なら、これくらい笑って受け入れそうですけどね。アレクシス殿下にはできそうにはありませんか」

　ヴィスリーの言葉を聞いた途端、すぐ傍らにいるアレクシスがぎゅっとこぶしを握り締めたのがわかった。

　――え、何……？

　何が起きたのかとアレクシスの顔を見ると、目つきがさっきよりずっと険しい。

　――アルベルトという人と比べられたことが嫌だったのかしら。

　部外者のリーナにはさっぱりわからない。

「アレクシス殿下が公務を休まれるのは現実的ではありません。ここにいる間だけ事務官にするのはどうでしょう？　それならアレクシス殿下が懸念しているように、妃問題でピリピリしている周囲を刺激することも避けられますし」

ヴィスリーとアレクシスの間の緊迫した空気を打ち消すように、近衛騎士のカイルが口を挟む。

「……そうだな」

一呼吸置いて、アレクシスが頷く。

「確かに、王宮の職員なら俺のそばにいても不自然ではない。そういえば、おまえのところの団長が顔を合わせるたびに新しい事務官を入れてくれと言ってたな。その方向で話を進めよう」

――えっ？

さっきまであんなにリーナをそばに置くことを拒絶していたのに、どうしていきなり態度を変えたのだろう？

リーナは呆然とアレクシスの横顔を見つめた。

――意味がわからない……いったい何が起きたの⁉

「その髪色での事務官への本採用は難しいので、臨時採用ということにしましょう。その代わり、バートン嬢の希望の仕事はこちらで探すということで……」

「ちょっと待ってください！　勝手に話を進めないで！」

話をまとめようとしたヴィスリーを遮り、リーナは叫んだ。なぜ当事者であるリーナが置き去りのまま、王宮の人たちが一方的にぽんぽんと決めていくのか。

「確かに私は、仕事を探しています。話はとてもありがたいことです」

「だったら別に問題ないだろう」

リーナに言い返してきたのはヴィスリーではなくアレクシスだった。

「君が望む仕事を与えると言っているんだ。今の仕事より待遇をよくすることも可能なのに、何が不満なんだ？」

「そういう問題じゃありません！」

リーナは傍らに立つアレクシスに向き直って、その氷色の瞳を睨み上げた。さっきまで見えていた憤りは鳴りを潜め、今のアレクシスは何を考えているのかさっぱりわからない。

――私がそばにいると困ると言ったり、そばにいないと困ると言ったり、勝手すぎる！

「バンスブルー大学の仕事は私の恩師があちこち頭を下げて、ようやく紹介していただいた仕事です。こっちから都合が悪くなったので辞退しますでは、先方にも、恩師にも、あまりにも失礼です！」

「しかたがないだろう。君の都合より俺の都合のほうが重要だからな。まあ、せめてもの償いとして、俺のほうからバンスブルー大学に断りの連絡を入れてやってもいい。君個人の連絡より、王宮からの連絡なら先方も納得しやすいだろう」

アレクシスの傲慢なものの言い方に、リーナは唖然（あぜん）とした。

実家で過ごした日々は、幸せな時期もあったけれど、日陰で過ごす時間も長かった。

ボーフォール学園で過ごした六年間も、決して楽しいものではなかった。上流階級の令嬢たちと、実家から縁を切られ、平民になることが決まっている自分。友達なんてできるはずもない。

実家でも学園でも、ずっと疎外感や理不尽な誹謗（ひぼう）中傷に耐えてきた。

それもこれもすべては母がリーナに「幸せな人生を」と望んだからだ。それはリーナにとって母との大切な約束だった。

卒業することで実家からも学園からも解放され、ようやく自分の人生を送ることができると思ったのに……！

——なぜ、その場に居合わせただけなのに、この人たちの事情に付き合わなければならないの？

何も悪いことはしていないのに、ここに閉じ込められなければならないの？

「どうした？　何か言いたいことがありそうだな。聞いてやるから言ってみろ。聞き入れてやれるかどうかはわからないけどな」

こぶしを握り締めてわなわなと震えているリーナに、アレクシスが冷ややかな口調で聞いてくる。

「……私に拒否権はないのですか……？」

「あると思うか？」

一応聞いてみたが、予想通りの答えが返ってくる。

——どうやら逃げられそうにはないわね。だったら、やってやろうじゃないの……！

泣いても運命は変わらない。あれは、父の実感なのだ。母を亡くした父は、生まれたばかりのリーナを抱えて人目もはばからず号泣したという。泣いても母は生き返らない。運命は変わらない。

父の言葉は理不尽な目に遭うたび折れそうになる心を、いつも支えてくれた。リーナが泣いたら天国の母が心配する。だから泣かない。もし泣いてもすぐに泣きやむ。そう、父と約束したのだ。

「先ほど、ヴィスリー閣下は私に報酬を支払うとおっしゃいました。その言葉に二言はございませんか」

リーナはヴィスリーではなく目の前のアレクシスを睨みながら、確認した。

「二言はない。そうだろう？　ヴィスリー」

アレクシスが背後にいるヴィスリーを振り返ることなく、そう答える。ちらりと目をやると、ヴィスリーが頷くのが見えた。

——よし、言質は取った。

リーナはひとつ深呼吸し、覚悟を決める。

「私の言い値の報酬を聞いてくださるのなら、ほかは何も希望しません。バンスブルー大学への連絡も、仕事の紹介も必要ありません。その代わり、金額は一ギリンも妥協しません」

「潔いな。いいだろう、と言いたいところだが金額による。国家予算級の報酬を請求されても困るからな」

アレクシスの声は冷静だ。感情が読み取れない。王太子……つまり、国家の権力者を前にしているのだという思いが強まる。さっきの怒りをあらわにするアレクシスより、冷静なアレクシスのほうがよっぽど怖い。

リーナは指先が震えないよう、両手をきつく握り締めた。

「一千万ギリンを一括で」

「一千万ギリン？　ずいぶんと高額だな」

「アレクシス殿下のお命を救うお値段にしては、破格だと思いますが」

リーナの言い方に、アレクシスが一瞬怯む。

そう、リーナの報酬とは、アレクシスの症状を抑える値段。言ってみればアレクシスの命の金額である。

「……いいだろう。できるよな？　ヴィスリー」

アレクシスが背後を振り返る。

「わかりました。一千万ギリンを一括でお支払いしましょう。ただし、これは成功報酬であり、バートン嬢が途中で投げ出したり、王宮内で問題を起こしたりするようなら、満額でのお支払いは考えさせてもらいます。そこはご留意ください」

ヴィスリーも快く受け入れて頷いた。だが、リーナに釘を刺すことも忘れない。

「ええ……わかりました」

「ところで、なんに使うつもりだ？　犯罪ではないよな？」

アレクシスが報酬の用途を聞いてくる。

「ボーフォール学園の学費です」

「学費？」

リーナの返事に、アレクシスが怪訝そうな表情を浮かべる。予想外の答えだったのだろう。

「なるほど。どなたかに借りて進学された感じでしょうか。……それはそれとして、王宮にいてもらうにあたって、その髪の毛は大変目立つので、染めるなりカツラを……」

「別にそれは構わない」

ヴィスリーの言葉をアレクシスが遮る。リーナはびっくりして、思わずアレクシスを凝視してしまった。

この髪色でも構わないという人が王宮にいるなんて思わなかったからだ。

——不幸中の幸いといったところかしら。

その後、リーナはベルンスター王国の王太子、アレクシス・トール・グラナードを相手に契約を交わした。

ミシェルがアレクシスにかけた呪いの解き方を見つけるまで、アレクシスのそばにいて呪いの効果を弱めるために手を貸すこと。その報酬は一千万ギリンの一括支払い。ただしリーナが任務を途中で放棄したり問題を起こしたりして続けられなくなった場合は、減額される可能性もある。

契約締結後、いかなる内容の変更も認めないこと。これはリーナがなんの前触れもなくすべてを反故（ほご）にされることを考慮し、ねじ込んだ。任務をまっとうしたにもかかわらず最後に難癖をつけられて、報酬を減額されてはかなわない。

「呪いが解けた暁には速やかに関係を解消し、その後の接触はしない」

契約の最後の一文はアレクシスが付け加えた。

「その点は私も完全同意です」

「そうか。俺たちは気が合いそうだ」

「仲良くしてくださいね、アレクシス殿下」

「こちらこそよろしく頼む」

交わしている会話とは裏腹に、二人の間には凍えそうなほど冷たい風が吹いている。

——一千万ギリンのためだもの。ミシェル様が解呪方法を見つけてくるまでの我慢よ！

下級役人の部屋に案内されたリーナがまずやったことは、バンスブルー大学に手紙を書くことだった。

アレクシスにはああ言ったが、バンスブルー大学への未練はたらたらだ。何しろ、リーナのことを見た目への偏見なしに評価し採用してくれた職場なのだ。そこで働きたいに決まっている。

だがバンスブルー大学は「すぐに働ける」と返事をしたからリーナを採用したのであって、もし指定の日に行くことができなければ採用が取り消しになる可能性は高い。それでも一縷（いちる）の望みをかけて「急な体調不良で指定の日までに行くことが難しそうだ。働く気はあるので、待っていただくことは可能か」というようなことを丁寧に書く。そして封をしたところで、リーナはとあることに気づいた。

「一千万と言わず、もう少し吹っかけて請求すればよかったわ！　失敗した～～～～～～！」

そうすれば、仕事探しに対しここまで追い込まれなくても済んだのに。

――まあ、報酬とは別に、事務官として働いたぶんの給金も出るらしいから、よしとするか……。

リーナの部屋には騎士団勤務専用の女性用の制服が届けられていた。騎士団は男性ばかりだと思っていたが、女性事務官が存在するのだという。

制服の上着は騎士服とお揃いのデザインであり、スカートは動きやすい七分丈のフレアスカートになっていて、とてもかっこいい。明日からこれを着て、アレクシスの呪いを抑える任務に就く。

――毎日、あの人と一緒かあ……。

脳裏に偉そうな顔つきのアレクシスが浮かぶ。もう、アレクシスといえば祝賀会の爽やかな好青年ではなく、今日の偉そうなアレクシスになってしまった。はっきり言って、気が重い。

リーナは自分の手をじっと見つめた。アレクシスの手をつかんだ時、ゾッとするような恐ろしい気配がリーナの中に流れ込んできたのを覚えている。あれを抱えたままでいるとなるとつらいだろうな、と思う。呪いを受けた理由も理由だ、彼が苛立つのもわかる。

――髪の毛のことを言わなかったのはよかったけど。

今までの人生で、リーナの髪色を気にしないでくれたのは、リーナの母を知る昔の使用人のほかは、図書館の司書であるクライトン先生くらいだったから。

――嘆いても運命は変わらないものね。だったら、やるべきことをやるだけよ！

リーナは制服を前に、ぐっとこぶしを握り締めた。

＊＊＊

王宮に来て二日目。

リーナは、初めて着る制服姿を鏡に映し、着こなしをチェックしていた。髪の毛は女学校時代と同じでハーフアップにしてある。自分でもなかなか凛々しい姿だと思う。

――おかしなところはない。よし、出勤！

ぺんぺんとほっぺを叩いて気合を入れ、リーナはアレクシスの執務室に向かった。

王宮は、正殿を中心に東館と西館に分かれている。リーナの部屋は東館の端っこ、アレクシスの執務室は西館の一階。建物がとても大きいので、かなり距離がある。

迷うことなく到着できるか不安だったが、見覚えのある重厚で巨大なドアになんとかたどり着くことができた。

ドアの前で深呼吸をし、ノックをする。

「おはようございます。リーナ・バートンです」

声をかけると、「入れ」という声が聞こえた。

「失礼します」

断りを入れてドアを開く。

右手に大きな執務机、部屋の真ん中にソファセット、左手に暖炉。暖炉の横には大きな置時計がある。

実は、この部屋に来るのは初めてではない。昨日、アレクシスと契約を交わしたあと、リーナの呪いを抑える力が本物かどうかをここで確かめたのだ。

この呪いはアレクシスの体の中に毒のようなものを発生させ、リーナが触れると一時的に消すことができる。しかしリーナが手を離すと再び毒がたまり始め、アレクシスを苦しめる……というようなものであるらしい。ただ、最初にアレクシスが心配したように四六時中べったりくっついていないといけない、というわけでもないようだ。たとえるなら、雨漏りを受けるバケツのようなものだが、問題はそのバケツの容量がどれほどのものかわからないことである。

昨日も思ったけれど、アレクシスの執務室はほかの部屋に比べ装飾品が少ない。暖炉の上の肖像画が唯一ではないだろうか。描かれているのは黒髪の少年。アレクシスによく似ているので、歴代の王族の誰かだろう。

掃き出し窓からは王宮の中庭を一望でき、部屋はとても明るい。

こんな美しい風景を見ながら仕事ができるなんて羨ましいと思うが、この部屋の主はぐったりと執務椅子に腰かけて目を閉じていた。

――ものすごーく、体調が悪そう……。

リーナが昨日最後に触れたのは夕方の十七時頃。今は朝の九時過ぎだから、それから十六時間が経過している。

「制服姿、なかなか似合いますよ。昨日はバタバタしていたので改めて自己紹介をしますね。オレはカイル・ロス・ヴィスリー。近衛騎士団の副団長をしています。王宮でヴィスリーといえば父のことを指すので、オレのことはカイルと」

執務机を挟んでアレクシスの向かい側に立っているカイルがリーナに向き直り、名乗ってくる。

「カイル様ですね。リーナ・バートンです。よろしくお願いします」

リーナはにっこり微笑んで頭を下げた。

「で、ご存じかとは思いますが、こちらが我がベルンスター王国の王太子であるアレクシス・トール・グラナード殿下です」

カイルに紹介され、アレクシスが瞼を開いて瞳だけこちらに向ける。

「よろしくお願いします、アレクシス殿下。リーナ・バートンです。リーナとお呼びください」

「ああ、よろしく頼む。バートン」

礼儀としてカイルにしたのと同様ににっこり微笑んで名乗るが、アレクシスはだるそうにそう言って頷いただけだった。

「アレクシス殿下、昨日の夕方にリーナ嬢に触ってもらって半日以上が経過していますけれど、体調はいかがですか?」

「よくはないな」

「そのようですね」

「だが、一昨日までよりはずっといい。半日に一回程度でもちそうな気はしている」

カイルの質問に、アレクシスが淡々と答える。

「とすると、朝と夜寝る前の二回ということですか?」

「朝と終業前でいいだろう。実際昨日も終業前に触って、今朝までもったし」

「でも、ずいぶんお疲れのようですよ。もう少し頻度を上げても……」

「必要ない」

カイルの申し出を、アレクシスがきっぱりと断る。

「俺はその娘を信用していないからな。何しろ隠れて覗き見をする人間だ。近衛騎士団でも気をつけろよ。機密情報を盗まれかねんぞ」

アレクシスに睨まれ、リーナはカッと顔に血が上った。

「あ……あれは……! 別に覗き見をするつもりなんて……」

「俺は君の発言を許可していない、バートン」

説明しようとしたリーナを、アレクシスがぴしゃりと遮る。

「君は俺にかけられた呪いを弱めることができるから好待遇を受けているが、勘違いはしないように。王宮で働くなら王宮のルールには従ってもらう。それができない場合は身柄を拘束することになる」

「アレクシス殿下、そこまで脅さなくても」

アレクシスの言い分に、カイルがさすがに言いすぎと思ったのか口を挟む。

覗き見してしまったのは事実だが、こっちにも事情があるのだ。

とはいえ、この様子ではアレクシスが聞く耳を持つとも思えない。

——ああ、我慢よ、リーナ。一千万ギリンのため。

平常心、平常心と心の中で唱える。きっと、自分のこめかみには青筋が立っていることだろう。

「まあ、そういうことなら今日は朝と終業前の二回で試してみましょう。それでなんとかなりそうなら、明日からもその回数で。厳しそうな場合は、もう少し増やすということで。妙な憶測は招きたくないですから、王宮内でアレクシス殿下とリーナ嬢の関係はできるだけ知られたくないですし」

「俺もそんなのはごめんだ」

「というわけでリーナ嬢、アレクシス殿下に触れる場合はオレが必ず同席しますので、二人きりになることは避けてください。単独での行動も禁止とさせていただきます。また、ミシェル様が解呪方法を見つけてくるまでアレクシス殿下のご公務は王宮内で済むように調整します」

アレクシスの同意を無視して、カイルが説明する。

「リーナ嬢の正面に見えているドア、あちらは隣の秘書官室につながっています。秘書官室への立ち入りや、秘書官との接触はご遠慮ください」

「承知しております」

リーナは頷いた。

「じゃあ、始めますか。リーナ嬢、お願いします」

カイルに促されて、リーナは大きな執務机を迂回してアレクシスの前に立った。

アレクシスが左手を差し出してくる。リーナはその手を両手で包み込む。

触れた途端、手のひらの皮膚の下で無数のミミズがうごめくような感触が伝わってくる。全身に鳥肌が立つ。

どうしてアレクシスはこんなものが体の中で暴れていて、こんなに平気な顔をしていられるのだろう。

リーナは昨日したように「あっちへ行って」と強く念じた。

手のひらの下で暴れるミミズたちがみるみる弱まって消えていく。

「終わりました」

「……ご苦労」

ミミズの気配が感じられなくなったところでそう告げて手を離すと、アレクシスが自分の手をさっと引き抜く。

こちらを見ようともしない。昨日はこの事態を受け入れたように振る舞っていたけれど、やはり実際は納得していないのだろう。

――まあ、アレクシス殿下も完全にとばっちりだものね。

でも、リーナだって巻き込まれただけなのだ。ここまで警戒しなくても……とも思う。

「では次は終業前に」

カイルはそう言ってアレクシスの前を辞し、リーナを連れて執務室の外に出た。

そのまま近衛騎士団の詰め所に行き、団長に挨拶をする。

団長は以前から事務官をほしがっていたと聞いている。何かしなければならないことがあるのかと思っていたが、団長に命じられたのは詰め所の掃除だった。男所帯なので、掃除が行き渡らないのだという。

一人では大変だろうからと、団長が入団一年目の若手騎士を相棒につけてくれる。

これは果たして事務官の仕事なのだろうか。いや、違うだろう。

――本当の事務仕事となると、ここの情報を私に見せることになるから、させられないってことかしら？

そういえば先ほど、アレクシスはカイルに「機密情報を盗まれかねんぞ」と告げていた。事務官とは名ばかりの雑用係だったというわけか。

ため息を堪え、リーナは手始めに部屋の片隅に雑然と積まれているいろいろなものを、若手騎士と一緒に片付けていくことにした。

そうして埃にまみれて午前中を過ごし、そろそろお昼にしようか、と相棒の若手騎士と話しているところに、カイルが現れた。走ってきたのか、息を弾ませている。

「すぐに来てもらえますか」

どこに、ということを言わないことからすぐにわかった。

「アレクシス殿下の様子がおかしいんです」

速足でアレクシスの執務室に向かう途中、カイルが教えてくれる。

「様子がおかしい……それって……」

呪いの影響に違いない。カイルが血相を変えて呼びに来るほどだから、よっぽど具合が悪いのだと思うと、リーナの体にも緊張が走る。

アレクシスの執務室に到着し、カイルが大きなドアを叩く。返事がない。カイルはそのままドアを押し開いた。

「おかしいな……さっきまではそこにいたのに……」

カイルが執務机を見ながら不安げな声を出す。確かに机の上には書類が雑然と置いてあり、アレクシスがそこで仕事をしていた気配があるが、アレクシスの姿はない。

リーナはさっと部屋を見回した。

手前のソファからほんの少しだけ、足の先が見えている。

「……っ」

リーナは慌ててソファの前に回り込んだ。

アレクシスがぐったりとした様子で横たわっている。真っ白な顔からは生気が感じられない。疲れ切ってようやくたどり着いたのだろう、片方の腕と脚がソファから落ちている。

「カイル様、こちらにいらっしゃいました！」

リーナは声をかけると膝をつき、床に力なく落ちている手をつかんで握り込んだ。

アレクシスの指先は冷たかったが、触れた手首からは脈が感じられる。

――よかった。生きている……。

リーナは安堵の息を漏らした。もしかしたら、と思ったのだ。それほど、アレクシスの姿からは生気が感じられなかった。

しばらくして、アレクシスの睫毛が震え、瞼が開く。氷色の瞳がぼんやりとリーナを見つめてきた。

「……どうしてバートンがここにいるんだ……？」

「オレが呼んだんですよ」

リーナに代わり、背後に立つカイルが答える。

「それで、勝手に入ったのか？　余計なことを……。夜まで大丈夫だと言っただろう。疲れたから少し横になっていただけだ」

「あっ」

アレクシスがリーナから自分の手を奪い返し、体を起こす。毒を消し切る前に腕を引き抜いたからか、呼吸は荒く、顔色もまだ悪い。

「余計なことではありません。御身に何かあったらどうするんですか。アレクシス殿下はご自分のことを軽く見すぎです」

言い訳をするアレクシスに腹が立ったのか、カイルがいくぶん強めの口調で言う。

リーナもまったく同じ気持ちだ。一瞬、死んだのかと思うほどだったのに、どうしてこの人はこんなに無理をしようとするのだろう。

「軽くなど見ていない。事実だと……」

さらに言い訳をするアレクシスに、カイルがため息をつく。

「アルベルト様なら、そんなに意地は張りませんよ。合理的に判断されると思います」

カイルがそう言った途端、アレクシスがぎくりと体をこわばらせ、動きを止める。一方のカイルも、険しい顔つきでアレクシスを見つめている。

――えっ……何……？

突然張り詰めた空気に、リーナはきょとんとした。たった今、二人とも言い合いをしていたというのに、なぜ急に黙り込んでしまったのだろう。

「……まあ、確かに。呪いに体力を奪われていては公務に差し障る」

ややあって、アレクシスがもう一度リーナに手を差し伸べてくる。

「え……？」

さっきまであんなに嫌がっていたのに急に手を差し出され、リーナは咄嗟に応えられなかった。

「どうした。俺から呪いの毒を消すのが君の役目だろう」

アレクシスがリーナを見上げてくる。氷色の瞳にはなんの感情も浮かんでいない。

――いったい何を考えているの……？

わけがわからないまま、リーナは再びアレクシスの手を取った。

今度は、ちゃんと指先が温かい。呪いの気配も、先ほどのように濃くはない。

「でも昨日に比べたら楽になっている。君も、そう思うだろう？　バートン」

名前を呼ばれて顔を上げると、アレクシスがいつもより迫力ある目で見つめてきた。

「そ……そうですね」

まったくそんな気はしないが、アレクシスの視線が「話を合わせろ」と訴えているので、リーナはこくこくと頷いた。

「そうですか？　しかし、念のために今日はあと、三時の休憩時と終業前と、寝る前に……」

「寝る前は必要ない」

「でしたら、三時と終業時に毒消しをしましょう。この二回は譲れません」

カイルの提案にアレクシスが「それでいい」と頷いた。

呪いの気配を感じなくなってから、リーナは手を離す。アレクシスの顔色はだいぶよくなっている。

役目が終わったので、リーナは執務室をあとにして近衛騎士団の詰め所に向かった。

歩きながら、先ほどのアレクシスを思い浮かべる。

――カイル様がアルベルト様とおっしゃった途端に、態度が変わったわよね。

そういえば昨日も似たようなことがあった。あの時もヴィスリーがアルベルトの名前を口にしていたように思う。

――アレクシス殿下とアルベルトという人には、何か関係があるのかしら……？

ただ、さっきの雰囲気からして訳ありっぽいので、アレクシスは言うまでもなく、カイルにも聞きづらい。

――うーん、気になる……！

それにしても、アレクシスはどうしてあそこまでリーナの助けを拒むのだろう。どうして立ち上がれなくなるまで我慢するのだろう。ただ、リーナが手を握れば済むだけの話なのに。

昼食後、リーナはもやもやする思いを抱えたまま、三時に一度アレクシスの呪いを消しに行った以外は、終業時刻まで若手騎士と一緒にせっせと詰め所の片付けをした。


十八時。

終業時刻になったので、リーナはカイルとともにアレクシスの執務室を訪れた。

アレクシスは起きていた。実は三時に訪れた時点で、アレクシスは再びソファに横になっていたのだ。けれど、三時から夕方にかけてはちゃんと起きて仕事ができていたようで、大きな執務机に座ってたくさんの書類をチェックしている。

その姿を見てリーナはほっと安堵の息を漏らした。

——よかった……だいぶ具合がいいみたい。

昼に見たアレクシスの、紙のように白くなった顔色は本当に怖かった。

「今日のアレクシス殿下のご様子ですと、もっと毒を消す回数を増やしたほうがいいと思います」

一日を振り返り、カイルがそう提案するが、

「必要ない。最低限でいい。妙な女との接触回数を増やして噂が立つのは避けたい。妃選びを進めたいおまえたちにとっても、そのほうがいいだろう？」

アレクシスは頑として退かない。

「ですが」

「バートンの毒消しの威力は絶大だ。明日からは朝、昼、晩の三回で足りる。夜は寝るだけだから

すか」

「昼と晩の間が長すぎます。三時に一回入れましょう。今日のご様子では、三時間に一回程度の毒消しが必要だと感じます。毒消し自体は短時間で済みますから、日中の体調維持のためにもこれは譲れません。しばらくはその四回で様子を見て、おいおい回数は調整するということで、いかがですか」

カイルがため息をつきながらそう結論を出す。

「ああ、それでいい」

アレクシスがぶっきらぼうに答える。

――本当に大丈夫なのかしら。

リーナは、アレクシスの寝癖を見ながら、疑問に思った。

今日は、朝に毒消しをしたあと、彼はここで死んだように眠っていた。昼に毒消しをしたあとも、寝ていたに違いない。その証拠に、昼の時点ではついていなかった寝癖がついている。

呪いの毒がたまっている間は眠ることができず、リーナが消して楽になった時間だけ眠れるのだろう。

アレクシスの言う通りに十八時頃に毒消しをしても、就寝する頃には毒がたまって眠れなくなる気がする。

「あの、やはり就寝前にも毒消しをしたほうがいいと思うのですが」

「不要だと言っただろう」

気になったリーナが提案した途端、アレクシスが否定する。

「どうしてですか？　この毒は……」

「聞いていなかったのか？　君との接触は最低限に留めたいんだ。それともはっきり言ったほうが伝わりやすいのかな。俺は君にあまり頼りたくはないんだよ、リーナ・バートン。俺は君を信用していない」

アレクシスが冷たい視線をよこす。

「……出すぎた真似をいたしました」

リーナはおとなしく頷いた。気遣いを否定されて、ざっくりと胸が切られたような気持ちになる。

「リーナ嬢、部屋までお送りしましょう」

カイルとともに執務室を辞し、闇に沈む王宮の廊下を連れ立って歩きながら、リーナは昼間見た血の気のないアレクシスの顔を思い出していた。

――本当にこのまま行っていいの？

アレクシスは、気遣いは不要だと言った。リーナのことは信用していないと。だから手は借りたくないのだと。もちろん、アレクシスの言い分はわかる。リーナだってできることなら王太子などという立場の人物には関わりたくない。だが、だからといって具合が悪い人を置いていってもいいのだろうか。アレクシスの苦痛を取り除けるのはリーナしかいないのに。

妃選びが近くて慎重になっているのはわかるが、体調を崩したら元も子もない。

――アレクシス殿下はどうしてあそこまで体調不良を隠したがるのかしら？

アルベルトという名前を出された時のアレクシスの反応も気になる。

昨日も今日も、あれだけ憤りをあらわにしていたのに、アルベルトの名前を出された途端、アレクシスから感情が消えた。

そんなに早く気持ちを切り替えられるものだろうか？　自分でもよくわからないけれど、違和感が拭えない。

――やっぱり、放ってはおけないわ。

しばらく行ったところで、リーナは「あ」という声を上げた。カイルが怪訝そうに振り向く。

「ごめんなさい、私、アレクシス殿下の部屋に忘れ物をしてしまいました。すぐ取ってきますので、カイル様は先にお戻りください」

「それなら、ここで待ちますよ」

「ありがとうございます。すぐに取ってきますので！」

そう言うと、リーナは回れ右をしてアレクシスの執務室に駆け戻った。

コンコンと重厚なドアをノックする。……反応がない。また寝ているのだろうか？　リーナはドアを殴る勢いで叩いた。

「誰だ。私へ用件があるなら秘書官に……」

ドアを開けて顔を出してきたアレクシスがリーナに気づき、驚いたような顔をする。

「君か。なんの用だ。カイルはどうした」

「カイル様には少しだけあちらで待ってもらっています。ちょっとだけよろしいですか」

リーナが少し離れたところにいるカイルに視線を向けると、アレクシスもまた視線を向けた。

「すぐに済む用件か？」

「すぐ済みます。アレクシス殿下、昨夜はよく眠れなかったのでしょう？　先ほどカイル様と取り決めた回数では足りないと思うのです。眠れなかったら疲れが取れません」

「そんなことをわざわざ聞きに来たのか？　問題ない」

アレクシスが呆れた顔をしながら、きっぱり答える。

――この人が私に本音をこぼすわけがないものね。信用してないんだから。

答えに関しては予想通りだ。

「私のほうに問題があるのです。アレクシス殿下の毒消しが私の任務ですから、昼間に眠そうにしていると、私が仕事をサボったと判断されかねません。そうなれば、ヴィスリー閣下に報酬を減額されてしまうかもしれないんです」

リーナの言い分に、アレクシスが鼻白んだ顔をする。

「報酬ね。覗き見の上に金にがめついとは、見た目に反してなかなかいい性格をしているじゃないか」

「ありがとうございます」

「褒めてないだろ」

「見た目を褒めていただきました。私の見た目を褒めてくれる人はとても少ないのです」

そう言ってにっこり笑うと、氷色の瞳が驚いたようにわずかに開いた。

「殿下、お忙しいようでしたら出直しましょうか」

アレクシスの背後から声が飛んでくる。

「ああ、大丈夫だ。すぐ済むから」

アレクシスは背後に向かって明るい声音で答えると、すぐにリーナに向き直る。

「用は済んだな？　政務補佐官を待たせているんだ、もう帰れ」

そう言ってアレクシスがドアを閉めようとするので、リーナはドアの隙間に体をねじ込んだ。ぎゅむ、と体が挟まれてしまう。けっこう痛い。

人を挟んだ感触にアレクシスがぎょっとして、ノブをつかむ力を緩めた。

「けがするぞ」

「今日みたいに倒れて、まわりの方々に呪いのことがバレてもいいんですか？」

頑(かたく)なアレクシスに焦(じ)れたリーナが思わず意地悪な言い方をすると、アレクシスの眉がピクリと動く。ここぞとばかりにリーナはたたみかけた。

「それが嫌なら、毒消しの回数は増やしたほうがいいと思います。せめて今日くらいは寝る前にも毒消しするべきです。誰にも秘密にしておきたいのなら、私だけを呼び出していただいても……」

「殿下、やはり出直してまいります」

なかなか立ち話が終わらないアレクシスに痺れを切らしたのか、政務補佐官が声をかけてくる。

「二十二時、西館の端、見張り塔だ」

アレクシスが小さな声で素早く言う。

「そこまで言うのならカイルにも、誰にも見つからずに来てみろ。王宮住まいの役人のルールは厳しいぞ、見つかればただでは済まない。確かトラブルも報酬の減額理由だったはずだ。言い出したのはそっちだからな、リーナ・バートン。君の勇気に期待しているよ」

アレクシスがどこか挑発するように言う。

――受けて立とうじゃないの。

どちらの言い分が正しいか、これではっきりする。

「わかりました。約束の時間に、その場所へおうかがいしますね」

リーナがアレクシスに一礼して一歩体を引くと、アレクシスはすぐにドアを閉めた。

急いでカイルのもとに取って返す。

「忘れ物は見つかりましたか？」

「アレクシス殿下にうかがったのですが、何も見当たらなかったとのことです。ほかを当たってみますね」

カイルが聞くので、リーナは肩を竦めながら答えた。


二十二時。

目立たないよう、制服の上から黒い外套をまとい、リーナはランプを持ってそーっと歩いた。夜間は近衛騎士たちが巡回をしているので、見つからないようにしなくては。人の気配を探りつつ、カイルと別れたあと確認しておいた見張り塔までのルートを歩く。

西館三階の最西端。重い鉄製のドアを押すと、きしみながらもそれは開いた。

覗いてみれば中は真っ暗だった。狭い螺旋（らせん）階段が上に続いている。

真っ暗な場所は嫌いだ。特にドアが閉じて密室になるようなところは、本当に嫌い。継母に閉じ込められた地下室を思い出す。何も見えない圧迫感、二度と出してもらえないかもしれない恐怖は、言葉にできない。

不意によみがえってきた遠い日の記憶を無理やり押しやり、リーナは足元に気をつけつつ、石造りの階段に足をかけた。滑らないように、ゆっくりと上っていく。

上部にはドアなどはなく、突然視界が開けた。

遮るものがない塔のてっぺん、目の前には闇に沈む王宮の庭園、そしてその向こうにはきらめく夜空と見間違えそうな王都ベルンの夜景。春浅い夜、高い場所ゆえに冷たい風が吹きつけてくるが、まったく気にならないほどの眺めだ。

「……きれい……」

「誰にも見られなかったんだろうな？」

思わず呟くと、斜め後ろからそんな声が飛んできた。

驚いて振り返ると、塔の片隅にアレクシスが立っていた。こちらも目立たないようにするためか、黒い外套を羽織っている。強い風に癖のある髪の毛が揺れている。

アレクシスの姿にリーナは少しだけほっとした。もしかしたら来てくれないかもしれないと思っていたのだ。

「もちろんです」

「さっさと済ませよう」

アレクシスがこちらに向き直り、左手を差し出してくる。リーナはいつもの通りにその手を両手で包んだ。指先がほんの少し冷たい。

どろりと真っ黒な気配が触れた部分から伝わってくる。うごめく呪いの気配に、冷や汗が出る。

「……こんなに気持ちの悪いもの、よく耐えられますね」

手元を見つめながら、リーナは思わず呟く。

「君も感じるのか？」

アレクシスが意外そうに聞き返してきた。

「感じますよ。たくさんのミミズが這い回ってる感じがします。どろどろしていて、すごく気持ちが悪い……こんなものがずっと体の中にあったら、眠れないのも当然です」

「……」

アレクシスからの返事はない。だが止められないので、リーナは手元を見つめたままずっと疑問に思っていたことを聞いてみた。

「ヴィスリー閣下やカイル様はアレクシス殿下の事情もご存じですし、手助けもしてくださると思います。なのになぜ、平気なフリをするのですか？」

もっとまわりを頼ってもいいのに、と思う。

「俺はいずれこの国の王になる。弱い人間が頂点に立ってほしくないだろう？　だから、弱みを見せたくない。相手が誰であっても」

リーナの疑問に、アレクシスが静かに答える。日中の周囲を威圧するような気配は鳴りを潜め、まるで自分に言い聞かせているようにも聞こえた。

――アレクシス殿下って、真面目で責任感が強い人なんだろうな……。

今まで痩せ我慢をしていたのは単にわがままで意地っ張りなのではなく、アレクシスなりに王太子としてふさわしくあろうとした結果なのだと腑に落ちた。

妃選びは議会の決定に従うと言っていたのも、その姿勢の表れだろう。アレクシスが態度を急変させた「アルベルト様」にも、何か訳があるに違いない。そういえばヴィスリーが「次期国王にべアトリス殿下を、という声が出てくると困る」というようなことも言っていた。

――アレクシス殿下にもいろいろあるみたいね。でも、一人で抱え込みすぎじゃないかしら。

この呪いなんて、どうやったってアレクシスだけで対応できるものではない。

「それならなおのこと、周囲の助けが必要不可欠になると思うのですが……。私はアレクシス殿下が健康でないと報酬をいただけませんので、アレクシス殿下への協力は惜しまないつもりです」

やがて手のひらから伝わる嫌な気配がなくなる。

リーナが手を離すと、アレクシスは「ご苦労だった」と言い残し、リーナに背を向けてさっさと見張り塔から出ていく。相変わらず取りつく島もない。もっとも、無理やり呼び出したのに応じてくれるだけでも、たいした進歩だと思うべきかもしれない。

――アレクシス殿下の手って、大きいのね。

一人残されたリーナは、先ほどまで握っていたアレクシスの手を思い出しながら、自分の手のひらを開いたり閉じたりしてみた。あの大きな手がこの国を導いていくのだ。真面目な彼なら、道を誤ることもないだろう。

アレクシスの態度についてはどうかと思う。けれど、アレクシスの覚悟や思いを知ってしまっては、突き放す気持ちにはなれなかった。

今一度、見張り塔から王都の明かりに目をやる。アレクシスが導き、守ろうとしている国の明かりだ。

闇の中にいくつもの明かりがキラキラと輝いて、宝石のようだ。その美しい眺めに、リーナはしばらく見入った。

＊＊＊

王宮に来て三日目。

リーナはカイルとともに朝一番に王太子の執務室を訪れ、アレクシスの差し出す手に自分の手を重ねていた。その様子を、カイルがじっと見つめている。

昨日も一昨日も、カイルの前でアレクシスの手に触れた。今朝もいつも通りなのだが、なんだか妙に緊張する。

その理由はわかっている。カイルの言いつけを破って二人きりで会ってしまったからだ。

——うう、なんだか気まずいわ……。

しかし、アレクシスの態度は昨日と何も変わらない。どうやら、罪悪感のようなものを抱いているのは、自分だけらしい。なんだか勝手に裏切られた気持ちになる。

触れている部分から伝わる呪いの気配は、昨日の朝に比べたらずっと少ない。それにアレクシスの指先も、昨日より温かくてほっとする。

やはり、寝る前の毒消しはやったほうがいい。

このあと部屋を出たらカイルに提案しよう、と思いながら手を離す。

「終わりました」

「ご苦労だった」

手を戻したあと、アレクシスがリーナを見ることもなく告げる。それで毒消し任務はおしまい。

なんともあっさりしたものだ。

リーナとカイルは頭を下げ、王太子の執務室を辞した。

「アレクシス殿下、思ったより平気そうですね。殿下のおっしゃる通り、一日四回の毒消しで足りそうだ」

今まさに提案するべく口を開きかけたところで、カイルがそんなことを言い出す。

「日中の四回だけならリーナ嬢の負担も少ないですし、よかったですね」

「え……ええ……そうですね」

カイルにニコニコ言われては、五回目の提案を切り出せるはずもなく。リーナは心の中で頭を抱えた。


その日も騎士団の詰め所の大掃除をして過ごした。掃除をしながら、一緒に作業をしてくれる若手騎士と少し話をしたが、いろいろと言葉を濁されたあたり、リーナに対しては箝口令が出ているようだ。

アレクシスの「機密情報を盗まれかねんぞ」発言が効いているのだろう。信用されていないとはこういうことなのだな、と痛感する。

しかたがないことかもしれないが、あまりいい気はしない。

掃除の合間を縫って、アレクシスのいる執務室に行く。

昨夜のやり取りが功を奏したのか、今日のアレクシスは文句も言わずおとなしく手を差し出してくる。

カイルがじーっと見張っているので、余計なことは言えない。

アレクシスは何も言わないが、嫌がらないところを見ると、リーナの毒消し効果を実感してくれているのかな、と思う。ほんの少し、アレクシスと歩み寄れたような気がした。

「ではアレクシス殿下、お休みなさいませ」

夕方の毒消しを終え、カイルとともに執務室をあとにする。

「昨日まではリーナ嬢に対して饒舌だったのに、今日のアレクシス殿下は静かでしたね」

「そう……でしたか？」

不思議そうに言うカイルに、リーナはぎくりとする。アレクシスとの距離の変化に、こんなに早く気づかれるとは思わなかった。

「そ、それにしても、好きになる呪いなのに、なんでこんな効果なんでしょうね？」

カイルは勘がいい。二人で会っていることがバレたら大目玉を食らいそうだ。一千万ギリンのため、それだけはどうしても避けなくては。リーナは必死に別の話題を探した。

「そうですね。妃選びでピリピリしているという時にこんなことになって、オレたちも困っているんですよ」

ふう、とカイルがため息をつく。

――そうよね、アレクシス殿下はもうすぐお妃様を選ぶのよね。

だからこそ、カイルたちはアレクシスに悪い噂が立つことを避けたくてリーナの行動を制限しているのだ。そういうことなら、夜、アレクシスに会うことはやめなくてはいけない。

もともとアレクシスは就寝前の毒消しには乗り気ではなかった。

——今夜あたり、アレクシス殿下に話をしてみよう。


二十二時。

昨日と同じ時刻、リーナは外套をまとい西館の三階の最西端を訪れた。

音を立てないようにドアを閉め、真っ暗な螺旋階段を上っていく。

視界が開け、美しい夜景が目の前に広がった。その夜景を眺めていたアレクシスが振り返る。

「さっさと毒消しをしよう」

リーナが何か言う前にアレクシスがそう言って左手を差し出す。リーナはその手を取った。

呪いの気配は相変わらずだが、指先はほんのりと温かい。指先にぬくもりが感じられる時は、そこまで体調が悪くないサインだ。だんだんアレクシスの体調が読み取れるようになってきた。

——いつ切り出そう。終わった時でいいかしら……。

「……いつも悪いな。君には感謝している」

手のひらに感じる呪いの気配がだんだん薄れ、消えていく。よし、今だ。

二人で会うのは、やはりやめましょう……と、切り出すべく顔を上げたリーナに、ぽつりとアレクシスが言う。

「どうした？　俺が礼を言うのはそんなに驚くようなことか？」

リーナは驚きのあまり固まってしまった。

その様子に、アレクシスがわずかに眉を寄せる。

「い、いいえ……」

リーナは首を振ったが、今までの態度から考えてみたら驚くに決まっているではないか。

動揺しすぎて、リーナはアレクシスの手を握ったままであることに気づき、慌てて手を離す。

「……ここは風が強い。君は、寒くないか？」

「へっ？」

アレクシスに気遣われるとは思わなかったので、リーナは手を離した姿勢のまま再び固まってしまう。

その様子に、アレクシスが堪え切れずに噴き出した。

「そんなにびっくりしなくてもいいだろう」

「え、あ、そ、そうですね。え、えーと、寒いのは大丈夫です。寒さには異様に強いので私は元気です！」

驚きすぎて頓珍漢なことを口走るリーナに、アレクシスがこぶしを口元に当てて笑いを堪える。

「なるほど。それは羨ましい。……寝る前も毒消しをしたほうがいいという君の判断は正しかったよ、バートン。昨日はきちんと眠れた。眠れないというのがこんなにつらいものだとは思わなかった」

「……そ、そうですか。それは、何よりです。あ、アレクシス殿下の健康をお守りすれば、私も報酬金がいただけますから！　これからも頑張りますね!!」

「そうだな。金は大切だ」

混乱したままよくわからないことを言ってしまったリーナに、アレクシスが笑みを残したまま頷く。

「明日も頼む。……ここは冷えるから、早めに部屋に戻るように」

アレクシスはそう言い残すと、リーナに背を向けて階段を下りていった。

重い鉄製の扉が閉まる音が聞こえてから、リーナはようやく大きく息を吐いた。

――び、びっくりしたあ……！

アレクシスから感謝されたり気遣われたりするなんて思わなかった。どういう心境の変化なのだろうか。

――明日も頼むと言われてしまったわ。

リーナの言い分をアレクシスが認めてくれた。余計なお世話を焼いてしまったかと心配していただけに、嬉しい。……が。

――待って、それって明日もここで会うってことでしょ⁉

いらぬ噂を立てないために、二人で会うことはやめようという話をするはずだったのに。

「えええええ、どうしよう……」

見張り塔で、リーナは一人途方に暮れた。

＊＊＊

王宮に来て四日目はあいにくの雨模様。

雨の日は髪の毛が広がって大変なので、リーナは頭の後ろで三つ編みのお団子を作り、リボンでまとめた。

「まとめ髪にすると印象が変わりますね。制服とよく合っていますよ」

執務室で顔を合わせたカイルはリーナのまとめ髪姿を褒めてくれたが、アレクシスはちらりと目を上げただけで何も言わなかった。

今日も昨日と変わらず、大変冷ややかである。

――昨日の夜は笑っていたのに、どういうことなの⁉

昨日の夜はほんの少し、アレクシスと打ち解けることができたと思ったのだが、違ったらしい。そう感じていたのが自分だけのようだとわかって、少しがっかりする。

しかし、落ち込む暇もなく執務室を出されてしまう。アレクシスは本当に忙しく、予定がびっしり詰まっているのだ。

カイルに聞いてみたところ、国王宛てに届いた要望書すべてに目を通して、議会で話し合うもの、専門機関に指示を出すもの、関係者に話を聞くものなどを決めているらしい。また来週、外国からの使節団が来るので、その準備もあるという。

毒消しのために執務室を訪れた際に垣間(かいま)見るアレクシスは、常に誰かを待たせている。それだけ彼でなければ務まらない仕事が多いということだ。なるほどこの状態では確かに、呪いで体調不良を起こしている場合ではない。

――これだけやることがあるなら、休むなんて言えないわよね。

しかもアレクシス本人は大変責任感が強く、意地っ張りであるところを見ると「できない」とは言えない気がする。

――どう考えても一人で抱えすぎだわ。大丈夫なのかしら。

午後。

近衛騎士団の詰め所で、何が入っているのかわからない箱を開けては中身を確認する作業をしていたところに、王宮の郵便仕分け人がリーナ宛ての手紙を持ってきた。差出人はバンスブルー大学。

バンスブルー大学には、到着が遅れるものの仕事をやりたいという手紙を送っている。その返事に違いない。

リーナははやる気持ちを抑えきれず、いそいそと封を開けた。

中から出てきたのは、タイプライターで打ち出した無機質な文字の羅列。

「親愛なるリーナ・バートン様

連絡をありがとうございました。しかしながら、私たちは欠員募集であなたを採用したのであり、指定の日から就労できない場合は採用を見送らざるを得ません。当大学のほかの求人に再度応募することは可能です。バートン様の今後一層のご活躍をお祈りいたします。

バンスブルー大学」

現実は甘くない。

リーナは手紙を握り潰すと、制服のポケットに突っ込んだ。

リーナの能力を買って採用してくれた職場だっただけに、採用の取り消しは正直に言って悔しい。ここと同じ求人などめったに出ないこともわかっているから、王宮勤めが終わったあとのことをどうしても考えてしまう。

——本当に、二千万ギリンくらい請求してやればよかった。

何もかもあとの祭りだ。だが、泣いても運命は変わらない。自分のやるべきことをやるしかない。

リーナは悔しい気持ちをのみ込み、午後からも一生懸命片付けをした。

特に大きな出来事もなく、リーナの王宮生活四日目は粛々と過ぎていった。


二十二時。

言い出せていないのだから、行かないわけにもいかない。

——今日こそ言わなくちゃ。

リーナは深呼吸をして、見張り塔に続く重たい鉄扉を開いた。

階段の上部には屋根がついているが、ドアなどはついていない。雨が吹き込んだのか、今日は階段が湿っている。

足を滑らせないようゆっくり階段を上ると、上り切った場所にアレクシスが立って王都の方角を見つめていた。外はいまだに雨が降り続いている。そのため、王都の明かりはくすんでいつもほどのきらめきはない。

アレクシスがリーナに気づいて振り返る。

「今日はどうした？　いつもの威勢がないな」

「え?」

開口一番で心配されるとは思わなかったので、リーナはぽかんとアレクシスを見つめてしまった。

「近衛騎士団の詰め所でも静かだったと聞いているし、毒消しの時もずっと俯いていただろう。何かあったのかと思ったんだ……その、バートンは俺の健康維持係だから、バートンに何かあると俺が困る」

「あ……そう、そうですね。いつも通り、私は元気です。アレクシス殿下が気にされるようなことは、何もありません」

リーナはにっこり笑ってそう答えた。

落ち込んでいたのは事実だが、気遣われるとは思っていなかった。でも、大学から採用取り消しの通知をもらったせいなんて、アレクシスに言うようなことではない。

「さっさと毒消しをしてしまいましょう」

自分をごまかすようにリーナから言い出せば、アレクシスがおとなしく手を差し出す。

アレクシスの指先はいつもより温かい気がした。

「このところ、アレクシス殿下の体調もずいぶん安定していますよね。そうであれば、こうして二人で会うのはそろそろやめませんか? どこかきりのいいところで……。私が言い出したことではありますが、ずっと続けていたらいつか誰かが気づくと思うんです。アレクシス殿下に悪い噂が立ったらいけませんから」

毒消しが終わって手を離したタイミングで、リーナは思い切ってアレクシスに切り出した。

「……そうだな」

リーナの提案に、アレクシスが頷く。

あっさり受け入れられてしまって、リーナは肩透かしを食らった気持ちになった。

だが、なぜアレクシスがためらうと思ったのだろう。アレクシスは、もともと就寝前の毒消しは不要だと言っていたではないか。

——私のやっていたことは、余計なお世話でしかなかったのかも……。

なんだかむなしくなる。

考えてみれば、アレクシスとは呪いが解ければ顔を合わせることがなくなる間柄だ。そんな人間を真剣に心配する必要などないのかもしれない。

——私ってば何をしているのかしら。

小さくため息をつくリーナをアレクシスがじっと見つめていることに、リーナはまったく気づかなかった。


アレクシスと別れて自室に戻り、着替えようとして、リーナはポケットに入れたはずのバンスブルー大学からの手紙を紛失していることに気がついた。

——まあ、いいか。取っておかなくてはならない手紙でもなかったし。

手紙が見つかったからといって、リーナの「採用取り消し」という事実が変わるわけでもない。

泣いても何も変わらない。起きてしまったことはどうしようもないのだ。自分にできることは運命を受け入れ、粛々とやるべきことをやるだけ。

泣いたら天国の母が悲しむ。母はリーナが幸せな人生を送ることを望んでいた——父の言葉を思い出す。命と引き換えにリーナを生んでくれた母を悲しませるようなことだけはしたくない。

＊＊＊

見張り塔でリーナと別れたあと、アレクシスは自室に戻り、ソファに倒れ込むように座った。

「リーナ・バートン……変な娘だ」

気が強くて減らず口。そしてお節介。別に寝る前の毒消しは無理にする必要がないのに。一晩くらいなら我慢できる。でも確かに、寝る前に毒消ししてもらえれば安眠できる。体が格段に楽だ。

けれどそのために、二人でコソコソ会う必要はない。やましいことをしているわけではない、必要なことなのだからカイルを付き合わせて堂々と毒消しをすればいいのに。

最初は点数稼ぎなのかと思った。自分に近づいてくる女が、なんの下心も持っていないなんて信じられない。

今までアレクシスに近づいてきた女は例外なく、アレクシスに取り入ろうとしてきた。

それを嬉しいと感じていたこともあった。

不意に、脳裏に遠い日の景色が浮かぶ。

『わたくし、アレクシス殿下のことを』

顔は思い浮かばない。けれど全体的な雰囲気はまだ覚えている。

――おまえのことは忘れた。忘れたんだ、だから消えろ！

そう思うのに、忌々しい記憶の再生が止まらない。このままでは一番見たくない光景まで思い出してしまいそうだ。何か違うことをやって気を紛らわさなくては。

そう思って身じろぎした瞬間、ポケットでがさりと音がした。アレクシスはソファから体を起こすと、ポケットからくしゃくしゃになった開封済みの手紙を取り出す。

それは先ほど、塔の入口で拾ったものだ。宛名からリーナの落とし物であることはすぐにわかった。本人はまだ近くにいる。引き返して渡せば済む話なのに、そうしなかったのは差出人がバンスブルー大学で、手紙は握り潰された形跡があったからだ。

リーナがバンスブルー大学で働くはずだったことは知っている。何かしら連絡を入れ、その返事がこれなのだろう。

よくないとは思ったが、アレクシスは中身を取り出して目を走らせた。

予想通りのことが書いてあった。

リーナはバンスブルー大学の仕事を「恩師が頭を下げてようやく見つけた」と言っていた。その言い方から、おそらく見た目のせいで仕事はなかなか見つからなかったに違いない。

今日の、どこか元気がないリーナを思い出す。これを見たから、リーナは落ち込んでいたのだろう。菫色の瞳に憂いを湛え、ずっと俯いていた。

この国に銀髪に菫色の瞳の人間がいるとは思わなかった。ベルンスターからグラキエスは遠い。グラキエスはもちろん、その周辺にも銀髪の人間がいるが、ここではまず見かけない。

だから初めて彼女を見かけた時は、本当に驚いた。ボーフォール学園の卒業祝賀会の夜、アレクシスの前に飛び出してきたリーナは、月の光を受けた銀髪が淡く輝いていて、美しかった。あの時は本当に、月の妖精かと思ってしまったのだ。

だからヴィスリーが染めろと言い出した時には思わず口を挟んでしまったし、リーナが銀髪でい続けるつもりがあることにほんの少しほっとしてもいる。

リーナ・バートン……正式な名前はリーナ・クラン・フェルドクリフ。どうしてバートンと名乗っているのかボーフォール学園に確認したところ、フェルドクリフ家の意向だという回答を得た。

フェルドクリフ家といえば、王国北西部に領地を持つ伯爵家の名前だ。借金がどうのと言うから平民の娘なのかと思いきや、リーナは紛れもなく貴族の令嬢だった。

「戸籍を調べたところ、バートン嬢は当時の伯爵であるグスタフが、妻パトリシアと結婚するより前に生まれています。グスタフにはパトリシア以前の結婚歴はありませんから、おそらく結婚前に知り合った女性との間の子どもなのでしょう。あの髪の毛から察するに、母親はグラキエス人でしょうな。そして先週、フェルドクリフ家からバートン嬢が除籍される手続きが開始されました。近いうちに彼女はフェルドクリフ家とは無縁の、一平民になるようですよ」

リーナが王宮に来て三日目の夜、リーナと見張り塔で落ち合う前。

ヴィスリーが、リーナの戸籍情報が書かれた紙をアレクシスの前に置く。

「ミシェル様に聞いた感じでは、かなり質素な生活ぶりだとか。成績も常に上位だったそうです。奨学金を得るためでしょうな。学費そのものはフェルドクリフ家が支払っています」

「実家に学費を立て替えてもらい、それを働いて返済するつもりなのか。それなら、仕事に固執するのも納得できるな」

ヴィスリーの言葉にアレクシスも頷く。

「ボーフォール学園の首席卒業生なら、それも可能でしょう……銀髪でなければ」

ヴィスリーの言葉にかすかな嘲りの気配を感じ、アレクシスは不快感を覚えた。

この調査によると、彼女はかなり追い詰められているではないか。初日にあれだけ抵抗するわけだ。

ボーフォール学園は淑女を育てるための学校だ。生徒は裕福な家の娘たちばかり。リーナが口にしていた仕事も、どうせたいした内容ではないし、だめになっても困らないだろうと軽く見ていた。それに、毒消しもただアレクシスの手を握るだけの簡単な仕事だと思っていた。ところが、リーナはアレクシスが感じているのと同じ呪いの気配を感じているらしい。

毒消しは、リーナにも負担を強いているものだったのだ。呪いの光は、ちゃんとリーナにも影響を及ぼしていた。

――悪いことをしてしまったな……。どうしたものか。

リーナを見くびってひどい態度を取った自覚があるだけに、悩む。

とりあえず、仕事だ。リーナは生きていくために仕事をしなければならない。

「仕事がないなら、王宮の仕事を与えてやることはできないのか？」

アレクシスが聞くと、ヴィスリーは「とんでもない」と首を振った。

「彼女が何か特別な能力を持っているのなら別ですが、ボーフォール学園は一般教養しか教えていない学校です。あの程度の能力の持ち主なら、わざわざ白い悪魔の娘を雇う理由がありません」

「別に彼女が何かしたわけではないだろうに」

生まれのことを言うヴィスリーに、アレクシスは小さく返した。

「さて、今回の一件は私もどうなることかと思いましたが、バートン嬢が協力的な方でよかった。アレクシス殿下はこれからしばらく彼女の助けが必要になるわけですが」

アレクシスの呟きには答えず、ヴィスリーがじっと見つめてくる。

「わかっていると思いますが、彼女を妃に選ぶことはできません」

「無用の心配だ」

何を言うのかとヴィスリーを睨みつければ、老猾(ろうかい)な宰相はヤレヤレと肩を竦めた。

「この呪いは肉体的、精神的にアレクシス殿下を追い詰める。そこに癒しの手を持つ娘が現れた。恋に落ちるのは当たり前です。恋に落ちる呪い、確かにその通りですな。ですが、アレクシス殿下はこの国の王太子。結婚は国益をもたらすものでなくてはなりません」

「そんなこと、おまえに言われるまでもない」

「それを聞いて安心しました。心というものは、自分で制御できるものではありませんからな。こと、恋に関しては。カイルをバートン嬢のそばに置き、彼女を単独で行動させないようにしますので、アレクシス殿下もバートン嬢と二人きりになることはお控えください」

「ヴィスリー、私はそこまで信用がないのか?」

アレクシスが睨み返すと、ヴィスリーが「これは失礼しました」と意味深に笑う。ちっとも失礼だと思っていないのがわかる。

実はもう二人きりで会っている。そのことをおくびに出さず対応できたことに、アレクシスはほっとした。

ヴィスリーやカイル、王宮にいる人たちが望む「王太子」を演じるようになって、どれくらいたつだろう。最近はすっかり「王太子」の演技も板についてきたとは思う。役に徹することで息苦しさも感じるが、本音を隠したい時にも役に立つ。

「すでにお手元にリストが届いているでしょう。アレクシス殿下には、議会がリストアップした令嬢の中からゆくゆくは妃を選んでいただきますので、ご確認をお願いしますよ」

そう言ってヴィスリーはカイルを伴って出ていく。

残されたアレクシスは、やるせない気持ちで大きく息を吐いた。

自分は王太子だから結婚は義務だ。だが、結婚には向いていない。

「王太子」を演じ続けることに異論はない。それが自分に求められていることだからだ。できるだけ上手に演じることを心がけてはいるが、どうしてもできそうにないものがひとつだけある。それが結婚だ。

議会がよこしてきた妃候補のリストは、見た瞬間に吐き気が込み上げてきて自室の机の中に放り込み、まともに見てもいない。

リストに載っているのは、侯爵家以上の年齢が釣り合う令嬢たちだ。アレクシスの三歳年上の姉とも交流がある顔ぶれである。

——その中から妃を選ぶ？　冗談だろう。

アレクシスはかつて、姉とその友人たちにひどく心を傷つけられたことがある。あれ以来、女性が苦手だ。特に若い娘は苦手どころではない。視界に入るだけで体が竦むし、一対一で話すなんて言語道断。体が震え、込み上げる吐き気をどうすることもできない。

苦手意識のほうが強いので、生身の女に性欲を覚えることもない。かといって性的な衝動がまったくないわけではないあたりがまた、腹立たしい。余計に自分が出来損ないだと痛感する。

わずかだが、アレクシスの女嫌いに気づいている者はいる。だが、生身の女に反応しないことまで知られるわけにはいかない。「王太子」に適さないことがバレたら、今度こそ本当にお払い箱になってしまう。

妃の選定を議会に丸投げしているのは、誰が妃になったところで近づけないという点では同じだからだ。

妃なんてどうでもいい。結婚なんてしたくない。真っ暗な未来しか見えない。だが自分の立場ではそうもいかないのがつらい。

そこへきて、この呪い騒動だ。呪いが引き起こす症状を抑えられるのは、リーナ・バートンという銀髪の娘だけ。若い娘に拒絶反応が出る自分を救えるのがその若い娘なんて、とんだ皮肉だ。だから最初は、呪いの毒を我慢してでも遠ざけなければと思った。だが、リーナには近づかれても触れられても、いつもの拒絶反応が起こらない。

不思議だった。彼女とほかの女性たちと何が違うのだろう。減らず口でお節介、「報酬のためならなんでもやる」という強欲さを隠そうともしない。どちらかというと苦手なタイプのはずだが、まったくわからない。

わからないから気になる。

本当に久しぶりになんの気負いもなく女性と話せた。おかしな反応を見せるリーナに思わず笑ってしまうこともできた。

だから「もう会うのはやめよう」と言われたことはショックだった。リーナの言葉に驚いたというより、ショックを受けている自分に驚いた。そこで初めて、リーナとの時間を心待ちにしていた自分に気がついた。

本当は引き留めたかった。だが、自分にはそんな権利はない。もともとアレクシスが「就寝前の毒消しは必要ない」と言っていたからだ。

アレクシスは手の中の手紙を見つめた。俯いたリーナの姿が頭から離れない。

彼女を俯かせたのは自分だ。リーナが就くはずの仕事を奪ってしまった。それなら失った仕事よりもっといい仕事を与えてやりたいところだが、リーナは「仕事の紹介は不要」と言い切っていた。あの様子ではもしアレクシスが仕事を与えてやっても、喜んだりはしないだろう。

「ああ、くそっ」

なぜあの娘のことでこんなにもやもやしなければならないのだろう。

アレクシスは頭をかきむしるとソファから立ち上がり、手紙を握り締めたまま窓辺に近づいた。

窓の外はしとしとと冷たい雨が降り続いている。

第三章　王子様のお姉様は強烈だった

王宮に来て五日目。

「ベアトリス殿下がお戻りになります。体調を崩していたアレクシス殿下に代わり、国内の各地を回っていただいておりました」

近衛騎士団の詰め所に出勤したリーナに、カイルがそう切り出した。

「ベアトリス殿下というと、アレクシス殿下の姉君の……？」

「まあ、そうですね。ベアトリス殿下にお会いすることがあると思いますので、その時は失礼のないように振る舞ってください。なかなか厳しいお方ですので、分をわきまえて決して口答えしないこと。ボーフォール学園の卒業生なら大丈夫でしょうが」

「ええ、ありがとうございま……」

と、その時である。詰め所の外がにわかに騒がしくなった。

何事、とリーナとカイルが振り返った瞬間、前触れもなく詰め所のドアがバーンと開かれた。

「まあああああ、本当！　この王宮に白い悪魔がいるわ！」

ドアの向こうから現れたのは旅装姿の、息をのむような美女。癖のある黒髪に淡い青色の瞳、きりっと整った顔立ち、何もかもがアレクシスにそっくり。ただしずっと小柄で、化粧をしており、紅をさした唇がアレクシスにはない妖艶な雰囲気を漂わせている。

「べ、ベアトリス殿下……」

驚いたようにカイルがその名を呟くと、「あら」と、ベアトリスが今気づいたかのようにカイルに視線を向けた。

「ヴィスリーの次男くんじゃないの。しばらく見ないうちにかっこよくなったわね」

「ベアトリス殿下とお会いしていないのは、二週間ほどですが……」

「そうだったかしら。ねえそれよりも、そっちの娘が噂の」

「姉上！」

詰め所の中に入ろうとしたベアトリスの肩をつかんで廊下に引きずり出したのは、アレクシスだった。はあはあと肩で息をしているところを見ると、全力で走ってきたことがうかがえる。

「ちょっと、何をするのよっ！　私は銀髪の新人ちゃんと話がしたいだけよ」

「朝から大声を出すのはやめていただきたい！　だいたいなんで一人だけでこんなに早く帰ってくるんですか。随行員は⁉」

「遅いから置いてきちゃった♡」

「置いてきちゃった♡、じゃないでしょう！」

「痛いわね、引っ張らないでちょうだい」

「引っ張らないとまた詰め所の中に入ろうとするじゃないですか！」

姉弟の会話はだんだん遠くなり、やがて聞こえなくなった。

「……い、今のがベアトリス殿下」

リーナは唖然として呟いた。

「そう、今のがベアトリス殿下」

カイルが疲れたように答える。

おお、なんと強烈な……。まるで嵐だ。

「あ……そうだ。カイル様。アレクシス殿下なんですけれど、朝一番はやっぱり毒がたまっているようです。寝る前に一度、毒消しをしたほうがいいと思うんですけれど」

ベアトリスに度肝を抜かれた余韻を残しつつ、ふと思い出した感じを装ってリーナが切り出す。

「今日はまだ毒消しをしていませんが、あの通りアレクシス殿下はずいぶん元気でしたよ？　大丈夫なんじゃないですか？　ご本人も寝る前はいらないとおっしゃっていましたし」

「……それは……そうですけど……」

「それに終業後は毒消しをしないということで、夜の時間帯の予定も入ってきているんです。アレクシス殿下はお忙しい方ですから。寝る前の毒消しに関しては、必要であれば入れたいとは思っていましたが、不要であれば飛ばしたいですね。毎日となると変な噂が立ちかねません。王宮にはたくさんの人の目がありますから」

「……そう……ですか……」

カイルの言葉に返事をしながら、リーナは「あれ？」と思った。アレクシスはこの数日、二十二時きっちりに見張り塔に来ているではないか。

――あれは、仕事を抜けてきているということ？　私のために、わざわざ？

昼間の彼の多忙ぶりを知っているだけに、それはとても難しいことのように思えた。

あの真っ白な顔色を見たあとだったから、よかれと思ってやっていたことだが、完全に余計なお世話だったようだ。

心に後悔と自己嫌悪がじわじわと広がっていく。

「……そうですね。大丈夫そうなら、私が出しゃばるのもよくないですね」

リーナはぽつりと呟いた。

その日も相変わらず大掃除をやりながら、指定の時間にアレクシスのもとへ行ったが、アレクシスとは特に会話を交わすこともなく終わった。会話がないから何を考えているのかわからないけれど、アレクシスの指先は温かかったので、体調が保たれていることだけはわかった。

その日の二十二時、西館の見張り塔にて。

「なるほどな……」

現状を伝え謝ったところ、アレクシスが呟く。

「まあ、そういうことならここで会うのはもうおしまいだ。姉上も戻ってきたし、面倒事は極力避けたい。時間のやりくりもそろそろ限界だと思っていたところだし」

「申し訳ございません」

「いや、いい。なんだかんだで君に定期的に毒消しをしてもらっているから、体調は安定しているし、夜を飛ばしても大丈夫だとは思う。ただ、いつまでも王宮に引きこもっているわけにもいかない。ミシェル嬢には早く解呪方法を見つけてもらいたいものだが……ヴィスリーによると、まだ連絡はないそうだ」

アレクシスの言葉に、リーナは項垂れた。

そろそろヴィスリーがミシェルに指定した十日目が来る。ミシェルは確かに「十日では見つからないかもしれない」と言っていたが、やはり見つからなかったのか。

「そう落ち込むな。王宮は王宮で解決策を探してはいるんだ、永遠にこのままということはないだろう。……ああ、そういえば、来週の予定については誰かから何か聞いているか？」

リーナとしては、アレクシスが苦しむ日々がまだ続くことに心を痛めて思わず俯いてしまったのだが、アレクシスには違うように見えたらしい。

「どこかの国の使節団が来るとは、噂で聞いていますが……」

来週、大きな予定が入っていることはまわりの気配から察している。

「誰からも教えてもらってないのか」

「基本的に皆様お忙しいですし、誰も近衛騎士団の……というか、王宮の予定は教えてくださいません。騎士団での仕事も、大掃除だけですし。私に機密情報を盗まれないようにしろとおっしゃったのは、アレクシス殿下ですよ」

リーナの指摘に、アレクシスが額を押さえる。

「少しやりすぎの気もするが。来週、ここをグラキエスの使節団が公式訪問する」

「グラキエス⁉」

「向こうの意向で、公式発表は訪問直前になっているから、王宮外の人間が知らないのは当然だが、王宮に勤めている人間には共有してもらっても構わない情報ではあったな……。来週、我が国はグラキエスと修好条約及び軍事同盟を締結する。スウェレンの港の整備も終えたから、グラキエスへ直通の定期航路もできる」

リーナは驚きのあまり、目を真ん丸に見開いた。

「本当ですか⁉　でもなぜ、ベルンスターとグラキエスが？」

グラキエスは完全中立の立場のはずだ。

「隣国レグルスがベルンスターとしょっちゅう小競り合いを起こしていることは知っているか？」

「はい」

「そのレグルスは、さらに周辺諸国と連合を組んでグラキエス周辺に軍艦を出すようになっているんだ。グラキエスの海軍は強いが、複数の国による連合艦隊が押し寄せてきたらさすがに勝てない。それに鎖国政策もずいぶん前から行き詰まっていて、国内でも年々開国派の意見が大きくなっていた」

「……どうしてそんなことをご存じなのですか」

「グラキエスの港を使う船乗りに話を聞いたから。グラキエスは西大陸への中継地だろう？　鎖国中だが、中継のための寄港だけなら許可してるんだ。グラキエスの港を利用する船乗りに話を聞けば、グラキエスの事情をある程度は把握できる。どの国でもやっていることさ。肝心なところはさすがにわからないが」

聞けばアレクシスは、王国最大のスウェレン港を整備する際、工事状況の視察と称してグラキエスに寄港する船乗りたちに直接話しかけ、親しくなっていったのだという。

そこでグラキエス国内の事情を知り、お互いレグルスを脅威としていることからグラキエスに「手を結びましょう」と書簡を送ったのだそうだ。

東大陸の北西にある島国のグラキエスと、東大陸の東寄りに位置するベルンスターとは距離があり、歴史的に見てもそこまで交流が盛んだったわけではない。グラキエスが鎖国を始めてからは一度も関わっていないはずだ。

「だから、グラキエスから返事があるとは思わなかった」

しみじみとアレクシスが呟く。

「まあ、そういうわけでグラキエスは開国するし、あの国の友好国第一号は我がベルンスターだ。もうすぐ自由に行けるようになるから、ミシェル嬢ができるだけ早く呪術師を見つけてくることを、君も祈っていてくれ」

「祈ります‼」

アレクシスの言葉に、リーナは胸元で手を組んで勢いよく頷いた。その様子を見て、アレクシスがフッと笑う。

「元気になったようだな」

「……え？」

「このところ、落ち込んでいただろう？」

アレクシスに言われ、リーナは目を瞠る。

それで、グラキエスと国交を開くという話をしてくれたのだろうか？

――心配してくれていたの……？

わざわざグラキエスの話をしてくるということは、リーナの身元を調べたのかもしれない。考えてみれば当たり前だ、王太子の近くにいることになる人間の素性を確認しないわけがなかった。

――私を励ますために、グラキエスのことを教えてくれたということ？

そう思うと、胸の中がじんわりと温かくなる。

「この数日、君を見ていてわかったことがある。君は、単純だな」

「単純⁉」

アレクシスの言葉に、リーナは思わず素っ頓狂な声を上げた。せっかくアレクシスの気遣いに感動していたというのに、なんという言い草だ。

「素直と言ったほうがいいか。気に入らないことがあると反抗的になるし、落ち込むとおとなしくなる。俺に近づきたいと思っているわけでもなさそうだし、祝賀会の夜のことはたまたま居合わせただけなんだろう、本当に。……誤解していて悪かった」

アレクシスの謝罪に、リーナは目玉が飛び出すかと思った。

「……なんだ、その顔は……」

目を剝いて固まるリーナに、アレクシスがなんとも言えない微妙な表情を浮かべる。

「あまり長居はできない。さっさと済ませよう」

そうだった。アレクシスは忙しいのだ。リーナは我に返るとアレクシスの左手を取って、いつもの通りに自分の両手で包んだ。

今日は……指先が少し冷たい。触れる手のひらの下で黒い気配がうごめいている。無数のミミズがアレクシスの中を這い回り、彼の気力、体力を奪う。呪いが生む毒を一時的にとはいえ消すことができるのはリーナだけ。

——十八時過ぎに毒消しをして、もうこんなに毒がたまっているのよ。寝る前の毒消しを飛ばして、本当に大丈夫なのかしら。

だが、これは決定事項だ。

今日だけでもアレクシスがよく眠れますように。そんなことを思いながら、リーナは握る手に力を込めた。

＊＊＊

次の日もいつも通り、詰め所の大掃除をする。いつもと違ったのは、執務室でアレクシスを交え、カイルから数日後のグラキエスの使節団訪問についての打ち合わせがあったことだ。

「当日は、いつ毒消しできるタイミングが訪れるかわかりませんので、リーナ嬢はオレとできるだけ一緒に行動してください。そのための近衛騎士団の制服ですしね」

そしてその日の夜。

リーナは外套をかぶり、いつも通り見張り塔に向かった。いつもはきしみながらも動いてくれた重たい鉄製の扉が、今日は動かない。鍵がかかっていた。

今までこの扉の鍵は常に開いていた。そして見張り塔に上がると、リーナの気配に気づいてアレクシスが振り返るのだ。

アレクシスが先に来て鍵を開けてくれていたのだと気づく。その鍵が開いていないということは、アレクシスは来ていない。

当たり前だ、昨日で「二人きりの密会」はおしまいにすることになったのだから。

わかっていたことなのに、なぜかリーナはその場から少しの間、動くことができなかった。

心にぽっかり穴があいてしまったような気持ちになる。

——私、アレクシス殿下とお話しすることを楽しみにしていたんだわ……。

どれくらいそうしていただろう。遠くから夜間巡回中の近衛騎士たちの話し声が聞こえてきて、リーナは慌ててその場を離れた。


寝る前の毒消しをしなかった翌朝、アレクシスの指先は氷のように冷たかった。体調はよくないはずだが、アレクシスは普段通りに見えた。

次の日も、その次の日も、朝のアレクシスの指先は冷たかった。

＊＊＊

そして迎えたグラキエスの使節団が到着する日。

王宮の中は、それは忙しい気配で満ちていた。

いつもより早く、カイルとともにアレクシスの私室を訪れる。アレクシスはいつもの姿ではなく、軍服風の儀礼服をまとっていた。やたらに飾りがついていて、非常にまばゆい。飾りの数が多いのは、男性王族は軍の役職をいろいろと兼任しなければならないからだという。

「軍事同盟だからな。まあ、見かけは大切、ということだ」

驚いているリーナに、儀礼服である理由を明かす。

アレクシスは背が高く肩幅も広く胸にも厚みがあるので、こうしたきっちりした服装が大変似合う。ボーフォール学園の祝賀会で着ていた礼服とマント姿も大変似合っていた。

今日も指先は冷たい。今日は長い一日になるはずだからと、リーナはいつもよりも念入りに毒消しをした。毒消し後、アレクシスが手袋をはめたところで、コンコンとドアがノックされて一人の男性がサーベルを手に入ってくる。

「アレクシス殿下の侍従のお一人です」

きょとんとするリーナに、カイルがそっと耳打ちする。

侍従はカイルとリーナに目礼すると、アレクシスに歩み寄りサーベルを差し出した。アレクシスはそれを受け取り、カイルたちを振り返ることなく部屋を出ていく。

侍従に促されて、カイルとリーナもアレクシスの私室を出る。アレクシスたちのあとを追うようについていく途中、廊下から王宮の正門方向を見てみる。門の向こう側、王宮に続く大通りには国旗が一定間隔で掲げられ、風にはためいている。その下にはずらりと衛兵が並んでおり、衛兵の後ろには沿道を埋め尽くす、ものすごい数の人々。

グラキエス使節団の訪問が公表されたのは、グラキエスの使節団がベルンスターのスウェレン港に到着した当日。今からわずか二日前だというのに、こんなにも大勢の人が詰めかけるなんて、信じられない。

「グラキエスって、あまりいい印象がない国ですよね。抗議のために集まっているのでしょうか」

小さな声でカイルに聞くと、

「それはないと思います。グラキエス王国は長らくどの国とも手を結ばなかった、孤高の大国ですよ。その大国が最初の相手にベルンスターを選んでくれたのですから、歓迎のために集まっているに決まっています。王宮からも新聞を通じてそのように情報を流しましたし」

カイルがこっそりと教えてくれた。

「あら、あなた。アレクシスの白い悪魔ではないの」

不意に背後から声をかけられ、リーナははっとして足を止め、振り返る。

そこには正装したベアトリスが立っていた。先日見た時も美しい人だと驚いたが、今日は着飾っているので、ものすごく迫力がある。王女というよりは女帝という雰囲気だ。

「これはベアトリス殿下。うちの新入りに何かご用でしょうか？」

同じように足を止めたカイルが、庇うようにずいとリーナの前に出る。

「あら、ヴィスリーの次男くん。今日はアレクシスにくっついていなくてもいいの？」

「もちろん、くっついていないといけません」

「では行きなさい。私はこの娘に用があるの」

「新入りもアレクシス殿下の警護を担当します」

「あとで向かわせるわよ。私はこの娘と話がしたいと言っているの」

ビシッとした口調で言われると、カイルも従わざるを得ないのか、一礼をするとアレクシスを追って行ってしまう。

一人残されたリーナは、不安な気持ちを顔に出さないように気をつけながら、ベアトリスを見つめた。そんなリーナの様子に、ベアトリスがくすりと笑う。

「ねえ、銀髪の新入りちゃん。少しお使いに行ってきてくれない？　今すぐ」

「今すぐにお使いですか？」

リーナは驚きを隠せず、怪訝な顔でベアトリスに聞き返した。ベアトリスはそんなリーナを気にした様子もなく、艶然と笑いながら頷く。

「今、王都で流行中のお菓子がクルック通りにあるんですって。女官たちが教えてくれたわ。気になるからそれを買ってきてちょうだい。あとで差し入れたら、今日のお膳立てに奔走したアレクシスも喜ぶわよ。あの子は外育ちだから味覚が庶民的なのよね」

外育ちとはなんだろう、と疑問に思ったが、それを質問できる雰囲気ではない。

ベアトリスがゆっくりと近づいてくる。

「あなたがアレクシスと二人で会っていたこと、知っているのよ。一人で行きなさい、誰にも言わずに。お使いに成功したら、このことは不問にしてあげる」

「……それは、どういう……」

すれ違いざま、耳の近くで囁(ささや)かれた言葉に、リーナは思わず聞き返した。

「楽しみにしているわ」

そう言ってベアトリスは裾を翻し、去っていく。

アレクシスと二人で会っていたことを、誰かに……よりにもよってベアトリスに気づかれているなんて、思ってもみなかった。

——どうしよう。

心臓がバクバクと大きな音を立てる。手のひらに冷たい汗が浮かんできて、リーナは思わずその手をぎゅっと握り締めた。

アレクシスは、寝る前の毒消しは不要だと何度も言っていた。自分との接触回数はできるだけ減らしたいと。

――女性スキャンダルは避けたいと言っていたのに、私の考えなしの行動のせいだわ。

アレクシスに対し申し訳ない気持ちが込み上げる。

けれどベアトリスは、お使いに成功したら不問にするとも言っていた。ベアトリスが騒がなければ、スキャンダルにはならない。

信用できるだろうか。

――わからない。でも、ベアトリス殿下の口ぶりからして、もし言いつけを無視すればとんでもないことになりそうだわ。

万が一、アレクシスと引き離されるようなことになったら、毒消しができなくなってしまう。

アレクシスに呪いがかかっていることは、王宮に来た初日の話し合いの場にいた人間だけの秘密だ。アレクシスがそう望んだ。呪いのことを誰かに知られるわけにはいかない。

ヴィスリーやカイルから禁じられていたにもかかわらず二人きりで会っていたことも、知られるわけにもいかない。アレクシスは自分に悪い噂が立つことを警戒している。

相談するとしたらアレクシスだが、彼が今どこにいるのかわからない。だいたい、アレクシスのそばにはベアトリスがいる。相談なんてしたら、バレバレだ。

それに、これから重要なお客様を迎えるのだ。自分のことでアレクシスを煩わせたくない。

――お使いに行くだけだもの。私一人でもなんとか……。

リーナは時計を思い浮かべた。

――毒消しをしたのは八時過ぎ。今は九時過ぎ。次の毒消しは昼食会の時だから、三時間ある。

次いで、王都の地図を思い浮かべる。

クルック通りは王宮の目と鼻の先だから、それほど遠くない。王宮はとてつもなく大きいが、王宮を取り囲む通りは辻馬車が頻繁に行き交っている。馬を使えばクルック通りまですぐだ。

——行ける。

リーナは覚悟を決めると、自分の部屋に向かって走り出した。部屋に戻るなり、上着を脱いで見張り塔に行く時にも使った外套を羽織る。近衛騎士の制服で外をうろうろするのはよくないと思ったのだ。自分の財布をバスケットに突っ込むと、部屋を飛び出す。

人の少ない北の通用門から、王宮の外へ。

王宮の通用門は閉まっていたが、外に用があると告げると衛兵があっさりと門を小さく開けてくれた。どうやら、王宮の内から外に出るのは容易であるらしい。警備体制が厳しくて出入りが難しかったらどうしようと思っていたので、ほっとする。

王宮に来てから外出するのは初めてだ。アレクシスの毒消しには休みがないため、リーナは王宮からの外出を禁じられていた。その禁止事項を破って一人で外に行く。このことがバレたら報酬金額の減額ものかもしれない。

——バレなければいいし、間に合えばいいのよ!!

リーナはすぐに辻馬車を探した。

だが、辻馬車が見当たらない。辻馬車どころか、いつもなら馬車も人もたくさん行き交っているのに、まったく往来がない。今まで見たことがないほど静かな通りの様子に、嫌な予感がする。

——……南の王宮正面通りまで行けば、きっと辻馬車がいるはずよ。

しかし、あそこまで歩くとなるとかなりの時間を浪費することになる。ゆっくりはしていられない。リーナは意を決すると、王宮の塀伝いに南を目指して速足で歩き始めた。

リーナは知らなかったのである。今日は国賓を迎えるにあたり、王宮周辺に交通規制が敷かれており、辻馬車も荷馬車も人の動きさえ止められていることを。

リーナが人知れず王宮を出ていってしばらくして、冷たい風が吹き、空を鉛色の雲が覆い始めた。

＊＊＊

昼前に降り出した雨はすぐに本降りになり、外套を重く濡らす。

リーナがベアトリスのお使いから王宮に戻ってきたのは、とっくに昼を過ぎてからだった。王宮を出たらすぐにつかまえられると思った辻馬車はどこにも走っておらず、王宮沿いを歩いていたら警備中の衛兵に追い払われ、規制区画外の通りに出たら今度は規制の影響で大渋滞をしている。辻馬車を利用するより歩いたほうが早いくらいだった。

しかたなく、延々とクルック通りを目指して歩くこと一時間。目的の店を探し出すのに手間取り、お菓子の焼き上がりを待ち、雨の降る中、ようやくお使いの品を抱えて王宮の北門にたどり着いたのが十三時半過ぎ。

いつもならここまで時間がかからないはずだが、今日は大勢の見物人と交通規制のせいで移動に時間がかかってしまった。

こんなことになるなんて思わなかった。

「ですから、私は近衛騎士団所属のリーナ・バートンです。どうかご確認を！」

「近衛騎士団の所属なら、なんで通行証を持っていないんだ」

「もらってないからです！」

「もらってないはずがあるか」

「だって、本当にもらってないんです！」

リーナは雨に濡れ凍える体で、王宮の通用門を守る衛兵と押し問答を繰り返していた。出る時は簡単だったのに、入るのがこんなに難しいなんて聞いていない。

中に入るのがとてつもなく難しいのだから、中から出てくる人は問題ないと認定されている、ということのようだ。

そしてリーナは通行証をもらっていない。そもそも、通行証の存在を知らなかった。外出許可が与えられていないので説明を省かれたのだと気づいたが、あとの祭りである。近衛騎士団の上着を脱いできたことも仇となっていた。

——ああどうしよう。中に入れないままだったらアレクシス殿下が……！

毒消しから五時間以上経過している。アレクシスの体はどうなっているだろう。

「なんで外にいるんですか⁉」

泣きそうになりながら途方に暮れていたら、遠くからそんな声が飛んできた。はっとして顔を上げると、カイルが小走りに駆け寄ってくるではないか。息が上がり、顔つきも怖い。ずっとリーナを捜していたことがうかがえる。

「カイル様、この者をご存じで？」

リーナを足止めしていた衛兵が驚いたように聞き返す。

「ああ、知っている。近衛騎士団の事務官だ」

カイルの言葉に衛兵がひきつる。

――だからそう言っているのに！

「とにかく、アレクシス殿下のところへ」

言われるまでもない。リーナはずぶ濡れの外套のまま、カイルと一緒に走り出した。

北の通用門に一番近いドアから建物に飛び込み、長い長い廊下を駆け抜けて正殿に入る。国賓が来ているということで王宮内はあちこちに衛兵が配備され、物々しい。

正殿の二階、大広間の前にたどり着いた時だった。

最奥、近衛騎士が守る大きな扉が開いたかと思うと、中からベアトリスが現れた。見計らったかのようなタイミングに、リーナは驚きを隠せない。

「……あら、意外に早かったわね」

リーナを見つけ、唇に笑みを刷く。

この表情。もしかするとこの人は、自分に監視をつけていたのかもしれない、と思い至る。

「ご所望の品をお持ちしました」

リーナは息を弾ませながら、ベアトリスに焼き菓子の入ったバスケットを差し出した。

「そう、ありがとう。でもいいわ、毒見が済んでいないものは食べられないから、あなたにあげる」

ベアトリスの冷めた反応に、リーナはぽかんとした。ではなんのためにお使いに行かされたのだろうか。

「おもしろいものを見せてもらったわ、銀髪のお嬢さん。こっそり会っていたことは不問にしてあげるけど、あなたは何者なの？　あなたの行方を自分の専属の護衛騎士に捜させるなんて、ちょっと行きすぎじゃないかしら。アレクシスにとってあなたは、大切な存在なのね」

ベアトリスがじっとリーナを見つめる。

見張り塔で落ち合っていたことは不問にすると言いつつ、はっきりと「こっそりと会っていた」なんて言うとは。

――本当は不問にする気なんてなかったのね。

しかもカイルに加え、扉の前には近衛騎士が立っているこの場で言うあたり、ベアトリスの意地の悪さを感じる。

思わずバスケットを持つ手に力が入る。怒りが湧き上がってくるのを、リーナは懸命に抑え込んだ。

「アレクシスは自分の立場をよくわかっている。だからものすごく人の目を気にするのに、あなたのことに関してはそれどころではないみたい。でしょ？　ヴィスリーの次男くん」

「私の名前はカイルです、ベアトリス殿下」

次男と呼ばれるのが嫌なのか、ベアトリスに同意を求められたカイルが訂正を入れる。

「自分の立場をよーくわかっていて、『王太子はかくあるべき』という姿から外れないことを目標にしているようなアレクシスが、妃候補にならない娘を自分に近づけさせるはずがないの。それなのに、その子は毎日定期的にアレクシスのもとへ行き、さらには夜中に二人だけで会っていた。そう、報告を受けているわ。私の侍女たちが気づくくらいよ、本当に詰めが甘いわね……お兄様ならもっとうまくやったでしょうにね」

ベアトリスの言葉にカイルが反応し、リーナに視線をよこす。

――お兄様ならもっとうまくやった、ですって？

アレクシスの兄というと、ずいぶん前に亡くなっているはずだ。その人とアレクシスを比べて詰めが甘いなんて、まるでアレクシスが至らないみたいな言い方ではないか。

リーナがアレクシスのもとを定期的に訪れているのは厄介な呪いのせいだし、夜の密会はリーナのお節介にアレクシスが付き合ってくれただけだ。アレクシスは悪くない。それに、確かに誤解されそうな行動だが、時間は短かったし、回数もほんの数回。やましい関係ではないとわかりそうなものなのに。

――アレクシス殿下の呪いについて説明できたら……！

ベアトリスの誤解を解けないことに、苛立ちが募る。

「どういう魔法を使ったの？　それでなくてもアレクシスは女の子が苦手なのに。あの子、昔ね……」

「ベアトリス殿下、そういうお話はここではちょっと……」

楽しそうに昔話を始めようとするベアトリスをカイルが遮る。

「今しないで、いつするの？　この娘がアレクシスのお気に入りなら、ちゃんと知っておくべきよ。あの子は昔、お付き合いしていたご令嬢と……」

「私は、アレクシス殿下に近づくことが目的でアレクシス殿下のもとを訪れていたわけではありません」

リーナはベアトリスの言葉をぶった切り、きっぱりと言う。

ここでのリーナは臨時採用の事務官にすぎない。発言も許可されていない。だが、ベアトリスの好き勝手な憶測に黙っていることができなかった。

自分だけならいいが、カイルやほかの護衛騎士がいる前で、というのが許せない。

アレクシスの名誉を貶めようとしていることが見え見えであることが、許せない。

アレクシスの体調不良は、ほかの人にはいまいち見えにくいものだ。けれどリーナはアレクシスの中にある呪いを直接感じ取ることができる。アレクシスがどれだけ我慢しているか知っている。どれだけ、まわりのことを考えているかも知っている。

彼の努力を笑わないでほしい。

リーナの言葉に、ベアトリスが機嫌を損ねたのがわかった。楽しそうな表情から一転、きつい眼差しでリーナを睨みつけてくる。

「話は最後まで聞くのが礼儀というものよ」

ベアトリスが言う。正直に言って怖い。ここは王宮だ、王族は絶対の存在。でも、退く気はない。

リーナは指が震えないよう、バスケットを持つ手にますます力を込めた。

「恐れながら、アレクシス殿下が希望されないであろう話に耳を貸すわけにはまいりません。私がアレクシス殿下のおそばにいるのは、ヴィスリー閣下の要請があったからです。それ以上は雇用契約に抵触するので申し上げることができません」

「ふうん……ならなぜあなたの肩書は、臨時採用の事務官なのかしら。明らかに目くらましのための役職よね。そんな小細工が必要な存在ってことでしょ？」

言い返したリーナを、ベアトリスが見下してくる。

「ベアトリス殿下、それくらいに」

「お黙り。私はそこの娘と話をしているのよ」

止めに入ったカイルを、ベアトリスが一蹴する。

「そんなのおかしいじゃない？　近衛騎士団の役割は、王族の護衛よ？　事務官ごときの捜索に使っていい人間ではない。これってつまり」

「下種の勘繰りもたいがいにしてくださいませんか、姉上。ここには人の目も耳もあるんですよ。おかしな言動を繰り返していると、品性が疑われます」

すぐ近くで声がした。

ベアトリス、リーナ、カイルの三人がはっとして声のしたほうを向く。

アレクシスがそこに立っていた。目の前のベアトリスに気を取られすぎて、アレクシスが近づいてきていたことにまったく気がつかなかった。

「昼食会を中座して戻ってこないので、何があったのかと心配しましたよ、姉上。こんなところで何を遊んでいるんですか」

アレクシスの顔には表情がなく、その目は大変冷ややかだ。

「あら、あなたが騙されているのではないかと心配になっただけよ。近衛騎士団に入ってきたという白い悪魔の娘、王宮の中で噂になっているもの。本当にただの事務官なのかしら、って」

——えっ、そうなの……？

ベアトリスの言葉に、リーナは驚いた。ほかの使用人たちとの関わりは極力避けているし、近衛騎士団は噂話の類をしないから、噂になっているなんてまったく知らなかった。

「心配、ね」

言葉尻をとらえ、意味深に笑うアレクシスに、ベアトリスが視線を鋭くする。

「王太子が騙されて、とんでもないことになったら、大変でしょう？　噂通り、この子はものすごい美人だもの」

「私は騙されていませんよ。姉上の心配は無用のものです。それから彼女を白い悪魔と呼ぶのはやめていただきたい。バートンはれっきとしたベルンスター人です」

アレクシスがきっぱりと言い切る。リーナは目を真ん丸にしてアレクシスを見つめた。

アレクシスが庇ってくれた。最初は信用できないと言っていた、アレクシスが。その上、リーナをベルンスター人だと言い切ってくれた。生まれも育ちもベルンスターにもかかわらず、この見た目のせいで純粋なベルンスター人として扱われたことがほとんどないリーナにとって、まさかこの国の王子様がリーナのことをベルンスター人だと言い切ってくれるとは思わなかった。

「その娘の採用は私とヴィスリーで決めました。身元はしっかりしています。理由は先ほど彼女が説明した通り、雇用契約に触れるので明かせません。ですが、姉上が心配するようなことは何もありません。……そろそろ席にお戻りください。グラキエスの特使がお待ちです」

姉に劣らぬ冷たい目つきで、アレクシスがベアトリスを見つめる。

「……あなたこそ、王族の品性を損なわないように行動なさいな」

ベアトリスはぷいと顔を背けると、さっさと踵を返して昼食会の会場へと戻っていった。一方のアレクシスはその場に立ったまま、じっとしている。

あまりにじっとしているので、どうしたのだろうと思って注意深く見れば、顔が真っ白だ。固く握り締めたこぶしも真っ白。以前、執務室でぐったりと横たわっていた姿を思い出す。

――呪いの毒が……⁉

今朝は八時過ぎに毒消しをした。現在は、十四時が近いはずだ。朝の毒消しから六時間ほどたっている。部屋で休んでいる夜間はともかく、日中は大体三時間おきに毒消しをして体調を保っている。間が空きすぎたのだ。

「あ、あの……」

これは大変だ。声をかけようとしたリーナに、アレクシスの氷色の瞳が向く。明らかに怒っている目つきだった。

「カイル、俺はこいつに話がある。おまえは団長のところに戻って、バートンが見つかったと報告してくれ」

案の定、アレクシスはそう言うと、リーナの腕をつかんで引きずるように廊下を歩いていく。

「アレクシス殿下、同席しま……」

「必要ない。俺はすぐに戻る。おまえは団長をなだめて、捜索に駆り出された近衛騎士を呼び戻すんだ。命令だ」

ついてこようとするカイルにそう命じて、アレクシスは手近な部屋のドアを開き、リーナを放り込む。

リーナはお菓子の入ったバスケットを胸に抱えたまま、よろろ……と部屋の中に踏み込んだ。

パタンと静かにドアが閉じる。

振り返ると、ドアの前でアレクシスが怖い顔でリーナを睨んでいた。

「……俺に言うことはないか？」

「か……勝手な行動をして申し訳ございませんでしたっ」

リーナが黙っていなくなったために近衛騎士を使った捜索が行われたと知り、リーナは全身の血が引いた。あれこれ言い訳するべきではないと思い、潔く頭を下げる。

「まったくだ!! 臨採の事務官だからと教育が甘くなっていたことは否めないが、君は自分の判断で動けるほどものを知らない。何かあったらすぐに上司に相談するのが、仕事の基本だろうが！特に相手が面倒な人間だったら自己判断は厳禁だ！」

案の定、下げた頭の上に雷が落とされる。

「カイルがつかまらなければ団長でもいいし、ほかの近衛騎士でもいい。近衛騎士を通じて俺を呼び出してもいい。とにかく……姉上だけは気をつけてくれ……」

アレクシスの声がトーンダウンする。リーナは頭を下げたまま、視線を上げた。

アレクシスが右手で顔を覆って動かなくなっている。

——泣いているの……？

いやまさかそんなばかな。大の男が、あのアレクシスが、リーナの前で泣くわけがない。

ただ、非常に気落ちしていることだけは確かだ。

「あ、あの……本当にごめんなさい。私……その……」

そのあとの言葉が続かない。なんと言えばいいのだろう。ベアトリスに脅されたとはいえ、行動する前に誰かに確認をしなかったのはリーナの落ち度だ。それに何を言っても言い訳にすぎず、アレクシスの心を慰められるとは思えない。

——迷惑をかけてしまったなあ……。

自己嫌悪の波がどばどば押し寄せてきて、もう何も言えない。

リーナが押し黙ってしまった時だった。

アレクシスが顔を覆っていた右手を、リーナに向けて伸ばしてくる。アレクシスの顔には表情がない。

え、と思った時にはもう、リーナはそのアレクシスの腕に抱きしめられていた。抱えたままのバスケットが、ぎゅっと体に食い込む。

驚きのあまり、呼吸が止まる。アレクシスとの距離の近さに心臓がドキドキし始める。

「……無事でよかった……」

アレクシスの大きな手がリーナの髪の毛に触れる。彼の癖のある黒髪が首筋に当たって、くすぐったい。

同時に、どろりとした嫌な気配がリーナの全身を包む。

抱きしめられてドキドキし始めた心臓が、あっという間に黒くて冷たいものにのみ込まれる。

アレクシスの体は冷たかった。抱きしめられてもぬくもりを感じることはなく、頭に触れるアレクシスの指先は氷のようだ。

いつもは手だけで毒消しをしているからわからなかったが、こんなふうに抱きしめられれば、呪いの気配を全身で感じ取れることを知る。

「君の失踪に姉上が関わっているらしいと知って、最悪の事態も頭をよぎった。姉上は、俺が嫌がることはなんでもするから」

アレクシスがしみじみと呟く。

先ほど見た二人の冷ややかな応酬を見る限り、確かにあり得ない話ではない。そんな気がする。

いつもよりも濃い呪いの気配は、リーナがアレクシスをほったらかしにした証拠だ。このところ、せっかく体調が安定したというのに、リーナが台無しにしてしまった。

アレクシスにかかっている呪いは、リーナが毒消しをしなければどんどん体内にたまって、彼を苦しめる。

――わかっていたことなのに、私はどうしてアレクシス殿下を置き去りにして出かけてしまったの……。

なぜ、優先順位を間違えてしまったのだろう。

ベアトリスの話しぶりからすると、アレクシスは必死にリーナの行方を捜していたようだ。いなくなったリーナに不安や苛立ちを覚えながら、悪くなる体調を押してグラキエスの使節団との会議に臨んだに違いない。それはどれほど心を消耗したことだろう。彼のことだ、不調なんて一切表に出さずに役目をこなしていたに違いない。それが想像できるだけに、申し訳ない気持ちが湧き上がる。

「勝手なことをしてごめんなさい……もう二度としません」

「わかればいい。……本当に無事でよかった」

アレクシスの声に滲む安堵の色に、心が揺れる。

本当に心配してくれていたのだ。

――それはそうよね。呪いが解けるその日まで、私しか毒消しができないもの。

呪いがある限り、アレクシスはリーナを手放せない。

——当たり前だった。そんなこと。

今までに何度か気遣いを見せてくれたこともあり、抱きしめられた時、一瞬だけアレクシスがリーナ自身を心配してくれたのかと思ってしまった。勘違いも甚だしい。

「大丈夫です、私、けっこうしぶといので。報酬を満額でもらうためならなんでもします。ベアトリス殿下の意地悪なんてへっちゃらですから」

呪いの気配が消えてきたので、リーナは勘違いの気まずさをごまかすべく、わざと明るく言って体を離した。

アレクシスが、リーナの胸元にあるバスケットに気づく。

「なんだ、これは」

「ベアトリス殿下に、この焼き菓子を買ってきてほしいと頼まれたのです。一人で行ってきたら、アレクシス殿下と二人で会っていたことを不問にすると……。こういうお菓子は、アレクシス殿下も好きなはずだから、あとで差し入れたら喜ぶ、と……」

言い訳なんて聞きたくないだろうなと思いつつ、リーナはそれでも王宮の外に行こうと思った理由をぽつりと呟いた。

「……そうか。そうだよな、姉上が絡んでいるなら君に非があるわけがなかった。うまそうなにおいがしている。あとでもらおう。……ずぶ濡れだな。風邪を引いてはいけないから、部屋に戻って着替えなさい。そしてそのまま部屋で待機だ。今日、このあとの毒消しに関してはカイルを使いにやるから、あいつに従ってくれ」

アレクシスはそう言い残し、リーナに背を向けると部屋から出ていった。

嬉しいのか悲しいのか、自分でもよくわからない。なんだか泣きたい気分で、リーナはしばらくその場から動けなかった。

＊＊＊

アレクシスは落ち着かない鼓動に戸惑いながら、足早に歩いていた。

なぜ衝動的に抱きしめてしまったのか、自分でもわからない。だが、リーナの失踪にベアトリスが関わっていると知って、本気で目の前が真っ暗になり体が震えた。ベアトリス関連でこれほど恐怖を覚えたのは初めてだ。

どうして「リーナがいなくなる」ことが、こんなに怖いと思ったのだろう？

――バートンは俺にかけられた呪いの毒を消すことができる、唯一の存在だから。

それ以外にない。だからベアトリスのおもちゃにされては困る。

そう思おうとしているのに、自分の中でリーナの存在意義が変わってきていることに気づいている。

女は信用できない。十六歳のあの日、傷つけられた心は女性恐怖症という症状すら引き起こしてしまった。何度か克服を試みたが、結局それができないまま今日に至っている。

女性が近づくと吐き気がする。一人で女性を相手にするなんて言語道断。特に若い女性はだめだ。

でもリーナには不思議とそれが起こらない。いつから起きていないのだろう？　少なくともリーナに毒消しの能力があるとわかったあの時には、平気だったように思う。本来なら、あの近さに若い娘がいることなんて耐えられないことなのだ。

それが起こらないから、リーナを遠ざけることに失敗している。それどころか、彼女が戻ってきたことに安心して抱きしめてしまうなんて……。

――どうしてしまったんだ、俺は……。

そんな自分の変化に、自分が一番戸惑っている。これも呪いの影響なのだろうか。

まっすぐ大広間を目指すと、入口に立っている近衛騎士が敬礼をして大きなドアを開いてくれる。

自分はこの国の王太子。目の前には大国の使節団がいる。気持ちを切り替えなければ。

――兄上なら、こういう時にどうするだろう。

中にいる人々がアレクシスを振り返る。アレクシスは笑みを浮かべると、自分の席を目指した。

ベアトリスがちらりと視線を向けてくる。

その視線を無視し、アレクシスは自分の席に着く。

――兄上なら、俺と同じ事態になっても、もっとうまく対処できたんだろうな。

動揺など見せず、何事もなかったかのように振る舞えたのだろう。その点、自分は動揺して情けない姿を晒してばかり。不甲斐(ふがい)ない自分が腹立たしい。

アレクシスは国王夫妻の三番目の子どもとしてこの世に生を受けた。母が流行り病にかかり産み月よりも早く生まれたせいで、体が小さく、とても弱かった。だから王子としては使い物にならないと、父の判断で物心つく前に母方の親戚筋に預けられた。

育ての親はアレクシスに事実を隠さなかったから、自分の体が弱いせいで両親や兄姉と離れて暮らしていることは知っていた。

家族はたまに会いに来てくれた。しかし、家族の中心にいるのはできのいい兄だった。こんなことがあった、こんなことができるようになった。さすがアルベルト……と。

自分に会いに来てくれたはずなのに、家族は自分に見向きもしない。それは正直に言っておもしろくなかった。だが、その兄だけはアレクシスの話を聞き、優しくしてくれた。

「たぶん、アレクシスも十三歳になったら王都の寄宿学校に通うことになると思うよ。寄宿学校の生活は厳しいから、今のうちから体を鍛えておくといい」

自分だけ王都から離れた場所で暮らしていることを不満に思うアレクシスに、兄はそう教えてくれた。

「僕はいずれ国王になる。その時、アレクシスが僕を支えてくれたら嬉しい。この国を導いていくためには多くの人の協力が欠かせない。その人たちにがっかりされないよう、国王は人に弱みを見せてはいけない。とても孤独な立場だけど、ベアトリスとアレクシスがそばにいてくれたら、頑張れると思うんだ」

国王の第三子である自分に、王冠が回ってくることはない。なら、自分にできることは兄を支えられる人物になること。

そうすれば、両親と姉の視界にアレクシスも入るだろうか。

目の前にいるのに、いないものとして扱われるのはとてもつらいことだ。特に、自分を見てほしいと願っている人たちに無視されることは。

小さいうちに家族から引き離されたため、アレクシスは親の愛に飢えていた。

育ての親がアレクシスを愛してくれなかったわけではない。アレクシスがやりたいと言ったことはすべて叶えてくれた。できることが増えるたびに「国王陛下もきっとお喜びになりますよ」と言ってくれたし、アレクシス自身もそれを励みにしていたが、肝心の国王――父がアレクシスの成長を喜んでくれたことはなかった。

背が伸び、運動によって体力がついてくれれば、病気になることも減る。元気になるほど、家族の足は遠のいた。十三歳を迎えたのに、王都の寄宿学校に進学することはできなかった。

――俺は王太子である兄上を助けるためにいるのではなかったのか？　そのために勉強も武術も頑張ってきたのに……どうして俺はいつまでも、家族の内側に入れないのだろう……。

家族を恋しがるなんて子どもっぽいと自分でも思うが、やはり寂しいものは寂しい。

「寂しいのでしたら、お手紙を書かれてはどうですか？」

育ての親に促され、アレクシスは素直に「夏にこちらで馬術大会があるから見に来てほしい」と、家族に手紙を送った。十三歳の夏だ。

母から返事があった。お父様とベアトリスは無理ですが、私とアルベルトの二人がうかがいましょう、と。

けれど、約束の日、アレクシスのもとに二人は来なかった。なんの連絡もないまま、アレクシスは馬術大会で優勝した。

そしてその日の夜、「母と兄が乗った馬車が土砂崩れに巻き込まれた」という連絡を受け取った。

確かに、前日、このあたりで大雨が降った。でも今日は天気が回復していたので、そんな災害に巻き込まれるなんて思いもしなかった。

事故現場に夜通し走り続けて駆けつければ、先に助け出された母は手当てのため近くの有力者の屋敷に運ばれたあとで、崩れた土砂の中からちょうど兄が助け出されるところだった。

もう、息をしていなかった。


「あんたのせいよ！」

母と同じ館に運び込まれ安置された兄を見つけ、姉が叫ぶ。

「あんたが会いに来いなんて言うから、お兄様が死んでしまったのよ！　あんたなんて役立たずの用なしのくせに！」

泥だらけの兄にすがって、姉が号泣する。

「わかっているな、アレクシス」

父が静かに言う。

「おまえがアルベルトの代わりになるんだ」


同級生に遅れること半年、アレクシスは王都に呼び戻され寄宿学校に通うことになった。

兄も通っていた学校だ。

王都には戻りたかった。でも……こんな形で戻りたかったわけではない。

母は兄を亡くし、足を失って歩けなくなったことがショックで、南の離宮に引きこもってしまった。あれ以来、アレクシスは母と会っていない。父はすべてにおいて投げやりになった。ベアトリスに至っては、むき出しの敵意を向けてくる。

この家族の中心には兄がいた。兄がいるからこそ、家族は幸せでいられた。だが、事故をきっかけに家族の幸せな日々は砕け散った。

姉は、家族が壊れたのはアレクシスのせいだと言う。言葉にはしないが、父も母もふさぎ込んでアレクシスに目を向けてはこない。

——俺は、父と母と姉の「家族」ではなかったのか？　いないほうがよかったのか？

だったら、兄の代わりに呼び戻さなければいいのに。……ああ、違う、自分が兄を死なせたからその罪を償わなくてはならないのだ。

『アルベルトの代わりになるんだ』

父の言葉、これがアレクシスにできる贖罪(しょくざい)方法。少なくともこれで、父への罪滅ぼしはできる。

文武両道でありながら驕(おご)ったところがない、気さくな兄の人となりを、愛想がない自分が完全に模倣することは難しい。だからせめて、「王太子」である兄に求められていたことをできるようにしなければと思った。学業も、武術も、兄と同等に。自分の心は隠して、誰にも見せない。自分に求められているのは兄の代用品になること。

だから常に兄を意識した。兄ならどうするだろう。兄ならきっとこうする。

そしてそれは成功していると言える。成長するにつれ、「さすが王太子殿下」と言われることが増えていったのが何よりの証拠だ。

一方で、アレクシスが評価されるほど、ベアトリスのアレクシスへの憎悪は強まっていった。ベアトリスからするとアレクシスは、尊敬する兄を死なせ、王太子という立場を奪ったように見えていたのだ。その鬱憤は、嫌がらせという形で現れた。

ものを隠す、壊す、といった直接的な嫌がらせだけではない。社交が苦手なアレクシスの性格を知った上で、社交的なベアトリスは茶会や観劇などを通して王家に近い令嬢たちに、アレクシスの悪評を吹き込んでは笑い物にしていたのだ。時としてその噂は令嬢たちの父親に伝わり、社交界でも悪評が流れたことがあった。そしてそれをアレクシスはうまく払拭することができず、謂れのない中傷に何度も苦しめられた。

ニコニコと笑顔を浮かべ優しくしてくれる人が、陰で悪口を言っているなんて、しょっちゅうだ。人が信じられなくなっていく。

それでも、どこかにはそんな噂に左右されず、自分を見てくれる人がいるはずだと思っていた。悪評のほとんどは根も葉もないものなのだから。

そんな時、一人の令嬢と出会った。笑顔がかわいい、優しい話し方をする侯爵家の娘だった。

彼女はアレクシスにまつわる悪評を笑い飛ばし、まったく気にしないと言ってくれた。人付き合いが上手ではない自分とも真摯に向き合い、優しく寄り添ってくれた。自分に意識を向けてくれることが嬉しくて、気持ちが動くのにそう時間はかからなかった。初めて結婚というものを意識した。

だからこそ、彼女に話したことがベアトリスに筒抜けだと知った時は絶望した。

アレクシスに近づいた令嬢は、ベアトリスの親友だったのだ。つまり、意図を持ってアレクシスに近づいてきたのだった。アレクシスの話したことはベアトリスから令嬢たちの間に広められ、アレクシスは笑い物にされていた。

ベアトリスの手管にあっさり引っかかった自分への自己嫌悪もさることながら、彼女のかわいらしい笑顔の下に隠されたもうひとつの顔に、アレクシスは吐き気を覚えた。アレクシス、十六歳の時だ。

あれ以来、アレクシスは女性が苦手だ。

特に、彼女と同じくらいの若い女性は、近づきたくもない。

女性が全員、自分に対して悪意を持っているわけではないと、頭ではわかっている。でも、体が勝手に拒絶する。


兄が亡くなり、王太子に指名された十三歳の時から、アレクシスは常に兄を意識してきた。

兄ならどうするだろう。兄ならどう考えるだろう。

人前では明るく堂々と。どんな時も冷静に。人に弱みは見せない。

兄はそうしていた。それは正しいと思う。だから自分もそうする。……けれど、本当の自分とは少しずれているから、兄らしく振る舞うのは骨が折れる。本当の自分は、弱くて小さい。父に見捨てられるくらいだ。本当は王太子なんて器ではなく、兄のフリをしてようやくそれっぽく振る舞えるだけだ。

兄を知る人たちから見た自分は、ずいぶん滑稽なんだろうなと思う。下手な芝居だが、始めた以上はやめることができない。

そんなむなしさを感じる日々に、突然現れたのがリーナだった。

最初は自分に近づきたいという下心があるのではないかと警戒した。しかし、リーナにあるのは「報酬がほしい」という希望のみ。

リーナが自分に気を遣ってくれるのは、報酬を受け取るためだとはわかっている。

わかっているが、この数日間、リーナが与えてくれた安らぎは何物にも代えがたいと思っている自分がいる。呪いの毒を消す力だけではなく、彼女が見せる優しさや気遣いに癒されているのは間違いない。

女は裏切る。いくつもの顔がある。だから嫌いだ。リーナだってそうに違いない。少しつつけばすぐに化けの皮が剝がれる。そう思って、かなり嫌みなことを言ってやった。なのにリーナはお節介を焼きたがる。何か裏でもあるのかと、今度は一人で見張り塔に来いとも言ってみた。リーナは、昼間に何度かアレクシスの手を握るだけで多額の報酬が約束されている。夜間、王宮内をうろうろしている姿を誰かに見つかれば、その報酬を満額でもらえなくなるおそれがある。だから、来ないと思った。

でもリーナはやってきた。

今日に至っては、ベアトリスの嫌がらせすら押しのけてアレクシスのもとに帰ってきた。

『私は、アレクシス殿下に近づくことが目的でアレクシス殿下のもとを訪れていたわけではありません』

『恐れながら、アレクシス殿下が希望されないであろう話に耳を貸すわけにはまいりません』

その上、リーナはアレクシスを守ろうとベアトリスに抵抗してくれた。

それがどれほど嬉しかったか……。

――でも、あの娘は報酬がほしくて俺の近くにいる。

報酬を手にしたら、アレクシスの前からいなくなる。

そう思うと、心が鉛をのみ込んだかのように重たくなる。

第四章　私はどうやら王子様の特別らしい

グラキエスとの交渉はうまくいったようだ。グラキエスの使節団は修好条約及び軍事同盟の締結をし、到着の翌日の午後には王宮を出発、ベルンスター王国内を見て回って帰国の途につくのだというが。

「グラキエスの皆さんが帰ったんだから、国内視察はアレクシスに行かせなさいよ。私はもう、出張に飽きた――――！」

グラキエスの使節団の訪問から十日後。そう言って、ベアトリスが消えてしまった。直近一週間に詰まっている予定を丸ごと放り投げて。

当然、ベアトリスの侍女たちは青くなった。王女が行方不明なんて前代未聞だ。

「農業と酪農のシンポジウムはキャンセルできるとは思ったんですよ。でもこの経済懇親会と河川の灌漑(かんがい)の視察はだめだったんです。もう、どうしようかと」

リーナの前で、一回り以上年上の、大柄な男性が大きくため息をつく。丸い顔は愛嬌(あいきょう)があるが、飛び出したおなかで上着のボタンが弾け飛びそうになっているのが気になる。

「大変だったんですね」

「そう、大変だったんですよ。朝、出勤してきたらベアトリス殿下の侍女があのふざけた、いえ、わかりやすい手紙を持って、待っていたんですよ……まいりましたね」

「それは、お気の毒様です……」

リーナは列車の中で、カッセル第二政務補佐官の愚痴を聞いていた。

政務補佐官は、議会との交渉や政策の企画など国王の政務を助ける専門の上級役人だ。普段、リーナが関わる人物ではない。なぜ接点のない補佐官の愚痴を列車の中で聞いているのかというと、ベアトリスが視察をドタキャンし、アレクシスが代わりに行くことになったからである。

出発予定の二日前に失踪したため、アレクシスは大慌てで予定を組み直すことになった。そのせいで随行員は護衛騎士三名、リーナ、政務補佐官のカッセルの五名と必要最低限だ。視察の同行なので、リーナも騎士団の制服である。そのおかげで、あれやこれやと服を用意する必要がなく、荷造りがすぐに終わったのはよかった。

ベルン中央駅、王国北部方面行きのホームには、王家の紋章が入った王族専用列車が停車していた。そんな列車に乗れるのだから本来ならワクワクするところだが、

——よりにもよって行き先がオーデンなんて……。

行き先のオーデンは、リーナの生まれ故郷だ。しかも滞在先がフェルドクリフ家の屋敷となっている。

リーナは暗い目になりながら、向かいに座るカッセルの手元を見つめた。

王都ベルンから王国北西部のオーデンまでは約七時間。

もともとオーデンは交通の要衝でもあったことから、軍事拠点として使われていた町だ。フェルドクリフ家の屋敷は、当時の砦の姿をそのまま残している。リーナがよく放り込まれていた地下室は、砦時代の名残だ。今は国境線が遠くなったため軍事拠点としての役割は終えており、交通の便のよさを生かして王国北西部の経済の中心地となっていた。

今回の経済懇親会も、そういう理由でオーデンが選ばれたのだろう。

進学してから一度も戻っていない。異母弟のエドアルドとは年に何度か手紙のやり取りをしているから、オーデンの様子は聞いているが、実際に足を踏み入れるのは六年ぶりだ。

継母はリーナのことを徹底的に嫌っている。実家には父との懐かしい思い出もたくさんあるけれど、父が亡くなったあと継母にされた仕打ちの記憶のほうが生々しく、決して帰りたい場所ではなくなっていた。

継母に関しては、できれば二度と顔を合わせたくないと思っていたくらいだ。

その継母が主の屋敷に赴かねばならない。しかもアレクシスたちと一緒に。

——フェルドクリフ家の醜い部分を晒すことにならなければいいけれど……。

継母からの嫌われぶりを知っているため、何事もなく乗り切れるかわからない。

気持ちも重くなるというものだ。

「……というわけなんですよね……バートンさん？」

カッセルに名を呼ばれ、リーナははっと顔を上げた。

「どうかされました？　顔色がよくないですね。もしかして、列車に酔われましたか？」

いいえ、大丈夫……と言いかけ、リーナは思い直した。

「そうみたいです。少し、外の風に当たってきますね」

「ああ、それがいい。遠くを見ると気分が落ち着くといいますからね」

リーナの申し出を快く受け入れ、カッセルが送り出してくれる。

カッセルには悪いが、人の話を我慢強く聞いていられる精神状態ではなかった。

リーナは最後尾の展望デッキに向かった。列車は五両編成で、アレクシスはカイルとともに真ん中の車両に乗っている。随行員扱いのリーナはほかの随行員たちとともにその後ろの車両にいるので、アレクシスがどうしているのかはわからない。

ドアを開けて外に出ると、風が吹きつける。その風に目を細めながら、リーナは手すりの側まで寄った。

景色が飛ぶように過ぎていく。

ベアトリスのお使いのためにリーナが一時行方不明になったあの日以降、アレクシスとは個人的な会話をしていない。夜、二人きりで会っていたことがバレてしまったため、カイルの目が気になってなんとなくアレクシスに話しかけにくいのだ。カイルが心配するようなことは何もなかったとアレクシスが説明したおかげで、特にお咎(とが)めはなかったのだが……。

もともとアレクシスは人前でリーナに話しかけてこない。毎日、カイルに伴われてアレクシスのもとを訪れてはいるが特に言葉も交わさないし、毒消しの時以外の接点もないから、アレクシスがどんな日々を送っているのかよくわからない。

リーナにわかるのは、一日四回の定期的な毒消しでアレクシスの体調は保たれる、ということだけだ。朝一番こそ指先が冷たいが、日中のアレクシスの指先は冷たくない。アレクシスの中を這い回るミミズたちも、前よりは早く消えるようになっている気がする。

アレクシスが呪いの毒に慣れてきたのか、リーナが根気よく触れることで呪いそのものが弱まってきたのか、それはわからない。

どちらにしても、アレクシスを苦しめるものが減ってきているのならいいな、と思う。

定期的にアレクシスの手に触れるだけの平穏な日々は、カイルやヴィスリーだけでなくアレクシスも望んでいたものに違いない。この穏やかさを保ったまま、ミシェルが解呪方法を見つけてくる日を待てばいい……のだけれど……。

なんだか心にぽっかり穴があいた気持ちだ。

――もう、あの笑顔を見ることもないのかな……。

見張り塔で密会を繰り返したことで、ほんの少し、アレクシスに近づけたような気がしていた。

ベアトリスのお使いから戻った時にははっきりと心配してくれた。

アレクシスにとって自分はなくてはならない存在だと思えたのに、今は目さえ合わせてくれない。

――アレクシス殿下にとっての私って、いったいどんな立ち位置なのかしら……。

重要なのか重要ではないのか。本音を言ってもいい相手なのか、何も情報を与えてはいけない相手なのか。いったい、どちらなのだろうか。

そこまで考えて、リーナはふと我に返った。

――私、なぜこんなことを考えているの？　アレクシス殿下にとって私はただの毒消し道具！

そんなこと、わかりきってることじゃない。

さっきからアレクシスのことばかり考えている気がする。

――呪いが解けたら王宮を出ていくんだもの、アレクシス殿下のことを気にしてもしかたがないわ。

なぜならアレクシスはこの国の王太子。彼のことを案じてしっかり支える人たちはたくさんいる。呪いが解けてしまえば、毒を消す以外に取り柄がないリーナの出る幕はない。

そう思ったら、胸の奥がズキンと痛んだ。

痛みを無視するように、リーナはぶんぶんと頭を振る。

もう少し景色を眺めたら、中に戻ろう。そう思った時、カタン、と小さく音を立て、背後のドアが開く気配がした。

リーナが振り返ると、アレクシスが立っていた。しかも一人だ。誰も連れてきていない。

今まさにアレクシスのことを考えていたので、リーナは少し慌ててしまった。どんな表情をしたらいいのかわからない。

「……隣、いいか……？　外の風に当たりたいんだが……」

ややためらうように、アレクシスが切り出す。

「え？　ああ、はい、どうぞ。この列車は、アレクシス殿下専用のものですから。お邪魔でしたら、私は車両に戻りま……」

「戻らなくていい」

リーナの言葉を遮り、アレクシスがきっぱりと言う。

「……正直に言おう。君と少し、話がしたい。グラキエス使節団の訪問の時から、ほとんど話をしていないだろう？」

戸惑うリーナに対し、アレクシスが言いにくそうに言う。

「私は構いませんが……カイル様はご同席されなくてもよろしいのですか?」

二人きりになるなという言いつけは健在だ。

「あいつは俺の席で寝ている。乗り物酔いで身動きができないらしいんだ。馬での移動は平気なのにな。王様気分で旅ができると泣いていたぞ」

「それ、嬉しくて泣いているわけじゃないですよね」

アレクシスの冗談にリーナが微笑むと、アレクシスもつられるように口元を緩めた。

それは久々に見るアレクシスの笑顔だった。その笑顔と気遣うような言葉に、不思議と情緒不安定になっていた心が落ち着いていく。アレクシスの態度が見張り塔で会っていた時と変わらなくて、ほっとする。

アレクシスがゆっくりと歩いてきて、リーナの隣に立つ。強い風に癖のある髪の毛が揺れる。

「君を、またも姉上のわがままに付き合わせることになってしまって、悪かった。姉上が知っていてやったとは思えないんだが……その、オーデンは君の故郷だろう……?」

アレクシスらしからぬ歯切れの悪さに、リーナは「ああ」と思った。

「……そうですね。故郷です。……私のことは、ご存じですよね……」

アレクシスから目を逸らし、ぽつりと呟く。

「ああ。少し調べさせてもらった。でもわかったことは少ない。君が前フェルドクリフ伯爵の庶子で、ボーフォール学園の卒業とともにフェルドクリフ家を離れる手続きをしていることと、実家に借金をして進学し、それを返済しなければならないこと、くらいだな」

「……それがすべてです」

なんと答えたらいいのかわからず、リーナは小さくそう返した。

「君の素性について調べがついたのは、君が王宮に来て三日目だったかな。なぜ君が、仕事に固執するのか、腑に落ちたよ。君の大切な予定を、俺の都合でだめにしてしまったんだよな。君の言い分は何ひとつ聞かず、君が女だというだけでいろいろ決めつけて、ひどい言葉をかけて……。俺は君を傷つけてばかりだな。……本当に申し訳ない」

「そんなことは……」

アレクシスの声が心なしか落ち込んでいるように感じられ、リーナは否定しようと彼に向き直った。まっすぐ見つめてくる氷色の瞳と視線がぶつかって、息が止まる。

「にもかかわらず、君はいつも俺を気遣ってくれた。君の献身には感謝している……どんなに言葉を尽くしても足りないくらいだ」

視線同様のまっすぐな言葉に驚き、リーナは目を見開いた。

リーナの行動が、アレクシスに届いていた。彼の心を動かしていた。もちろん、アレクシスが最初の印象ほど傲慢な人物でないことはわかっていたが、こんなふうに直接感謝されるとは思ってもみなかった。

「だから、君の話を聞かせてほしいんだ。君と話す機会がなくて、オーデンについて聞くのが当日になってしまって申し訳ないが、俺が知らないせいで、また君を傷つけてしまわないように。オーデンが、君にとってどういうところなのか、どんなふうに過ごしてきたのか」

リーナはアレクシスの目から視線を逸らせないまま、思わず頷いた。

——でも……。

自分の出自も実家での扱われ方も、戸籍を調べればある程度は推測ができることだ。隠し通せるものではないとわかっているが、自分から話したい内容ではない。けれど、アレクシスはリーナに真摯に向き合ってくれている。話をごまかすのはよくない。

特にこれから向かう先には、リーナを嫌う継母がいる。トラブル回避のためにも、アレクシスには伝えておくべきだろう。

リーナは手すりをつかむ自分の手に視線を戻した。覚悟を決め、口を開く。

「私の両親は正式に結婚していません。私の父は前のフェルドクリフ伯爵、母はグラキエス人。……母の名前は知りません。母は、私を生んですぐに亡くなりました。私は異国人の血を引いた庶子なのです」

庶子は家の恥とされる。隠そうとする者も多い。アレクシスはリーナのことをどう思うだろうか。リーナは動揺が表れないように、手すりをつかむ手に力を込めた。

「ですから、父の正妻にあたる方にとって私は邪魔なのです。父は私が十歳の時に亡くなりましたが、生きている間に私をボーフォール学園に入学させる手続きを終えていました。ですが、お金がかかるので継母は私の進学に反対でした。交渉した結果、かかった学費を返済すること、在学中はフェルドクリフ家の出身であることは伏せること、卒業後はフェルドクリフ家の戸籍から離れて平民になることを条件に、進学させてもらえることになったんです」

アレクシスがこちらを見ているのがわかるが、リーナは頑なに手元に目を向け続けた。彼と視線を合わせる勇気はなかった。

「……厳しい条件だな」

ややあって、アレクシスが口を開く。

「フェルドクリフ家といえば由緒ある伯爵家だ。貴族の娘が平民として放り出されるなんて。それに、ボーフォール学園の学費は安くない。働いて返すとなると何年かかることか。その条件は、継母という人が突きつけてきたものか？」

「……どうでしょう。私の代わりに当時執事を務めていたシリル・バートンが継母と交渉をしてくれて、私は結果を聞いただけですから。ですが、あのままフェルドクリフ家に残っていたら、私の人生はどうなっていたかわかりません。シリルが、借金をしてでも進学して家から離れるべきだと言って、保証人になってくれたのです」

「シリルという執事がずいぶん親身になってくれたんだな。バートンという姓はそこからか。どこに由来しているんだろうと、ずっと思っていた」

アレクシスがしみじみと呟く。アレクシスの声に、リーナを蔑むような響きはない。それでも顔を上げる勇気が出ないので、リーナはその声を、自分の手を見つめながら聞いた。

「ミシェル嬢によると、君の成績はよかったそうだな。奨学金狙いか？」

「そうです。ボーフォール学園はおっとりしたお嬢様が多くて助かりました」

「報酬金の使い道は奨学金の返済だったか。一千万ギリンというと、かなり頑張ったんじゃないか？そういえば、君は首席で卒業したんだったな。……たいしたものだ」

アレクシスの賛辞に、リーナは初めて顔を上げて彼を見上げた。

手すりの上で手を組み合わせた姿勢で、アレクシスがリーナを見ている。

「しかし、今の話を聞く限り、君にはなんの非もないのに、フェルドクリフ家から追い出されたことになる。貴族の身分まで奪われて。君はそのことに納得しているのか？」

「……本音を言えば、納得はしていません。私は外で一度も本名を名乗ることなく『リーナ・バートン』になります。せっかく両親が私につけてくれた名前を一度も使うことなく、本名が変わってしまうことは、とても悲しいです。……でも私は庶子だから……」

この国での庶子の立場はとても弱い。父が遺言で継母に「リーナを養育しなければ爵位も領地も国に返す」という条件をつけていなければ、リーナは早々に屋敷から追い出されていたことだろう。リーナのように見た目が珍しい娘など、売り飛ばされてどこかで慰み者になるのがオチだと今ならわかる。どんなに厳しい条件を突きつけられても、王都の女学校に通えるようにしてくれたシリルには、頭が上がらない。

「母がこの国の人間だったら。父が早世しなかったら。そう思わなかった日はありません。泣いて運命が変わるのなら、いくらでも泣きますけど、それで未来が変わるわけではありませんし」

「……強いな、君は」

アレクシスがまっすぐリーナを見つめながら言う。リーナは首を振った。

「強くなんてありません。……私も意地っ張りなんです。強がっていないとみじめになってしまうから。本当は、両親が揃っていて経済的にも困っていない同級生たちが、羨ましくてならなかった」

今まで一度として口にしなかった本音がこぼれ出る。

「それは、当然だろうな。でもそれを表に出さず、君は生きてきたんだろう？　その心意気のまま仕事を得て、一人で生きていくつもりだったんだろう？　たいした矜持だよ。君の強さを俺は尊敬する」

アレクシスの賞賛に、涙が一筋、頬を伝い落ちる。

リーナは慌てて手の甲で涙を拭った。

泣くつもりなんてまったくなかったのに、涙はなぜかあとからあとからあふれてくる。

「ご、ごめんなさい。私、どうして泣いているのかしら……」

アレクシスに背を向け、ごそごそとポケットを探るリーナに、アレクシスが胸元のハンカチーフを引き抜いて差し出す。

「でも……」

「涙のあとをつけて車両に戻ったら、カッセルに追及されるぞ。あいつは噂話が好きだからな」

話好きなカッセルの顔を思い浮かべ、リーナはアレクシスのハンカチーフを受け取った。それをそっと目に押し当てる。

アレクシスの気遣いが心に沁みる。

生まれも見た目も自分では恥ずかしいとは思っていないが、この国では受け入れられにくい存在であることも知っている。そんな自分がこの国で普通に生きていくには、普通の人より多く努力と我慢をするのは当然だと思っていた。

アレクシスのようなすごい人に褒めてもらえるとは思わなかった。なんだかこれまでのことが報われたような気持ちになる。

「私こそ、アレクシス殿下には感謝しているんです。グラキエスと国交を結んでくださったこと。この国の中に、私の帰る場所はもうありません。かといってグラキエスに帰る場所があるわけでもないのですが……母の故郷は、一度訪れてみたいと思っていました。母の遺品は何も残っていません。だからせめて、母がどんなところで生まれ育ち、どんな景色を見ていたのか、知りたくて」

リーナはハンカチーフを持っていないほうの手で、自分の髪の毛を触った。

「父によると、私の外見は母によく似ているらしく……それで髪の毛もこのままにしてあるんです。子どもっぽいかもしれませんが、母がそばにいてくれるような気がして」

「いや、わかるよ」

照れ隠しに微笑めば、意外に強い口調でアレクシスが同意してくる。

え、と思ってリーナはハンカチーフを握り締めたままアレクシスを見つめた。

リーナの話を聞く間はこちらを向いていたアレクシスが、視線を景色に向ける。

「俺も家族とは離れて育った。だから、寂しい気持ちはわかる。分別がつく年齢になっても消えないものなんだよな、不思議と」

アレクシスの告白に、リーナは目を見開いた。

「俺は体が弱くて王族としての役割が果たせそうにないと、母方の親戚に預けられて育ったんだ。家族はたまに会いに来てくれた。みんな優しかったが、一緒に暮らしていないから話についていけない。かすかな疎外感はずっと感じていた」

アレクシスが家族と離れて育っていたなんて、知らなかった。

――そういえば、ベアトリス殿下がアレクシス殿下のことを「外育ち」とおっしゃっていたわ。もしかして、このことだったの?

「だから、バートンの母親を思う気持ちは少しわかる」

「……」

どう反応したらいいのかわからず困惑していたら、アレクシスがリーナのほうへ向き直った。

「今まで君に秘密にしていたことがある。……少し、俺の言い訳を聞いてくれるだろうか」

その声に懇願の響きが混じっていることに気づき、リーナは頷いた。

誰にでも、話を聞いてもらいたい時があるものだ。リーナはその話し相手に選ばれたのだと気づき、神妙な面持ちになる。

「昔、姉の友人である令嬢に、陥れられた」

「えっ？　おとし……？」

不穏な言葉にリーナは目を見開いた。アレクシスが再び景色に目を向ける。

「俺に気があるフリをして近づいてきたんだ。俺の話を聞いて、たくさん笑ったり怒ったりしてくれたよ。俺はすぐに彼女の虜になった。でも、彼女は俺から聞き出した情報を、姉や姉の友人たちのお茶会で焼き菓子と一緒に楽しんでいた」

「……え……？」

「彼女は姉に言われて俺に近づいたんだ。初めからそのつもりで。その出来事をきっかけに、俺は女性が苦手になった。『王太子』の俺に近づこうとする娘は特に。……苦手なんてかわいいものじゃないな、近づかれると体が震えて吐き気が込み上げてくる」

アレクシスの告白に驚いて固まっているリーナをよそに、「だから」と、アレクシスは続ける。

「祝賀会の夜、ミシェル嬢にも君や君の友人にもうんざりしていた。またか、と思った。よくある出来事だったから。だからあんな態度を取ってしまった。俺に呪いがかけられて、君だけが毒消しができるとわかった時も、冗談じゃないと思った。女性スキャンダルを恐れたのではなくて、君をそばに置くことで俺の弱みが明るみに出ることを恐れたんだ」

「そう……だったんですね。知らなかったから、私、アレクシス殿下のことを誤解してずいぶんずけずけと言い返してしまいました。ごめんなさい……」

「そこは、お互い様だな」

殊勝に謝るリーナに、アレクシスが微笑む。

「呪いの症状を必死に隠そうとしているのに、君が『密会』を持ちかけてきたのにはまいった。案の定、姉上に見つかって面倒なことになってしまったし」

「うう、申し訳ございません。あれは本当に、私の思慮が足らず……」

リーナはさらに小さくなった。あの一件は本当に、申し開きができない。「まあ、でも」とアレクシスはそんなリーナを見ながら続ける。

「久しぶりに見張り塔からの夜景を見たが、美しかった。学校を出て、本格的に王太子としての公務を始める時、あそこから王都の夜景を見たことを思い出した。季節もそう、ちょうど三月の終わり、四月の初め……君と会っていた頃だ。俺に王太子なんて……国王なんてできるのか、それが不安で……でも誰にも不安は打ち明けられないからな……」

「どうしてですか？」

「どうしてって、不安や弱みなんて他人に見せるものではないだろう？」

リーナの問いかけに、アレクシスが逆に不思議そうに聞き返してくる。

「でも、一人で全部抱えたら、疲れてしまいますよ？」

「……兄上はできていたらしいんだ」

「え？」

ぽつりとこぼしたアレクシスの言葉に、リーナも体を向ける。

「俺が困るたび、行き詰まるたび、ヴィスリーは、アルベルト様なら……と続けるんだ。アルベルト様なら、どちらともなさいますよ、とか。アルベルト様なら、こちらを選ばれるでしょう、とか。カイルは兄上の幼なじみだが、あいつに聞いても同じことを言う。俺が難しい、できないだろうな、と思うことを兄上は選ぶ。そのたびに兄上と俺との格の違いを見せつけられた気分になった。その上、兄上は、愚痴も弱音も一切吐かなかったそうだ」

アルベルトという名前には聞き覚えがある。ヴィスリーやカイルがその名前を持ち出した途端、アレクシスの表情が険しくなった。

――アルベルト様こそ、アレクシス殿下のお兄様だったのね。

アレクシスの兄が事故死していることは知っているが、なにぶん十年ほど前の出来事なので、名前までは覚えていなかった。

「俺に求められているのは、兄上の代役だからな。できないなんて言えない。父上が離宮にこもっているのも、姉上が執拗（しつよう）に嫌がらせをするのも、俺が王太子の器として足りていないからだ。俺がきちんと兄上の代わりを務めることができれば、あの二人を納得させられる」

アレクシスが思いを堪えるように瞼を閉じる。

リーナはその顔を見つめながら、悲しい気持ちが込み上げてくるのを止められなかった。

アレクシスが必死になっている理由が、あまりにも切なかったからだ。

アルベルトとアレクシスは実の兄弟だが、別の人間だ。兄の代わりになれなんて、どうしてそんな非情なことを言うのだろう。

アレクシスが目を開けるとくるりと体を回し、展望デッキの手すりに背中を預ける。

「父上に、兄上の亡きがらの横で言われたよ。おまえがアルベルトの代わりになるんだ、とね。十三歳の夏だった」

ぽつぽつと、アレクシスが昔話をしてくれる。小さく生まれ、体が弱かったため、親戚に預けられ王宮の外で育ったこと。

家族と離れて育ち、寂しかったこと。仲のいい家族の中心には兄がいたこと。

大きくなり、体が丈夫になるにつれ、家族の足は遠のいたこと。寂しさが募ったこと。

それである日、アレクシスは家族に宛てて手紙を書いたこと。

その手紙を受け取った母と兄がアレクシスのもとに向かう途中で土砂崩れに巻き込まれ、兄が亡くなり、母が足を失ったこと。

姉から「あんたのせいだ」と罵られたこと。

父から「アルベルトの代わりになれ」と言われたこと。

自分が兄を死なせてしまった罪悪感から、姉の仕打ちにも耐えてきたこと。必死に兄の姿を追いかけてきたこと。でも、それがうまくできないこと……うまくできないことを知られたくなくて、弱音を吐かないようにしていること。

女性が苦手なのに、妃選びを迫られていること。

そこへこの「恋に落ちる呪い」騒動が起きたこと。

「……アレクシス殿下は、何も悪くないと思います……」

アレクシスの長い話を聞き終え、リーナは呟いた。

アレクシスがどれだけまわりに気を遣っているのか、リーナはよく知っている。自分の不調を我慢してしまうのが、その最たるところだ。

彼の努力が、まわりには「できて当然のもの」に見えているのだろうか。誰も彼の努力を認めてくれないのだろうか。アレクシスの口ぶりからすると、アレクシス自身は認められていると思っていない。それがやるせない。同時に、アレクシスのまわりの人々に対して怒りを覚える。

「お二人が通ろうとした道で土砂崩れが起こるなんて、アレクシス殿下がわかるはずもない。アレクシス殿下のせいで事故が起きたわけではありません。事故でアルベルト様がお亡くなりになり、王妃様が大けがをされたことをベアトリス殿下が悲しまれるのはわかりますが、その気持ちをアレクシス殿下に向けるのは大間違いです。それはベアトリス殿下の中でなんとかしてもらうべき感情です。それに」

一生懸命語るリーナを、アレクシスがまっすぐ見つめる。氷色の瞳はいつ見ても美しいと思う。

「私の目には、アレクシス殿下はとても立派な方に映っています。最初は、口も態度も悪い人だなあとは思いましたけれど」

「思ったんだな」

「ええ、思いましたけれど、でも、アレクシス殿下の仕事ぶりを見ていて、アレクシス殿下がとても真摯にご自分の立場と向き合われていることを知りました。ご自分を律することもできます。それは、人の上に立つ者には必要不可欠な要素ではないでしょうか。失礼ながら、ベアトリス殿下はこれが欠けているように思います。そのベアトリス殿下がアレクシス殿下を見下してくるのは、筋違いではないでしょうか……」

「確かにな」

リーナの、ともすれば不敬だと言われそうな意見に、アレクシスは小さく笑って頷いた。

「君に話を聞いてもらえて、なんだかちょっとすっきりしたよ。兄上は不満や愚痴を一切こぼさなかったというから、王太子たる者は不満などこぼしてはいけないと思っていたが……俺にはできそうにないな」

「いつもいつも王太子の顔でいる必要はないと思います。たとえば、親しいお友達あたりなら、ちょっとくらい愚痴をこぼしても……」

少しだけすがすがしい表情になったアレクシスに、リーナはほっとした。毒消し以外でもアレクシスの役に立てたかもしれない。

「これが、親しい友達とやらがいないんだ。俺自身は人付き合いがへたくそだから」

「あいつは兄上の友人であって俺の友人ではない。愚痴なんて言えるか」

「あ……ええと……カイル様、とかは?」

「ああ……ええと……」

「ちなみに、この話をしたのは、君が初めてだよ、リーナ」

リーナ、と名前を呼ばれて、リーナは目を見開いた。今まではバートンと姓で呼ばれていたのに、なぜ急に。

「バートンというのは君の本名ではないからな。これからは、君をリーナと呼ばせてもらおう」

「わ、わわわわ私のことは信用していないのではなかったのですか⁉」

「それに関しては撤回しただろう。君は信用できる」

動揺して真っ赤になり、どもるリーナの頬に、アレクシスが手を伸ばしてきて触れる。ビリリと指先から頬にかけて呪いの毒がほんの少し伝わって、消えていった。毒消し自体は少し前に行っているから、アレクシスの体の中にはそこまで毒がたまっていないようだ。指先も温かい。

「俺は女性が苦手だ。今でもそれは変わらない。紹介される令嬢は何も悪くないのに、吐き気がどうしても止められないし、近づいたり話したりしたい気持ちはまったく起きない。でも唯一の例外があって……それが君だ、リーナ」

大きな手のひらがリーナの頬を撫でる。頬に触れられているため顔を背けることもできない。真っ赤になった顔を見られ続けるなんて、恥ずかしい。

「初めから、そう。なぜなんだろうな」

氷色の瞳にじっと見つめられると、心の奥底まで見透かされているような気持ちになる。

「それは……呪いの影響なのでは……」

「そうかもしれない」

なぜかその氷色の瞳が近づいてくる。

えっ、と思った時には、唇が重ねられていた。

啄(ついば)むように二度、三度。繰り返される口づけに、リーナは頭が真っ白になり呼吸が止まる。どうして自分は口づけされているのだろう？　口づけとは、好きな人同士がするものではないだろうか？

その時、レールの継ぎ目の上を通ったのか、ガタン、と列車が大きく揺れた。バランスを崩したリーナを、アレクシスの腕が抱き留め、そのまま引き寄せる。リーナはアレクシスに抱きしめられる形で、再び唇を求められた。

今度はさっきまでの軽い口づけではなかった。唇を深く重ねられ、口の中に舌を差し込まれる。その舌先はリーナの舌に絡みついては吸い上げてくる。呼吸ができない。突然の口づけに驚いて心臓は悲鳴を上げるし、体を密着させているせいで体温も上がってのぼせそうだ。

いったい何がどうしてこうなったのか、まったくわからない。

普通に話をしていただけだ。

――普通に話をしていただけなのに、どうして……⁉

リーナの体に回されたアレクシスの腕が、もどかしそうにリーナの背中をたどる。アレクシスがリーナに何か訴えかけているのはわかるが、どうしてほしいのかまではリーナにはわからなかった。

再び、ガタンと大きく車両が揺れ、車輪にブレーキがかかるのが振動で伝わってくる。どうやら次の停車駅が近づき、列車が減速を始めたようだ。

アレクシスが唇を離す。リーナを腕の中に捕らえたまま、至近距離から見下ろす。

「……どうして……」

リーナは呆然とアレクシスを見つめた。アレクシスの顔は上気し、氷色の瞳が心なしか潤んで見える。これはきっと自分もそうだと思う。

列車がどんどん減速していく。駅はもう目の前だ。

「……すまない。こんなこと、するつもりじゃなかった」

列車がホームに滑り込む直前、アレクシスが呟く。

その言葉を聞いた途端、リーナはアレクシスを突き飛ばす勢いで押しのけると、急いで展望デッキから車両の中に飛び込んだ。そのまま車両を駆け抜け、自分のコンパートメントに戻るとドアを閉めてカーテンを下げる。

アレクシスが追いかけてくるかもしれないと思ったのだ。それに、こんなぐちゃぐちゃな顔を誰にも見られたくない。

初めての口づけだった。

別に、大事に取っておこうなんて思ってはいない。

けれど、こんなこと、するつもりじゃなかった……なんて。

――どういうことなの？

アレクシスは女性が苦手だと言っていた。それなのにリーナのことは初めから平気だと。

初めというのはいつだろう。祝賀会の夜は地面に転がるリーナを助け起こすわけでもなかったから、王宮に呼ばれた日のことだろうか。確かにあの日はアレクシスに手をつかまれたり、至近距離で話をしたりした覚えがある。

――まさか、ミシェル様のあの呪い……!?

だとしたらアレクシスの態度も、先ほどの口づけも、納得がいく。

アレクシスにかけられているのは「恋に落ちる呪い」だ。

呪いなのだから、心からの恋ではない。心を歪（ゆが）めて恋しているように思わせるだけだ。つまりアレクシスはリーナに「恋したつもりになっている」。

カイルが「二人きりになるな」と言っていたのは、こういう事態に陥る危険性を考えてのことだったのかもしれない。

アレクシスは「するつもりじゃなかった」と言っていた。呪いのせいで不本意な行動をしてしまったということだろう。そう思うと、目の奥が熱くなって、やるせなさが湧き上がる。自分でもどうしてこんな気持ちになるのかわからなかった。

——こんなのって、あんまりだわ……！

どこまでこの呪いはアレクシスを、そして自分を振り回すのだろう。

＊＊＊

リーナたちを乗せた列車は定刻通り十七時にオーデンの駅に到着した。

あれ以降、リーナは自分のコンパートメントに引きこもって過ごしており、降車直前、乗り物酔いでふらふらしながら呼びに来たカイルに伴われ、アレクシスの毒消しをした。

どうしてもアレクシスを意識して動揺するリーナに対し、アレクシスの表情はいつも通り涼やかだった。ただ、視線を合わせてくれないあたり、彼なりに何か感じているらしい。もしかしたら彼自身も自分の行動に戸惑っているのかもしれない。そう思うと、より呪いの存在を強く感じて、気分が落ち込む。

呪いの毒そのものは、弱くなってきているように感じるのに、この呪いは一筋縄ではいかないようだ。

駅にはフェルドクリフ家からの迎えが待機していた。ここからは馬で移動だ。カイルを始め護衛騎士たちは騎馬で、アレクシス、カッセル、リーナの三人は馬車で三十分ほどかけて、フェルドクリフ家の屋敷に向かう。

高地にあるため、駅からも屋敷は見えている。

アレクシスとの口づけのせいで情緒が千々に乱れているリーナだが、さすがにオーデンの駅に降り立ち、フェルドクリフ家の屋敷を目にすると気持ちはそちらに向く。

王族主宰の経済懇親会を取り仕切ることができて、継母は有頂天のはずだ。そこに追い出したはずの娘が、よりにもよって王太子の連れとして現れるとなると、継母が荒れるのは間違いない。

『グスタフはあの女に騙されたのよ』

『おまえさえいなければ』

『勝手に死んでくれたら助かるのだけれどね』

地下室のドアを閉めるたびに吐かれる暴言の数々を思い出すと、今でも体が震える。

――お義母(かあ)様と交わした契約通り、私はフェルドクリフ家と縁を切った。私がどこで何をしていたって、お義母様には関係がないはず。

リーナは心の中で繰り返した。継母に見つかった時になんと言い返すか、実は何度も心の中でシミュレーションを繰り返している。自分の言い分は正しいはずだ。それが通用すればいいけれど、どうにも不安が拭いきれない。

オーデンは大きな川がぐるりと町を囲み、中心の小高い山の上に領主館であるフェルドクリフ伯爵の屋敷がある。屋敷の周囲にも川が引き込まれ、堀の代わりをしている。

町を抜けて坂道を上がっていくと、目の前に石造りの壁がそびえる。アーチ状の門をくぐれば見覚えのある建物が見えてきた。すでに夕刻であるため、あちこちに松明が灯されオレンジ色の光を投げかけている。

六年ぶりに見る故郷の景色に、少し泣きそうになる。

シリルに連れられて屋敷をあとにした十二歳の春の日を覚えている。継母と交わした契約の意味はわかっていたから、これで自分には帰る場所はなくなったと思ったものだ。

懐かしくて愛しい記憶と、つらくて悲しい記憶がないまぜになったフェルドクリフ家の屋敷の正面玄関には、大勢の人が立ち並んでいる。真ん中に知っている顔を見つけ、リーナはぎゅっとスカートを握り締めた。

——さて、どうやって降りようかしら。

リーナは自分の横に座るカッセルの大きなおなかに目をやった。

——カッセル政務補佐官について、そっと降りよう。そうすれば多少はお義母様の目をごまかせるかも……。

出迎えの人々の正面に、馬車が止められる。

馬から下りたカイルが馬車のドアを開き、アレクシスの下車を促す。

そのあとに続こうとしたカッセルを手で制し、アレクシスがリーナに手を差し出した。

——どういうこと……？

戸惑うリーナに、アレクシスが「早く」と言わんばかりに手を揺らすので、リーナはしかたなくアレクシスの手に自分の手を重ねる。まるで令嬢をエスコートするかのような仕草に面食らいつつその手に導かれて地面に降り立つと、正面にいる継母とばっちり目が合った。

継母の目が大きく見開かれる。

——ああ、やってしまったわ……。

カッセルの大きな体に隠れてコソコソ降りたら、ここまで目立たなかったかもしれないのに。

ふと視線を感じてリーナが目を向けると、継母のすぐ隣にエミーリアとエドアルドも立っていた。二人ともそれぞれ王都にある寄宿学校に通っているはずだから、今日のために継母が呼び戻したようだ。

エミーリアは、リーナが覚えているよりもずっと大人っぽくなっていた。エドアルドに至っては、エミーリアと並んでいなければ誰だかわからないほどだ。

リーナの異母妹と異母弟は二人とも、王太子にエスコートされて現れたリーナに目を丸くしている。

降りた順番のせいで、リーナはアレクシスの傍らに立ったまま、アレクシスが継母と挨拶を交わす様子を見る羽目になった。

「こちらはバートン事務官。そっちにいるのが、カッセル政務補佐官だ」

それどころか、アレクシスによって紹介までされてしまう。

「初めまして、バートンさん。カッセルさん」

継母がリーナとカッセルに微笑む。『初めまして』ということは、他人のフリをしろということなのだろう。

「王都のほうでは女性の社会進出も盛んと聞きますが、まさかアレクシス殿下の視察団の中にも女性がご同行されるとは知りませんでしたわ」

　継母がアレクシスにたずねる。

「そうだな。ああ、彼女だけは特別待遇を頼む」

「ええ、もちろん。お任せくださいませ。皆様、お疲れでしょう。中へどうぞ」

　にこやかに継母が中に誘う。ここでも再びアレクシスが手を差し出してくるので、リーナはしかたなくアレクシスの手を取る。

　ちらりとすぐ近くにいるカッセルに目をやれば、なぜか目をキラキラさせている。カイルは後ろの方にいて、リーナの目には入らなかった。

　――私とアレクシス殿下の間に妙な憶測が立ってはだめなのに。

　そのためにリーナは、アレクシスと会う時はカイルと一緒、ということになっているのだ。この行動をカイルはどう思っただろう？

　カイルも怖いが、こちらをじっと見つめている継母も怖い。表情こそにこやかだが、目が笑っていない。

　通された部屋は、いくつもある客間のひとつだった。ほかの面々も随行員だからと相部屋にされることはなく、一人に一部屋ずつあてがわれる。

　果たして何年ぶりの本館だろう。立ち入ったことがない部屋だけに、懐かしさなどは特にない。

　長旅の疲れもあって、リーナはベッドにごろんと転がった。

　――どうしてアレクシス殿下は、私をエスコートしたのかしら。

　展望デッキで口づけをしたあとはリーナを避けるそぶりを見せていたのに、今度はエスコート。

なんだか行動がちぐはぐだ。

――呪いの影響力には、強弱があるということ？

いずれにしても、アレクシスは呪いに振り回されている。それを思うと胸が痛い。

そして継母だ。

継母にとってリーナは邪魔な存在である。父が亡くなったあと、本館から叩き出して一度も入れてもらえなかったことを考えれば、リーナを客人として本館の客間に泊めなければならないのは、かなり屈辱的なことだと思う。

――アレクシス殿下の随行員だから、地下室に閉じ込められるようなことはないと思うけれど。

継母はエミーリアとエドアルドをアレクシスに売り込むために呼び戻したに違いない。その継母に対し、アレクシスはなぜリーナをエスコートしてみせたのだろう。リーナが実家の人々と折り合いが悪いことを知っているはずなのに。

特別な関係にあるように見せてしまったら、継母の機嫌を損ねるとは思わなかったのだろうか。もうよくわからない。

リーナは広い天井を見ながら、答えの出ない疑問をぐるぐると考え続けた。部屋の片隅に置いたランプの明かりに合わせ、天井に映る影がゆらゆら揺れる。

――とにかく、お義母様の神経は逆撫でしないようにしなくちゃ。最優先は、明日の懇親会を無事に終わらせることだわ……。

天井の影を見つめているうちに、リーナはうとうとし始めた。

「どういうつもり⁉」

いきなりの金切り声に、リーナは大仰に体を揺らして目を開けた。

声のしたほうに目を向けると、継母がランプを手にずかずかと部屋に入ってくる。

「そのベッドに寝ないでちょうだい。汚らしい！」

リーナは混乱しながら体を起こした。突然すぎて、何が起きたのかわからなかったのだ。

継母が睨みつけてくる。

「あの白い悪魔の娘だけあるわね。おまえの母親はおまえを身ごもるという汚い手を使って、グスタフを手に入れた。おまえもその見た目で王太子殿下を惑わしているんだろう？　だけど私には通用しない手よ」

「な……っ⁉」

あまりの言われように、一瞬で目が覚める。何か言い返そうと思ったが、言葉がうまく出てこない。

そんなリーナの腕を、継母がつかむと思いっきり引っ張った。

「痛い！　何するの……！」

「ここはフェルドクリフ家にふさわしいお客様のための部屋。白い悪魔なんかが使っていい部屋ではないの。おまえにふさわしい部屋に案内するのよ」

継母に腕を引っ張られ、リーナは引きずられるようにして廊下に連れ出される。周辺を見渡したが人気はない。そしてそのまま廊下を歩き、地下へと続く階段まで連れてこられた。

真っ暗な階段のその先にあるものを知っている。

「いや……どうして⁉　私はもうこの家の娘じゃないのよ！」

「おまえに屋敷の中をうろつかれるのが嫌なのよ。アレクシス殿下にお供が必要ならエドアルドをつけましょう。女の子が必要ならエミーリアでもいいわ。おまえのような汚らわしい娘じゃ釣り合わない」

強い力で突き飛ばされ、リーナはお尻から階段を転げ落ちた。

最後にバランスを崩して派手に肩を打ちつけ、落下が止まる。痛みに呻いていたら再び継母に腕をつかまれ、無理やり立たされて歩かされた。ズキリ、と左の足首が痛みを訴える。

フェルドクリフ伯爵の屋敷はかつて砦だった。その地下は迷路のようになっており、全体像がどうなっているのか誰も知らない。

わかっていることは、使われているのはごく一部で、使われていない地下室や通路がたくさんあるということだけだ。

そのうちのひとつのドアを開け、放り込まれる。覚えのあるあの部屋だ。暗くてじめじめして気味が悪い。そこの床に倒れ込み、リーナはドアの前に立つ継母を睨み上げた。

「なんのつもりですか。私は王太子殿下の随行員です。その私をこんなところに放り込んだら、アレクシス殿下が黙ってはいませんよ。私が何をしたというの！」

「急に口答えするようになったわね。やっぱりおまえをボーフォール学園にやったのは間違いだった。学費を回収できて、縁も切れるならそれでいいと思ったけれど」

継母はそう言うと、背中をかがめてリーナの前髪をつかみ、無理やり上を向かせた。

「どうして私の邪魔をするの？　グスタフと先に婚約していたのは私なのに、おまえの母がいきなり現れて、おまえが生まれるからと婚約破棄された。おまえたちのせいで、私の人生はめちゃくちゃになったのよ！」

継母が叫ぶ。リーナは呆然と継母を見上げた。

その仕草が気に入らなかったのか、継母はつかんでいた髪を離し、リーナを突き飛ばす。じっとりと濡れた床に手をついた拍子に、鋭い痛みが手のひらに走る。

「最後だから教えてあげる。おまえの母親が死んだあと、泣いて落ち込み続けるグスタフを慰めてあげたのは私。その結果、エミーリアを授かったのに、グスタフは覚えていないの一点張りで、私は未婚のまま子どもを産んだとして、実家ではひどい目に遭った。だからエドアルドの時はわざと、覚えているように薬の量を減らしてあげたのよ」

「……薬……!?」

「そう、薬でも使わないと、グスタフはお酒に強いから。あの人、私のことは許せないとはっきり言ったわ。でも子どもたちのことはかわいいから、しかたなく私と結婚したのよ」

「……あなたは……お父様を……」

「こうでもしないと、グスタフは私と結婚してくれそうになかったもの。だいたい、グスタフは私の婚約者だったのよ。横取りするほうが悪い。おまえも、母親と一緒に死んでしまえばこんなことにはならなかったのに、グスタフはおまえがいるから誰とも結婚しないと！」

継母の癇癪（かんしゃく）姿は今までにも見たことがあるが、ここまで事情をぶちまけられたのは初めてだ。

「おまえたちがいなければ！　おまえたちがいなければ、私たちは幸せになれたのに！　白い悪魔め、本当に目障り！」

継母が足を振り上げ、床に倒れ込んでいるリーナの太ももを勢いよく蹴り上げた。硬いつま先が食い込み、リーナは思わず悲鳴を上げる。

「グスタフに先に出会っていたのは私なのに！　なんで！　おまえの母親が現れるからグスタフは‼」

一度蹴っただけでは気が済まなかったのか、継母は何度も何度もリーナを蹴り上げた。リーナはおなかを庇うように体を丸め、継母の攻撃に耐えた。腕、肩、足、至るところを蹴られる。痛くて痛くて涙が滲む。

「アレクシス殿下がいらっしゃるというので楽しみにしていたら、おまえがついてきた！　銀髪の娘がアレクシス殿下に近づけるわけがない。母親と同じように、上品なフリをして誑(たぶら)かしたんだろう⁉」

「そんなこと、してるわけがないでしょう！　アレクシス殿下に失礼です‼」

涙声になりながらリーナは叫び返した。

「シリルの言うことを聞くのではなかった。おまえなどさっさとどこかに売り飛ばせばよかった。本当に腹立たしい娘ね」

はあはあと息をしながら継母の攻撃がやむ。その隙を見て体を動かしたら、継母が一歩近づいてきてリーナの胸元を蹴った。

衝撃で後ろに倒れ込み、硬い床に頭を打ちつける。ぱっと目の前で星が躍り、強烈な眩暈がリーナを襲った。

「……なんにしてもおまえにはここにいてもらうわ。永遠にね。最初からこうすればよかったわ」

そう言い捨てて継母が乱暴にドアを閉める。その音を、リーナは薄れていく意識の中で聞いた。

＊＊＊

リーナ、そろそろ起きなさい。

このままぐっすり眠ってしまったら、あなたの王子様が困るのではなくて？

誰かがリーナの体を揺さぶる。優しい声だ。聞いたことがあるような気がする。誰だろう。

リーナがうっすら目を開けると、目の前に淡く光る若い女性の姿が見えた……気がした。長い銀色の髪の毛の……。

——銀色？

はっとして体を起こそうとしたら、体中のあちこちから痛みが走り、思わず呻きがこぼれる。

さっき一瞬見えたと思った人の姿はどこにもなく、リーナは真っ暗な場所で横になっていた。

床はじっとりと濡れていて、空気はかび臭い。

——ああ、そうだわ。お義母様に地下室へ閉じ込められたんだわ。

何も見えない暗闇には覚えがある。リーナが何より嫌いな場所だ。

——どれくらい気を失っていたのかしら……？

そろそろと体を起こし、床に座った状態で体を動かしてみる。蹴られたところは痛いが、大丈夫そうだ。後頭部も、打ちつけたところを押すと痛むが、たんこぶはできていなかった。

意識がはっきりしてきたリーナの頭に、先ほどの出来事がよみがえる。

――お義母様がお父様と婚約していた？

継母はそう叫んだ。それが事実なら、父は婚約者がいたのに、グラキエス人女性との間に子どもを作ったというのか？　父や使用人たちの言葉を信じるなら、父は母のことを大切に思ってこの屋敷に住まわせていたし、リーナのことも大切にしてくれた。

継母に嫌われていることは知っていたが、それはリーナが異国人の血を引く庶子だからだと思っていた。

――それだけではなかったということ？　先に裏切ったのはお父様だったから、お義母様の怒りはその子どもである私に向いていたということ？

父と継母との間にいろいろなことがあったことは間違いない。

――シリルはそれを知っていたんだわ。だから私にここから逃げ出せと言ったのね。

そして戻ってきてしまったがために、リーナは未来を奪われることになった。永遠に、ということは、継母はこのドアを開けるつもりはないということだ。

こんな真っ暗で何もない、誰にも声が届かない場所で死んでいくなんて嫌だ。冗談ではない。

――それに今、私がいなくなったら、アレクシス殿下は……。

王宮に呼び出された当初の姿や、ベアトリスのお使いに行かされた時のことを思い出し、胸が締めつけられる。あの呪いはアレクシスの体を内側から蝕む。彼がどれほど呪いに苦しめられているか、一番近くで見てきた。

――やっぱりだめ！　毒消ししないと……！

そのためにはここから出なければならない。でもどうすればいいのかわからない。地下空間は深くて、近くを人が通りがかりでもしない限り声は届かない。リーナの力で分厚い木製のドアを破ることは不可能だ。

——どうしよう。どうしたらいいの……。

ふとその時、かすかにヒュウヒュウと音がすることに気づく。ここはいつも放り込まれていた部屋だが、こんな物音に気づいたのは初めてだ。

それは風の音に聞こえる。

——どこかに隙間があるの？

リーナは耳をすませた。音は低い場所から聞こえるようだ。音のするほうに四つん這いのまま近づいていく。

やがてリーナは、音が部屋の片隅から聞こえることに気づいた。ぺたぺたと手を這わせてみれば、その周辺の壁が崩れていることがわかる。崩れた部分は柔らかく、湿気ていた。肌触りから、崩れた部分は土を塗り固めてできているようだ。

前にこの部屋に閉じ込められた時には音がしなかった。壁が崩れていることにも気がつかなかった。リーナがいなかったこの六年で、壁が朽ちてしまったのかもしれない。

音がするということは、この壁の向こうには空間がある。

リーナは立ち上がり、崩れたあたりをけがしていない右のつま先でゴリゴリと押してみた。

ボロボロと壁が崩れる感触が伝わってくる。

さらにゴリゴリとつま先で削っていたら、突然大きく壁が崩れてきた。衝撃で尻もちをついてしまう。

「いったあ……」

壁の残骸に埋まった右足を引き抜き、そろそろと崩れてきたあたりを探る。

人が通れるほどの大きさの穴があいていた。リーナは床に這いつくばって、穴の向こう側に手を差し込んでみた。

思った通り、空間がある。さっきよりも大きくヒュウヒュウという風の音が聞こえる。

――外につながっているの？

ならば、ためらう理由はない。永遠にこんな真っ暗なところにいるより、外につながっている可能性がある場所を探したほうがいい。幸い、ここはまったく知らない城塞ではなく、リーナの生まれ育った屋敷だ。外に出れば自分がどこにいるのかすぐにわかる、はず。

穴に向かって頭を突っ込む。匍匐（ほふく）前進の要領で穴を抜けると、リーナは再び耳をすませた。

風の音が聞こえる。

――こっちね。

リーナは片方の手を壁につき、痛む体を引きずるようにしてゆっくりと音がするほうへ歩き出した。

真っ暗で何も見えないから、この先が本当に出口につながっているのかわからない。ここはかつて要塞で、これもきっと秘密の通路だから、敵の侵入を防ぐために何か仕掛けがあるかもしれない。そう思うと、このまま進んでいいのか不安になる。

真っ暗な場所は嫌いだ。幾度となく継母にぶたれ、地下室に放り込まれた時の恐怖は心と体に染みついている。

——それでも行かなくちゃ。アレクシス殿下が待っているもの。

リーナはアレクシスを思い浮かべた。すると、不思議と闇が怖くなくなる。

毒消しの際、アレクシスの手に触れると、どろりとした嫌な感じがする。しかし触れているうちにその嫌な感じが消えていくと同時に、アレクシスの体からもこわばりが解ける。リーナはその瞬間が好きだった。アレクシスの力になれていると実感できるから。

アレクシスの大きな手もお気に入りだ。大きくて力強い。

アレクシスの声も好きだ。低くて耳に心地いい。特に大勢の人の前で語る時の声が好きだ。アレクシスの凛々しさを引き立ててくれる。

——アレクシス殿下には素敵なところがいっぱいね。

なのに本人は自分のことを出来損ないだと言う。確かに、短気なところもあるし、意地っ張りでもある。けれどリーナにはそれが欠点には見えなかった。全部ひっくるめてアレクシスという人になる。アレクシスが短気でも意地っ張りでもなくなったら、ヴィスリーやカイルは彼のことが扱いやすくはなるかもしれないが、それはアレクシスではなくなると思う。そうなったら、リーナは寂しい。だから、アレクシスは今のままでいい。

今のままの彼でいい。

ちょっと短気でとんでもなく意地っ張りで、ものすごく真面目なところがいい。アレクシスのそんなところが好きだ。

——そう……私、アレクシス殿下のことが好きなんだわ……。

だから展望デッキでの口づけのあとで言われた「こんなこと、するつもりじゃなかった」という言葉にショックを受けたのだ。

あれが心からの口づけならどれほど嬉しかったことだろう。それはそれで頭を悩ませることになったかもしれないが、心のない口づけで悩むよりはよほど幸せだと思う。

あの口づけは、呪いがアレクシスの心まで蝕み始めた証拠だ。

どんどんひどくなっていく可能性もある。一刻も早く、呪いを解かなくてはならない。

――……呪いが解けたら、アレクシス殿下は私のことをどう思うのかな……。私のことなんて、どうでもよくなるのかな。それとも……。

呪いに振り回された、嫌な記憶になってしまうのだろうか。

見張り塔で話したことや、ベアトリスのお使いから帰ってきた時のこと。このひと月ほどの出来事が思い出される。

最初はとんでもないことに巻き込まれたと思い、希望していた仕事にも就けなくなって悲しかった。でもアレクシスと過ごすうちに、彼と一緒にいる日々が宝物になっていた。

恋はしてみたかった。でも自分には縁がないとも思っていた。その恋をすることができた。好きな人のことを想うと心が強くなれる。その人のためになら、なんでもしたくなる。そう、なんでも……。

リーナにとってアレクシスは、いつの間にか心を支えてくれる大切な存在になっていた。だからアレクシスがリーナとの日々をなかったことにしてしまうと寂しい。でもそれでいいのだとも思う。アレクシスの人生に、呪いが暗い影を落としてはいけない。それくらいなら、呪いにかかっていた日々を「なかったこと」にしてもらったほうがいい。「私のことを忘れないで」なんて、言うつもりはない。

ぐちゃぐちゃな気持ちがあふれ、涙がこぼれる。

泣いている場合ではないと涙を拭い、リーナは顔を上げて音のするほうに向かう。

音はどんどん大きくなるから、外にはつながっているはずだ。屋敷のどこかの部屋からの抜け道なのかもしれない。

どれくらい歩いているのだろう。とても長い時間のようにも感じるし、本当はたいして歩いていないのかもしれない。音は大きくなるから出口には近づいているのだろうけれど、いつまでも真っ暗な中を歩いているのは怖い。何か獣が飛び出してきたりはしないだろうか。足元に蛇がいたりはしないだろうか。見当違いの方向に歩いていたら……迷い込んで出られなくなった生き物の骨が転がっていたりしたら……。

嫌なことばかり考えてしまう。

痛めた左足がズキズキと痛い。お尻も痛い。蹴られたところも痛い。痛みのせいで早く歩けないのももどかしい。おなかはすくし、のどはカラカラだ。だが、すべてはアレクシスのため。リーナの任務はアレクシスにたまる毒を消して、健康を維持することだからだ。

やがて目の前にぼうっと淡い明かりが見え始める。

リーナは光を目指して一心不乱に歩いた。

次第に足元が石造りの通路から土に変わり、泥水でぬかるみ始める。じめじめとした不快感は増すばかりで、リーナは壁から手を離した。

やがて通路の突き当たりに朽ちた木製のドアが現れる。通路はまっすぐだった。その隙間から吹き込んだ風が、リーナの閉じ込められていた地下室まで届いていたのだ。

朽ちたドアの隙間から向こう側を覗いてみる。細い月が正面に見える。あたりは暗くてよくわからないが、森の中のような感じだ。

とにかく出ようと思い、ドアを押す。朽ちてはいるが、片手で押したくらいではびくともしない。開いてくれないと困るので、リーナは背中を押しつけ、力を込めてみた。

ミシ、という音がしてドアが丸ごと外れ、リーナはドアごと外に倒れ込んだ。

「……いったいなあ、もう！」

今日は倒れたり転んだりの連続だ。

痛みと疲労で、リーナはしばらくひっくり返っていた。そこは急斜面で、木立の合間だった。空の高いところに月がかかっている。今、何時頃だろう。時間の感覚がなくなっているから、もうわからない。

――ゆっくりしていないで、頑張って歩こう。

起き上がり、ぐるりとあたりを見回してみる。背後に砦の壁が見える。ここは砦の壁の外、木々が鬱蒼（うっそう）と生える山の中。次いで町の明かりに目を向ける。だいたい自分がどこにいるのかわかった。

行く方向を決め、足を踏み出す。月明かりは頼れるほど明るくない。足元の闇は濃い。

しかし数歩も行かないうちに、リーナは斜面に足を取られてよろめいた。左足首に鋭い痛みが走り、踏ん張りが利かない。転倒し、そのまま斜面を転がり落ちていく。

フェルドクリフ家の屋敷は、もとは要塞。山の上に建っており、真下には町を囲む川の支流が堀代わりに流れている。

まずい、と思って何かをつかもうとしたが、つかんだのは雑草のみ。努力もむなしく、リーナは派手な音を立てて水の中に落ちた。

＊＊＊

一方、アレクシスはフェルドクリフ家の晩餐会に招かれていたが、落ち着かない気持ちでいた。

――リーナがいない……。

連れてきたはずの事務官が、どこにも見当たらないのである。

「伯、同行者のバートンが見当たらないようだが？」

アレクシスがたずねると、

「お連れの女性はお疲れだということで、先にお休みになるとことづかっております」

パトリシアがすらすらと答える。

確かに強行軍で連れてきた。その自覚があるから、今日の晩餐は「できるだけ短めで」と、アレクシスはパトリシアにも随行員にも声をかけていた。にもかかわらず出席できないとなると、よほど疲れているのだろう。

「そうか。ではよく休ませてやってくれ」

アレクシスの言葉にパトリシアは笑顔で頷き、アレクシスたちを誘う。

リーナは実家でどんな扱いを受けていたか具体的には語らなかったが、両親を亡くし頼る者がいない娘を一人で放り出すくらいだ。特に継母にあたる人物が曲者（くせもの）だろうと思い、到着時にわざとリーナを特別に見えるように扱った。馬車から降りる時に手を貸し、現当主のパトリシアと話す時は傍らに置いて二番目に紹介する。リーナを部下の一人ではなく、自分のパートナー扱いにする。

それで、リーナは自分の特別だとわかりやすく見せつけた。パトリシアが安易に手出しできないようにするために。

パトリシアには伝わっているはずだ。

あのあと、目が合ったカッセルにはニヤニヤされ、カイルには険しい顔をされてしまったが。

晩餐会にはパトリシアの子どもたち、エミーリアとエドアルドも同席して、和やかな雰囲気で始まる。

リーナのことは一切話題には出てこない。それがこの家のルールなのだろう。自分の予想は当たったようだ。

――こういうことになるとわかっていたから、リーナのほうから晩餐会への出席を断ったのかもしれないな……。

愛想がよく話好きのカッセルが一家の相手役を買って出てくれるので、助かる。アレクシスは適当に相槌（あいづち）を打ちながら、ここにはいないリーナのことを考えていた。

ベアトリスのお使いに行かされ、一時的に行方がわからなくなったあの日から、リーナとは会話ができていなかった。だからどこかできちんと彼女と話す機会がほしかった。

就職をだめにしたこと、自分に近づくのが目的だと決めてかかったこと、ベアトリスのお使いのこと……自分がいろいろと勘違いをして彼女をたくさん傷つけていることを、きちんと謝りたかった。そしてどれだけ彼女に感謝しているか、伝えたかった。

それに、リーナ自身のことをもっと知りたかった。これ以上、リーナのことを知らないせいで彼女を傷つけるようなことはしたくなかったのだ。

ベアトリスの突飛な行動には頭を悩まされたものだが、今回の視察ドタキャンに関しては半分感謝している。そのおかげで、リーナと話す機会を得られた。半分なのは、なぜよりにもよってオーデンの視察をドタキャンしたのかという気持ちがあるからだ。

オーデンはリーナにとって因縁がある土地だ。きっと、リーナは重たい気持ちになっているはず。そのことも気になっていた。だから、アレクシスは乗り物酔いで寝ているカイルを介抱しつつ、王族専用車両からドアの窓越しに、リーナが乗っている後方の車両をうかがっていたのだ。リーナがコンパートメントを出て後ろの車両に向かったのが見えたから、慌ててあとを追いかけた。

予想通り、リーナは最後尾の展望デッキに立っていた。

見張り塔で会っていた頃は、アレクシスのほうが先に待ち合わせ場所に来ていた。執務室の毒消しもそうだ。考えてみれば、いつもリーナのほうからアレクシスのもとに来てくれた。自分からリーナのもとに行くのは初めてだと気づいて、展望デッキへのドアを開けるのに少し勇気が必要だった。

リーナは驚いていたが、彼女に詫びることもできたし、彼女の口から生い立ちについて聞くこともできた。

アレクシスが予想していたよりもずっと厳しい現実を生きてきたリーナに、胸を衝かれた。何よりもリーナがこぼした涙は、アレクシスの心を揺さぶった。

アレクシスは、目の前にいるパトリシアを眺めながら、展望デッキでのリーナの言葉を思い出していた。

両親がつけてくれた名前を名乗ることなく、本名が変わってしまうこと。この国に帰る場所はもうないこと。泣いても自分の運命が変わるわけではないから、泣かないようにしていること。本当は、両親が揃っていて経済的にも困っていない同級生たちが、羨ましくてならなかったこと。

――そういえば以前、就職活動で苦労したようなことも言っていたな……。

ミシェルからリーナがどんな娘なのか聞き出した時、成績は優秀だが、ボーフォール学園には似つかわしくない質素な生活ぶりで、まわりから浮いていたとも聞いている。

彼女は一人でずっと悔しさや寂しさに耐えてきたのだろう。泣いても現実は変わらないのだと自分に言い聞かせて。境遇にいじけることなく顔を上げるその姿が、眩しくてならない。その強さに、たまらなく憧れる。

そんなリーナに話を聞いてほしくて、胸の奥に押し込んでいた不安をこぼした。十六歳の時のいざこざを知る人間は何人かいるが、それがきっかけで女性恐怖症になっていることは秘密にしていた。誰かに打ち明けるのは初めてだ。

思った通り、リーナは笑わなかった。それどころか、アレクシスの現状を気遣ってくれさえした。

自分の情けない部分を知っても態度が変わらないリーナに、どれほど救われたことか。

それが嬉しくて気持ちがあふれ、思わずリーナに口づけをしてしまった。

誰かに口づけしたい、もっと近づきたいと思ったのは初めてだ。十六歳の時にも覚えなかった衝動に、自分自身がリーナをどう思っているのか気がついた。

リーナにそばにいてほしい。

毒消し係ではなくて、一人の女性として、そばにいてほしいのだ。

――けど、どう考えてもあれはまずかったな……。

リーナの動揺ぶりを見れば、自分が早まってしまったことは間違いない。そのあとはコンパートメントに引きこもり、目も合わせてくれなかった。なんとかしなければ。すれ違ったままではつらい。

リーナを傷つけたいわけではないのだ。

――だけどリーナが俺に優しいのは、報酬という目的のため。呪いが解けてそれが手に入れば、遠くに行ってしまう……。

その遠くで、リーナはまた一人ぼっちでいろいろな理不尽に耐えながら過ごすのだろうか。

――俺なら、すべてから守ってやれる。俺の妃になれば……守ってやれる……。

リーナは庶子とはいえ、生まれは貴族だ。フェルドクリフ家は歴史も古く、名家として知られている。それに、王都の名門校で上流階級の令嬢たちと同じ教育を受けている。首席で卒業しているのだから、彼女が優秀であることは疑いようがない。

――リーナに後ろ盾を見つけることができれば、なんとかできそうだな……。

国王と議会の説得は自分の役目だ。これはなんとでもなる。問題は、リーナにその気があるのか……だが……。

一度として女性を口説いたことがない。リーナをその気にさせる手立てが、まったく思い浮かばない。

——困ったな……。

「ところでアレクシス殿下、カッセル様は政務補佐官でいらっしゃいましたよね？」

不意にパトリシアに話しかけられ、アレクシスは我に返った。

パトリシアがそれはにこやかな笑顔を向けている。正面からその笑顔を見たことで胸がつかえたアレクシスは、ちらりとカイルに視線を投げかけた。カイルはアレクシスが女性に苦手意識を持っていることに薄々勘づいている。

「ええ、そうです」

アレクシスの無言の要請を受け、カイルが代わりに説明する。パトリシアの視線がカイルに向いたことで、アレクシスは心の中で胸を撫で下ろした。

正面から見なければ大丈夫だ。アレクシスは改めてパトリシアを観察する。リーナの継母、リーナを庶子として家から追い出した人物。

黒色の髪の毛を頭の上できれいに結い上げ、隙のない化粧をし、王都で流行中の形のドレスをまとっている。ろうそくの明かりの下ではわかりにくいが、淡い色の瞳をしているようだ。大きな子どもがいるとは思えないほど若々しく、美しい。

「その政務補佐官というのは、アレクシス殿下の側近……のようなものですの？」

「側近……ではないのですが、アレクシス殿下と一緒に政策について考えますね」

パトリシアの問いかけを受け、カッセルが答える。

「政策について！　まあ、では国の頭脳ということですわね。エドアルドも頑張れば、政務補佐官になれるかしら？」

「そうですね。大学で学び、官僚の採用試験に合格すれば」

「まあまあ、そうですの。ではエドアルドもよく学ばなければなりませんね。やはりこの国の貴族であれば、アレクシス殿下のおそばにお仕えするのが夢ですから」

パトリシアの言葉を受け、エドアルドがにっこりと笑う。黒髪の巻き毛にくりっとした瞳、快活そうな印象を与える少年だ。

「そうか。楽しみにしている」

アレクシスは短く答えた。長く話すと吐き気を誘発しそうだったからだ。

「そういえばアレクシス殿下、お妃選びに関してはどうなっておりますか？　王都の学園では、そろそろアレクシス殿下がお妃様をお選びになると噂で持ちきりでした」

不意に明るい声が耳に飛び込んでくる。

視線を向けると、頰を上気させこちらを見つめているエミーリアと目が合った。

十七歳だというエミーリアもまた黒い巻き毛に濃い色の瞳が印象的な、かわいらしい顔立ちの娘だ。母親によく似ている。

「エミーリア、いきなり失礼ですよ」

パトリシアがなだめるが、「お母様も気になるでしょう？」とエミーリアはどこ吹く風だ。

「社交界にデビューしている方からお選びになるのですか？」

「……そう、だな……」

こちらに身を乗り出しているエミーリアを見つめていると、冷や汗が出てくる。

「すぐにはお選びにはならないですよね⁉　一年待っていただければ、私も社交界にデビューできるのです！」

「そうね、あなたは来年社交界デビューね。アレクシス殿下、エミーリアも候補になりますでしょうか？」

先ほどはたしなめたパトリシアまで、娘の話に乗ってくる。手のひらにじっとりと汗をかきながら、アレクシスはつとめて冷静に二人を見返した。

「私の妃に関しては、議会に一任してある。申し訳ないが、私は口出しができないんだ」

「それって、おかしいですわね。アレクシス殿下のお妃様なのに」

エミーリアが頬をふくらませる。

ああ、やめてくれ。かわいい仕草なんて気持ち悪さを助長するだけだ。

——何か違うことを考えて気を紛らわせなければ。

必死に考えを切り替えようとするアレクシスの頭にポンと浮かんだのは、朝一番に毒消しをしてくれるリーナの姿だった。

朝一番は、体の中でどろどろと呪いが這いずり回って、気持ち悪くてたまらない。リーナがそっと手を包んでくれると、体の中で渦巻く黒いもやが嘘（うそ）のように消えていくのだ。

リーナは毒消しの時、いつもアレクシスの手を包む自分の手を見つめている。身長差があるため、アレクシスはリーナを見下ろすことになる。目を伏せているから、長い睫毛がよく見える。毒消しが終わると、リーナはその目を上げて「終わりました」と小さく告げる。間近に見る菫色の瞳に、いつも吸い込まれそうになる。

あの美しい色の瞳で見る世界は、自分とは違うのだろうか。いつもそんなことを思う。

銀色の髪の毛、透き通るように白い肌、菫色の瞳。整ってはいるが甘さのない顔立ちをしているリーナから連想するのは、白い悪魔などではなく、異世界からやってきた妖精。ずば抜けた美貌の持ち主だけあり、黙っている時のリーナにはどこか現実感がない。そして間違いなく、彼女は自分の美しさに気がついていない。自分の見た目に関しては「まわりと違う」ということにしか意識がいっていないように見える。

――でも、口を開けると減らず口だからな……。

出会った頃など、すぐに「報酬がほしい！」と言い出すので、妖精の美貌と性格とのあまりの落差に呆れたものだ。

リーナとの出来事を思い返しているうちに、胸に渦巻いていた気持ち悪さが薄れていく。

リーナはこんなにも自分を救ってくれる。

呪いが解けても手放せるわけがない。

リーナといえば……。

「そういえば、こちらにはもう一人ご令嬢がいたと思うが、今はどちらに？」

自分はそのことを知っているぞ、というつもりでアレクシスは、わざとパトリシアたちに水を向けてみた。フェルドクリフ家の三人が一瞬だけ動きを止める。

「……姉は学校を卒業後、王都で仕事をしているようですわ」

しばらくして、エミーリアがぎこちなく答えた。

「伯爵家の令嬢が職に就くとは素晴らしい。どのような職に就いておられるのだろうか？」

「……姉は秘密主義ですので、私たちにもわからないのです」

うふふ、とエミーリアがかわいらしく笑う。

視線をパトリシアに向けると、パトリシアも頷いてみせた。エドアルドは食事に集中しており、顔を上げないから何を考えているのかわからない。それに、あまり会話にも加わってこない。

それ以上、一家は「姉」について言及しなかった。

リーナは詳しく語らなかったが、パトリシアやエミーリアの態度から彼女のこの家での扱われ方が透けて見える。やはりリーナはあえてこの場に来なかったのかもしれない。

リーナは実家に金を借りて進学したと言っていた。奨学金は借金の額を少なくするためだとも。

ふと、アレクシスはリーナの言い分の矛盾に気がつく。

――リーナをボーフォール学園に入れる手続きをしたのは、父親だと言っていた。その手続き後、父親は亡くなっている……どれくらい学費が必要か、父親は知っていたはずじゃないか？

リーナはその学費を実家に立て替えてもらっているので、返さなくてはならないと思っているようだが、彼女の父親は娘が幼いうちに行く末を決めてしまうくらいだ。娘のために学費を残しておいてもおかしくない。

だがリーナの発言から察するに、彼女は丸裸で放り出されたと思っている。いくらリーナが優秀な成績を修めていたとしても、ボーフォール学園はしょせん一般教養と礼儀作法を教えるお嬢様学校でしかない。女一人で生きていくための盾とまではなってくれないだろう。

せっせとアレクシスのご機嫌を取ってくるパトリシアやエミーリアを見つめながら、アレクシスはそんなことを考えていた。

晩餐会が終わって部屋に戻る途中、アレクシスはカイルとともにリーナの部屋を訪れてみることにした。

「返事はありませんね。疲れていると言っていたそうですし、もう寝ているのかも」

どんなにノックしてもリーナからの返事はなかった。カイルが振り返って言う。

「なら、起こすのはかわいそうだな」

言いながら、ふと、嫌な予感がした。

パトリシアに対して、アレクシスはリーナを「特別な女性」として見せつけた。にもかかわらず、晩餐の席でパトリシアは自分の娘エミーリアを売り込んできた。

それはなんだか、おかしくはないだろうか？　普通に考えれば、ずいぶん無礼な振る舞いである。

「本当にリーナは寝ているのか？」

アレクシスは気になって、リーナの部屋のドアノブをつかみ、回してみた。鍵はかかっていない。

「アレクシス殿下、それはちょっと」

慌てるカイルを無視して部屋に踏み込み、ぐるりと見渡す。

「……いない」

後ろからついてきたカイルがぽつりと呟く。

リーナはいなかった。リーナのトランクだけがぽつんと部屋の真ん中に置いてある。部屋は整ったままで、リーナが使った痕跡はない。

アレクシスは後ろに立っているカイルを突き飛ばして道を空けると、部屋を飛び出す。とりあえず、使用人の誰かをつかまえなければと思っていたところで、向こうからエドアルドが走ってくるのが見えた。非常に焦っているように見える。

「伯はどこだ」

礼儀としてアレクシスの前で足を緩めたエドアルドをつかまえて聞けば、

「リーナ姉さんは、部屋にはいませんでしたか?」

質問には答えず、エドアルドが聞いてくる。

「いなかった。リーナをどこにやった」

エドアルドが何か知っていると思ったアレクシスは、気もそぞろのエドアルドに詰め寄った。

「僕に心当たりがあります。連れてきますので……」

「いや、一緒に行く」

言葉を遮りそう言うと、エドアルドは一瞬返答に詰まったように見えたが、「ついてきてください」とアレクシスを誘った。人を案内するからか、先ほどまでよりはスピードを落とし小走りになったエドアルドに、カイルとともについていく。

「この屋敷の地下には大きな地下室があるんです。昔、砦だった頃にたくさんの兵士が暮らしたり、武器や食料を貯蓄したりするために作られて。今はほんの一部だけを物置として使っています。その中に……お仕置き部屋があるんです」

「お仕置き部屋?」

廊下を駆けながら、エドアルドが教えてくれる。

「子どもの頃、リーナ姉さんはそこに何度も入れられていました。鍵は母が管理していたので、僕にはどうすることもできませんでした。でも今日のリーナ姉さんはお客様だから、そんなことはしないと思っていたのに……」

出迎えの時にリーナを見つけたことで、その後パトリシアは荒れたという。だが晩餐の前にはすっきりした顔をしていたので嫌な予感がし、エドアルドはこっそり母親が管理する地下室の鍵を手に入れた。晩餐の席にリーナの姿が見当たらなかったこと、やたらに機嫌のいいパトリシアに、嫌な予感は確信に変わり、先ほど詰め寄ったところ、「そんなに母親を疑うのか」と逆に怒り出したという。

「母がそこまで強気に出られるのは、リーナ姉さんが絶対に見つからない場所にいるからでしょう。そうなると、地下室しかありません。鍵は母が管理していますし、ここの地下はとても広いんです。一部屋くらい使えなくなっても問題ないから……」

エドアルドがそう言って、上着のポケットから束になった鍵を取り出して見せた。

「これが地下室の鍵すべてです。どこに閉じ込められていても、見つけ出せます」

「おまえはなぜリーナの味方をする？」

晩餐の席で、エドアルドはほとんど話をしなかったが、パトリシアやエミーリアに従順だったと記憶している。

「母はリーナ姉さんを白い悪魔だと言いますが、僕にはそうは思えないからです。リーナ姉さんはいつでも優しかったから」

アレクシスの問いかけに、エドアルドが冷静に答える。

こっちです、とエドアルドが示した地下室への入口には、重々しい木製の大きな扉がはめ込まれていた。それを開くと、石造りの階段が地下に伸びている。明かりはないから、地上階からの明かりが届かなくなった向こう側は真っ暗闇だ。こんなところにリーナがいるというのか？　ベルンにある牢獄ですら、ここまで真っ暗ではないというのに。

エドアルドが用意したランプを手に階段を下りていく。アレクシスもそれに従う。

いくつかの部屋を通り過ぎ、エドアルドがとある部屋の前に立ち止まって、ドアの鍵を開ける。

「リーナ、いるのか？」

ドアを開け、アレクシスがエドアルドからランプを受け取り、掲げて中に入ってみる。

人の姿はない。その代わり、部屋の片隅にあいた穴が目に飛び込んできた。

「え、もしかして、リーナ姉さん、壁を破ってここから出ていったの？」

エドアルドが呆然と呟く。驚いたのはアレクシスも同じだ。

女の力で……というか、普通の人間が壁を壊せるはずがない。何かからくりがあるはずだ。

アレクシスは膝をついて穴の開いたあたりを調べる。その部分だけ、壁が非常に脆くなっていることがわかった。崩れた部分は水分を含んでグズグズになっているし、壁の中の下地も朽ちている。

——浸水で崩れたのか。それとも、もともと崩れやすい造りなのか。

体をかがめて穴の向こう側を見る。通路になっているようだ。ランプの明かりではよく見えないため、アレクシスはランプを置いて地面に体を伏せると、匍匐前進の要領でそのまま穴を通り抜けた。

「アレクシス殿下、何を!?」

カイルの声を無視し、アレクシスはランプを再び手に取り、壁の向こう側の床の状態を確認する。

埃の上にこすれたような痕跡、手形。手の大きさからして、これはリーナだろう。ランプをかざして通路を照らす。通路はまっすぐ続いている。そして、足跡もはっきりと残っている。

リーナは壁を壊してこの通路を使い、脱出を試みている。

不意に、遠くから何かが壊れる音が聞こえてきた。

アレクシスは反射的にその音に向かって通路を駆け出した。後ろから「お待ちください」と、壁の穴を通り抜けてきたカイルの声が聞こえたが、立ち止まることはしなかった。

――この先にリーナがいる。間違いない。

それにしても通路が長い。エドアルドはこの屋敷の下には大きな地下室があると言っていたが、これは地下室というレベルではない。さすが国境を守る砦の役割を果たしていただけある。

やがて目の前に外の光が見えてきた。

「リーナ、どこにいる⁉」

呼んでみたが返事はない。通路の出口にはドアが存在していたようだが、外に向かって倒されている。そのドアの朽ち具合から、リーナでもこじ開けることができたのだろう。

――とんだじゃじゃ馬だな。

壁を壊し、ドアを壊し。見た目は可憐な妖精のくせに。

外に出てみると、そこは山の中だった。

「リーナ、どこだ⁉」

足元はかなり急勾配だ。月は細く、明かりは頼りにならない。リーナはどちらに行ったのだろう、と思ったその時。

そう遠くない場所から、どぼん、と派手な水音が聞こえた。

——まさか……⁉

もとは砦のこの屋敷のまわりには、堀の代わりに町を流れる川が引き込んである。

アレクシスはランプを掲げたまま、斜面を滑るように下りていった。川面を見つめる。暗くて見えにくいが、川の真ん中あたりで何かが浮いたり沈んだりしているようだ。

「リーナ！」

呼びかけると、それが振り返った。距離があるのに、菫色の瞳が泣きそうになっているのがわかった。

「待ってろ！」

アレクシスはランプを置くと上着を脱ぎ、水に飛び込む。四月の水は冷たかった。

「だめです、殿下‼　明かりを……！」

追いかけてきたカイルが叫ぶ。その声を聞きながら、アレクシスは体を動かした。服が水を吸って重たい。流れが穏やかでなかったら、とてもではないが助けになど行けなかった。

リーナに手を差し伸べる。リーナが手を伸ばそうとした瞬間、水の中に消えてしまった。

アレクシスは慌てて潜り、水底に引き込まれていくリーナの腕をつかむ。そのまま引き寄せて胴体に腕を回し、水の上に引っ張り上げる。

水を掻いてなんとか岸に近づけば、待機していたカイルや騒ぎを聞いて駆けつけた近衛騎士たちが手を差し伸べてくれた。先にリーナを引き渡し、続いてアレクシスが陸に上がる。

リーナが激しくせき込む。

「無事か、リーナ」

声をかけると、せき込みながらリーナが菫色の瞳を上げて、

「アレクシス殿下は……？」

消え入るような声で聞き、手を伸ばしてくる。不安なのかと思ってその手を取ってやると、いつもやっているように手のひらを包んでくれた。

「ずいぶん遅くなってしまって……申し訳ございません……」

水に浸かっていたせいか、手は冷たく、震えている。それでもリーナはアレクシスの手を包んで離さない。

「アレクシス殿下は……苦しくありませんでしたか……？」

いつもは触れられた場所から不快感が消え、体が軽くなる。だが今日はなぜか、胸元からじわりと温かいものが体中に広がっていった。

「どうして壁なんて破ったんだ。無茶にもほどがある」

「そんなに無茶はしていません……。壁は、蹴ったら壊れたんです……出られてよかった……」

十分無茶ではないか。

――そういえばリーナの弟が、リーナは何度もあそこに閉じ込められたと言っていた。

真っ暗な部屋は相当怖かったはずだ。小さなリーナはあそこで一人、ドアが開けられるまで耐えていたのだ。

そう思ったら堪え切れず、アレクシスはリーナの腕を引っ張り抱きしめた。

「遅くなってすまない」

「……アレクシス殿下、みんな見ています」

リーナが腕の中で困ったように言う。

ちゃんと大切な人として相応の待遇で連れ歩きたい。それこそ自分の妃の立場であれば、誰もリーナを傷つけることはできない。リーナを傷つける者にも適切な対応ができるようになる。

——そうすれば、二度とこんな目に遭わせなくて済む。

「リーナ姉さん」

ふと、近くで声がして、目を向けると、毛布を持ったエドアルドが立っていた。

「アレクシス殿下は、もう大丈夫ですか？　苦しくはないですか……？」

腕の中でリーナが聞く。

「ああ、俺は大丈夫だ」

「よかった……」

答えた途端、リーナの体が急にガタガタと震え出す。緊張の糸が切れて、寒さと恐怖が一気に襲ってきたのだろう。アレクシスはエドアルドを目で促し、毛布を受け取るとリーナの体にかけてやった。

「屋敷の中に戻ろう」

アレクシスの言葉に、リーナが頷く。

視線を感じて目を上げると、パトリシアとエミーリアが斜面の上からこちらを見ていた。助けるでもなく、指示を出すでもなく、ただじっと。アレクシスの視線に気づいて、二人はその場から立ち去る。

——まあいい、この件についてはあとだ。

視線をリーナに戻す。体を支えて立ち上がらせると、呻き声を上げてよろめいた。慌てて体を支えてやる。どちらかの足を痛めているようだ。

前はベアトリス、今度はフェルドクリフ家の母娘……。何かが自分からリーナを奪おうとしている。そんな気がしてしまう。

——リーナは誰にも渡さない。それが運命であっても、だ。

＊＊＊

もともと泊まるはずだった部屋に戻ってきたリーナは、トランクからドレスを出してハンガーに吊るしたあと、ベッドに腰かけて痛めた足首を眺めた。目で見てわかるくらいに腫れ上がり、実に痛々しい。

四月の冷たい水の中に落ちたリーナは、アレクシスに助け出されたあとすぐに温かい湯を使わせてもらった。

服を脱いでみて、自分の体が青あざだらけになっていることに気づく。階段から落ちた時にひねった足首はすでに腫れていた。

とはいえ、結果としてリーナは無事だったので、アレクシスとカッセルが話し合った結果、明日以降の日程に変更はなしということになった。

せっかく貸してもらった騎士服も、水に浸かったせいで台無しだ。そのため、今後は持参したデイドレスでの参加になるが、一着しかないのが悩ましい。リーナの持参品なので、王太子の随行員にしてはちょっと地味なのも気になる。

水に落ちた時の恐怖を思い出せば、助かってよかったと思う一方、一歩間違えばアレクシスを道連れにしていたかもしれないのだ。

——アレクシス殿下に何事もなくて、本当によかった。

それにしても、あんな絶妙なタイミングでアレクシスが助けに来てくれるとは思わなかった。

地下室の壁のことを言っていたから、リーナが閉じ込められた部屋からあの穴と通路を通って、リーナを捜してくれたのだろう。

そう思うと、嬉しさが込み上げてくる。

リーナが水に落ちた音に気づいてすぐに飛び込んでくれた。強い力で引っ張り上げてくれた。水から出たあと、抱きしめてくれた。

リーナの大好きな大きな手が、リーナに差し伸べられた。あの手を思い出すと心臓がうるさいほどドキドキし始める。

——でも……勘違いしてはいけないわ。

あの手がリーナを想って差し伸べられたものなら、有頂天になるところだけれど、頭をよぎるのは展望デッキでの「こんなこと、するつもりじゃなかった」という言葉だ。

——私に詫びるということは、あの口づけはアレクシス殿下の本意ではなかったということだものね。

今日、アレクシスが必死に自分を捜してくれたのは、リーナしか呪いの毒を消すことができないからだろう。

そう思うと切なくなるが、それでもアレクシスがリーナを捜し回ってくれて、最後には抱き締めて無事を喜んでくれたことは嬉しい。

嬉しい気持ちと切ない気持ちがないまぜになって、心がぐちゃぐちゃだ。自分でも何をどうしたいのか、さっぱりわからない。

千々に乱れた心を持て余しながら、リーナはぼんやりとハンガーに吊るしたデイドレスを見る。

——昼はともかく、晩餐会などでは見劣りしてしまうわね。足の状態もよくないから、もし晩餐会に招待されたら、欠席させてもらおう。

そんなことを思っていた時、コンコンと控えめなノック音が響いた。暖炉の上にある置時計の針は零時過ぎを指している。こんな真夜中に誰だろうと思って、足を引きずりながらドアに近づき、そっと開けてみたら、アレクシスが立っていた。

「どうされましたか?」

驚いてもう少しだけドアを開くが、リーナ自身は就寝前なので下着の上にガウンを羽織っただけだ。あまり見られたい姿ではない。一方のアレクシスはシャツにスラックスと、カジュアルではあるが人前に出られるかっこうをしている。

「足を痛めているだろう。寝る前に手当てをしよう」

水から上がって屋敷に戻る時に痛がったのを覚えていたらしい。

「え、アレクシス殿下が?　いいですよ、別に。折れているわけじゃなさそうですし」

「俺はこう見えてもずっと体を鍛えてきたから、それなりにけがへの対処方法も知っている。放置してあとで大変なことになったら困るだろう」

そう言ってアレクシスが小さな箱をリーナに掲げてみせる。救急箱のようだ。

「でもこんな真夜中に……私の部屋で……？　カイル様に同席していただいたほうが」

「若い女性の部屋に男が二人も押しかけるほうが問題のような気がするが。そう身構えるな。薬を塗って関節を固定するだけだ。すぐ終わる」

そう言われてしまうと、アレクシスを意識しすぎている気がして逆に恥ずかしい。あの口づけは呪いの影響なのだからと、リーナはおとなしくアレクシスを中に招き入れた。

「そこに座って」

アレクシスが指示したのは、暖炉前の長椅子だった。言われるがまま腰をかけ、痛めた左足を差し出すと、アレクシスがリーナの前に膝をついてその足に触れてきた。

むき出しの足なんて人に見せることがないから、恥ずかしくて顔が赤くなってしまう。室内は小さなランプだけなので、顔色まではわからないだろう。そこは救いだった。

「だいぶ腫れているな」

アレクシスはしばらくリーナの左足首を観察したあと、腫れている部分に軟膏を塗り込み始めた。

手つきが優しいせいか、アレクシスの指先を強く意識してしまう。くすぐったくてゾクゾクする。

呪いの毒の気配とも違う感覚に、リーナは戸惑った。

――何かしら、これ。なんだかおかしいわ。

アレクシスが触れている部分だけ、いつもより敏感になっている気がする。

「あ、あの……先ほどは、ありがとうございました」

困惑を押し隠すように、リーナは口を開いた。

「君が無事でよかった。それにしても、無茶をする。君はとんだじゃじゃ馬だ。本当にボーフォールの乙女なのか？」

アレクシスがリーナの足首に包帯を巻きながら言う。事務的な手つきと口調に、アレクシスがただリーナのけがを気にしてくれていただけだとわかる。

「今日のことを知ったら、先生方は卒倒するでしょうね」

変に意識してしまった自分をごまかすように、リーナはわざと明るい声を出した。

「ボーフォールの乙女を見る目が変わりそうだ」

「基本的にはみんな、おしとやかですよ」

「……そうか……？　俺に呪いをかけてきた乙女もいたし、級友を追い回していた乙女もいたぞ？」

アレクシスが訝しげに呟いて、リーナを見上げてきた。

「ああ、まあ、その……だから、基本的には、です」

リーナはしどろもどろに答えた。そこだけ聞くと、確かにボーフォールの乙女はお転婆揃いみたいだ。けれど、アレクシスのいつもの軽い調子の会話に、妙に敏感になっていた心がほぐれていく。いつも通りに会話できてほっとする。

アレクシスを意識していることを気取られて、ぎくしゃくしてしまうことだけは避けたい。

「なるべく動かさないように。ほかに痛むところはないか？」

アレクシスが包帯を巻き終える。足首は包帯でぐるぐる巻きに固定されていた。

「もう大丈夫です」

本当はいろいろ痛むが、太ももだったりお尻だったりと、とても見せられる場所ではない。リーナは安心させるためににっこり笑って返した。跪いたまま見上げてきたアレクシスの氷色の瞳には、心配そうな色が浮かんでいる。

「そういえば、ボーフォール学園には、君のお父上が生前のうちに入学手続きをしてくれたんだったな？」

ふと、アレクシスが聞いてくる。

「戸籍には庶子として載っていた。これは、自分の子として認めるという意思表示だ。生前のうちにこの国でも指折りの名門校に入学手続きを終えるということは、君のお父上は君のことを自分の娘として育てるつもりでいたわけだ。そういう方が死に際し、何も残さずに亡くなっているわけがない気がするんだが」

「それこそ、ボーフォール学園への進学のことだと思うんですけれど」

むしろ父が最期までリーナを庶子と認めてくれていただけでもありがたいという気がする。継母との結婚に際し、リーナを手放していてもおかしくなかったのだから。

「それなら学費もお父上持ちでもおかしくないだろう？　入学手続きだけなんて、なんだかおかしい気がして」

アレクシスの指摘に、リーナは目を伏せた。確かに、リーナをかわいがってくれていた父なら、そこまでしてくれていてもおかしくない……そんな気はするが、継母が素直にリーナへ父が残してくれたお金を渡すとは思えない。継母はリーナにお金をかける気は一切なかった。

「もし……そうだとしても、私にはどうすることもできません」

相手はフェルドクリフ伯爵となっている人物だ。一方の自分は、力のない一庶民。

「だが、今なら俺も味方できる。行動を起こすことは可能だ」

「それは、裁判を起こせということでしょうか。徒労に終わる気がします。継母はそのあたりまできちんと調べて手を打っていると思うんです……私が進学を承諾、あるいは平民になることを承諾した時点で、相続放棄ということになっているんじゃないでしょうか」

「リーナは相続を放棄した覚えはないんだろう？　おそらく君は、パトリシアから様々な権利を奪われている。本来君が手にするはずの権利を。俺はそれが許せない」

アレクシスが救急箱を手に立ち上がる。

「ありがとうございます。でも、たとえ身分を回復してフェルドクリフ家に戻れたとしても、ここに私の居場所はありません。……だから、もういいんです」

リーナは首を振った。

「だが君のお父上は、君を伯爵家の娘として育てようとした。お父上が君に受け取ってもらおうと思ったものを、諦めないでほしい」

アレクシスにそう言われると、心が揺れてしまう。リーナだって、フェルドクリフ家が嫌いだから家を出たわけではないのだ。ただ、この家に残っていては母の願いでもある「幸せな人生」を送ることが難しいと思ったから、家を出ることを選んだのだ。

リーナが何か言おうと思って顔を上げた瞬間、アレクシスがリーナの座る長椅子の背もたれに手をついてきた。えっと思っているうちに、腰をかがめてリーナの唇に唇を重ねてくる。

人生二度目の口づけだ。リーナは驚きのあまり、大きく目を見開いた。そんなリーナにお構いなしに、アレクシスは口づけを続ける。その口づけは、ただ唇を重ねるだけのものではなかった。唇を柔らかく食まれたかと思うと、舌先が唇を舐めてくる。

　唇を味わうための口づけをされている。その意味に気づいた途端、頭にカッと血が上る。

　――また呪いなの⁉　一度目は『するつもりじゃなかった』と言っていたのに……！

　不本意な口づけなんてされても困る。こっちが悲しくなるだけだ。あとで我に返ったアレクシスに「なんでこんなことをしたんだろう」などと落ち込まれでもしたら、いたたまれないなんてものではない。

　せっかくアレクシスとは穏やかな関係を築けているのだから、それ以上なんて望まない。その関係を壊したくなくて、リーナは慌ててアレクシスを突っぱねようとした。

　だがその両腕は、アレクシスに捕まってしまう。姿勢を支えるためか、アレクシスの片膝がリーナの脚の間に差し込まれたため、逃げ出すこともできなくなってしまった。

　しまったと思ったが、あとの祭りだ。

　唇が離されて覗き込まれる。何か言わなくては。だが言葉が出てこないうちに、再びアレクシスが顔を寄せてくる。顔を背けたら、首筋に唇が降ってきた。そのまま軽く啄むように唇が皮膚の上をたどる。敏感な場所に触れられて、全身が総毛立つ。ドキドキと爆発しそうなほど心臓の音がうるさい。

　アレクシスを部屋に入れた迂闊さを悔やんだ。やはり入れるべきではなかった。

「どういう、つもりなんですか⁉」

　動揺のあまり体を震わせながら、ようやくの思いで声を絞り出すと、

「さっき、君がいなくなって、生きた心地がしなかった」

首筋に顔をうずめたまま、アレクシスが呟く。リーナの大好きな声で囁かれて一瞬だけ気が遠くなった。この声は凶器だ。首筋にかかる吐息がくすぐったい。あり得ないほど近くにいるアレクシスに、これは現実なのだろうかとすら思い始める。

「前に姿が見えなくなった時もそうだった。そして、君は呪いが解けたら俺の前からいなくなる。……こんな思いはたくさんだ。俺には君が必要だ」

「……何をおっしゃっているんですか……」

声が震える。目の前にいるのは、リーナの知るアレクシスだろうか？　よく似た本物だったりはしないだろうか。それとも夢を見ているのだろうか。本当は疲れすぎて眠ってしまっているのかもしれない。それくらい、リーナには目の前で起きていることが現実だとは思えなかった。

でも、アレクシスの体温も息遣いも感じる。だから、これは夢ではない。

「君にそばにいてほしくてたまらない。君に触れたい。……俺は、君が好きだ。……そばにいてほしい。ずっと。……できれば、一生」

アレクシスに囚われたまま、リーナは目を瞠る。見上げたアレクシスの氷色の瞳には、確かに切実な思いがあふれているように見えた。

「俺の言葉が信じられないか？」

呆然としているリーナに、アレクシスが切なげに聞いてくる。リーナは緩く首を振った。込み上げてきた涙がぽろぽろと頬を伝い落ちる。

「で、でも、アレクシス殿下は、お妃様は議会の選定に従う、と」

「あの時は誰でもよかったんだ。女性恐怖症が治らない以上、誰が妃になったところで近づけないことには変わりないから」

けれど、と言って、アレクシスがリーナを抱きしめる腕に力を込める。

「君が現れた」

「……私は……」

「不思議だったんだ。君には最初から拒絶反応が出なかった。あれは、君に一目惚れしたからだな。祝賀会の夜、突然現れた君に俺は一瞬で心を奪われたんだと思う。あの時のリーナは、月の妖精のように見えた」

アレクシスのたとえに目を瞠る。確かにあの夜は月が明るかったし、リーナ自身、自分の色素が薄いことは自覚しているが、月の妖精は言いすぎだろう。

そういえばアレクシスは「初めから平気だった」と言っていた気がする。けれどそれは王宮に呼び出された時のことだと思っていた。その理由も一緒に呪いを受けたから平気なのだと……。

「見た目に反してたくましいことや、厳しい現実を生きていることを知って、どんどんリーナに惹かれていった。リーナが常に俺のことを気にかけて、誰にも言えなかったことを聞いてくれて、本当に嬉しかった。リーナにだけ拒絶反応が起きないのは、俺の心がリーナに囚われているせいだと思う」

「でも、私は、アレクシス殿下のおそばには……私は、もう貴族の身分を有していません……」

リーナは涙をこぼしながら、ゆるゆると首を振った。

「君はフェルドクリフ伯爵の娘、そしてボーフォール学園を首席で卒業するほど優秀だ。俺と年齢も釣り合う。妃の資格なら有している。……戸籍のことなら、なんとでもいじれる。髪色のことも……友好国の血を引いていることの何が問題なんだ。新しい時代の幕開けにふさわしいと歓迎されるくらいだ」

アレクシスが低い声で呟く。まるで自分自身に言い聞かせているようにも聞こえた。

「何があっても守る。絶対に、君を守る。だからそばにいてくれ。俺が生きていくのに、君が必要なんだ」

アレクシスの力強い言葉に、涙が止まらない。

ここで頷けば、ずっとアレクシスの隣にいられる。解呪とともに手放さなければならないと思っていたこの関係を、続けていける。

けれど、アレクシスには呪いがかかっている。

今、アレクシスをとらえている気持ちは本物だろうか？　呪いの影響がないとは言えないはずだ。もしそうなら、呪いが解けた時にアレクシスが我に返る可能性は高い。けれど、リーナを妃にすると約束してしまったら、真面目な彼のことだ。約束通りリーナを妃にするよう動いてくれるだろう。本意でなくても。

――そんなことはさせられない。

王太子という立場はアレクシスにかなりの負荷をかけている。その上、呪いに操られた結果を受け入れなくてはならないとなったら、彼の心は一生苦しめられる。

リーナは何度か深呼吸を繰り返して心を落ち着けると、アレクシスをまっすぐ見上げた。

「お忘れですか。アレクシス殿下には呪いがかけられています。私と恋に落ちる呪いです。でもこれは、私がアレクシス殿下の毒を消せるから、特別だと思い込んでしまうだけのものです」

アレクシスに告げる言葉がそのままリーナの胸を抉り、悲しみが深まる。

「きっと、呪いが消えたら気持ちも消え……」

「違う！」

アレクシスが強い口調で否定する。大きな声に、リーナはびくりと体を震わせた。

「俺は呪いになんて操られていない」

「これはそういう呪いなんです。呪いにかけた人を肉体的に苦しめて、救えるのは自分だけだと刷り込んだら、すがるに決まってるじゃないですか……」

リーナは涙をこぼしながら抗議した。この呪いのもっとも醜悪な部分だ。どこまでこの呪いはアレクシスのことを苦しめて振り回すのか。体だけでなく心まで蝕むなんて、あんまりだ。

「私は、アレクシス殿下には幸せになってほしい。こんな呪いに操られないで」

「俺は操られていない。俺の気持ちを決めつけるな。俺は、刷り込みで君を好きになったわけじゃない。俺は、ちゃんと君を見ていた。俺のために心を砕いて、何があっても駆けつけてくれる姿を見て、心が動かないわけないだろう⁉」

「それは、任務だからです」

リーナは自分の気持ちを押し殺しながら、事実を告げた。

「任務だからですよ。最初に言ったでしょう？　私は報酬がほしいと。お金が必要だと。成功報酬なんですよ。トラブルを起こしたら減額されてしまいます。困るんですよね」

涙を拭いながら、わざと軽い口調で言う。告白されて困惑している、そう見えるように。

「……もしそうだとしても、俺が触れることができる女性は、君だけだ」

アレクシスがそう言って片方の手を離し、リーナの頬を撫でる。大好きな手に優しく撫でられて、再び涙があふれそうになる。自分が冷静であることを示すために、これ以上泣くわけにはいかない。

「逆です。アレクシス殿下は私に触れるようになったのだから、ほかの人にも触れるようになります」

リーナは涙を堪えながら、そっとアレクシスの体を押し返した。二人の間に夜のひんやりした空気が入り込む。ぬくもりが離れていったことで、寂しさが胸に押し寄せる。

「違う。だってさっき……」

「覚えていらっしゃらないのですか？　展望デッキで私に言ったこと。私に口づけしたあとで、こんなことをするつもりじゃなかったとおっしゃったんですよ」

「それは……」

「アレクシス殿下ご自身も、呪いに振り回されている自覚がおありなのでしょう？　ここであったことは他言しません。ですから、お引き取りくださいませ。手当てしてくださってありがとうございました。おやすみなさい」

「リーナ！」

早口でまくし立てるリーナに、アレクシスが焦ったような、怒ったような声を出す。

「俺の話を……」

「呪いにかかっている方の話なんて信用できません。どうぞ、お引き取りを。……ほかの者を呼びますよ」

ひどいことを言っている自覚はある。アレクシスに睨みつけられたが、リーナは視線を逸らさな

かった。ここで退いたらのちにアレクシスを追い詰めることになると、わかっていたからだ。

睨み合いはしばらく続いたが、視線を逸らせたのはアレクシスのほうだった。取りつく島がないとわかったからか、静かに立ち上がり、「おやすみ」と言い残して救急箱を手に部屋から出ていく。

ドアが閉じられてしばらくしてから、リーナは座っていた長椅子に突っ伏した。

堪えていた涙がとめどなくあふれてくる。悲しくて胸が張り裂けそうだ。真夜中だから我慢したかったが、どうしても抑えることができず、リーナは長椅子に伏せたまま嗚咽を漏らし始めた。

今まで、解呪方法が見つかるとアレクシスのそばにいられなくなるから寂しいな、とは思っていた。でも今は、こんな呪いは早く解けたほうがいいという気持ちに変わった。

アレクシスの体だけでなく心まで振り回している、この呪いが憎かった。

＊＊＊

薬箱を手にリーナの部屋を出たあと、アレクシスはしばらくドアの前で立ち尽くした。

展望デッキでの言葉は、覚えている。

でもあれは、彼女に口づけしたくなかったから出た言葉ではない。唐突すぎた行動への詫びとして、口からこぼれてきたものだ。あんなふうに誤解されているとは思わなかった。

分厚いドアは、内側の気配を伝えない。今、リーナがどうしているのか、さっぱりわからない。

あのまま彼女の貞操を奪ってしまえば、それを理由に手元に置くことができるのではないかと思ったのも事実だ。もしリーナが少しでも自分に気のあるそぶりを見せたら……。

だがリーナの守りは鉄壁で、アレクシスが惹かれたリーナの優しさは「報酬のためだ」とバッサリ切り捨て、アレクシスの恋心を「呪いのせい」と言い切った。

それは自分でも感じていることだった。リーナも同じ懸念を抱いていることがわかり、それ以上強く出ることはできなかった。嫌われてもいいから、とは、さすがに思えなかった。

――この気持ちは呪いに操られているものなのだろうか？

眠れないと困るでしょう、と、リーナの誘いに乗って見張り塔に行った夜を覚えている。眠れなくて困っていたのは本当。だが、実のことを言えば朝まで我慢できなくもなかった。でもあのわずかな時間が楽しみで、言い出せなかった。

リーナは知らないのだ。リーナだけでなく、誰も気がついていない。冷えた指先をリーナの手が包んでくれる、それだけのことがどれほどアレクシスの心を癒してくれるか。

――呪いは……関係ない……。呪いは単なるきっかけにすぎない。

リーナに惹かれたのは、彼女が毒消しの能力を持つからではない。彼女の優しさや強さを知ったからだ。

――呪いが解けても気持ちが変わらなければ、この気持ちが本物だと証明できるのではないか？そうすれば、リーナも信じてくれるのでは……。

だが、呪いが解けたら、あの娘は手の届かない場所に行ってしまう。

遅かれ早かれ「その時」が来るのは間違いないのに、リーナを引き留める方法が思いつかない。

――俺はどうしたらいいんだ……。

夜が明けて、フェルドクリフ家の屋敷の広間で地域の経済懇親会が開かれた。大勢の招待客が訪れ、屋敷の中は大変賑やかだ。主宰のアレクシスとカッセルはあちこちに呼び出され、いろんな人と話をした。フェルドクリフ家の人々も会合に出席して笑顔を振りまいている。昨日の出来事などなかったかのように。

リーナはけがを癒すために部屋で休むことになった。懇親会の合間を縫って二回ほど様子を見に行ったが、どちらともベッドで眠っていた。よほど疲れていたらしい。もちろんリーナのもとを訪れる時は、カイルの監視付きだ。

眠っているリーナは表情がないぶん美貌が際立ち、自分と同じ生き物のようには見えない。月から落ちてきた妖精の姫と言われたほうがしっくりくる。

眠りを妨げたくなくて、アレクシスは様子を見るだけに留めたが、リーナの寝顔を見るだけでも頑張ろうという気持ちになる。

これも呪いの影響なのだろうか。

違うと思いたい。

初日にトラブルが発生した以外は特に問題なく、視察を終えることができた。あの夜以降、リーナとはまったく話をしていない。アレクシスのほうからも声をかけることができず、足を庇いながら歩くリーナを見守るのがせいぜいだった。二人の間に何か起きたらしいと、カイルを始め随行員全員が気づいている気配があったが、誰も何も言い出さなかった。アレクシスも、何も言わなかった。

行きと同じく帰りも王族専用列車に揺られ、ようやく帰還した王宮にて。

到着した途端、侍従の一人がアレクシスを呼びに来た。旅装もそのままにアレクシスは謁見の間に呼び出される。

王宮でもっとも広い部屋のひとつである謁見の間には、姉ベアトリス、宰相のヴィスリーのほか、ミシェルとミシェルの父親であるリューデリッツ侯爵、そして薄汚れた外套をまとった小柄な娘が待っていた。

「……これは……？」

わけがわからずアレクシスが誰にともなく呟くと、

「アレクシス殿下にかかっている呪いの道具を作った呪術師です」

ヴィスリーがそう言い、娘をどんと突き飛ばした。娘がはずみで床に倒れ込む。

アレクシスは娘を凝視した。

まっすぐな黒髪、はちみつ色の肌。東方の民族衣装。年の頃は十代後半か、せいぜい二十代前半に見える。

「……本当にこの娘が作ったのか？」

思わず聞き返す。こんなに若い娘が、あんな恐ろしい呪いをこの世に編み出したというのか？

呪術師の娘はかわいそうなほど小さくなり、震えている。

「はい。わたくし、この娘から道具を融通してもらいました」

すっかり開き直ったらしいミシェルがはっきり告げ、持ってきていた巾着から何かを取り出してみせた。

それは木でできた筒形のもの。形も大きさも、あの夜に見たものによく似ている。

「……では、呪いの解き方を……」

「お、恐れながら申し上げます……！」

ヴィスリーが言うよりも先に、呪術師の娘が声を震わせながらアレクシスを見上げてきた。

「わ……私が作ったその道具、効果の持続期間は十五日ほどなんです。どんなに長くても、二十日も過ぎれば効果は失われます。お、王太子殿下にかけられた術は、すでに解けているはずです……そのはずなんです……」

自信がなくなったのか、呪術師の娘の声がどんどん小さくなっていく。

「……え？」

アレクシスは思わず聞き返した。

「も……もともとそれは、私たちの故郷で新婚夫婦がより仲良くなるために使われている、結婚祝いの品です。さ……宰相閣下や、そちらのお嬢様がおっしゃるような、強い反応が出るものではないはずなんです……」

「新婚夫婦が、より仲良くなる……？」

アレクシスが聞き返すと、呪術師の娘が怯(おび)えた様子で頷く。

「ほ、本来の使い方は、二人で一緒に光を浴びたあと見つめ合って……離れると不安になるからくっついていたくなる、その程度の効果なんです。人によって効果の出方には差があるんですけど……いずれにしても効果は二十日ほどです。だから、効果はとっくに切れているはずなんです……！」

呪術師の娘がかすれた声で一生懸命に訴える。自分の作ったものがこんな大騒動になってしまったことに驚いて、今にも失神しそうなほど怯えているのがわかる。

「ですって。アレクシス、あなたが術をかけられたのは三月の終わりでしょ？　今はもう四月も半ばを過ぎているのだから、とっくに呪いの効果は切れているということじゃない」

ベアトリスが明るい声を出す。アレクシスはベアトリスに目を向けた。

「……なんで呪いのことを知っているんですか？」

「アレクシス殿下が視察に行かれている間に、リューデリッツ侯爵閣下とミシェル様が呪術師を連れてきたので、一緒にいろいろと話を聞いたからですよ」

アレクシスの質問にヴィスリーが答える。

「この道具から発する光は心の奥の不安感を引きずり出し、目の前にいる相手に触れることによってのみ安心感を得られる、というものなんだそうです。相手が唯一の理解者であり、自分は相手のために存在する。そんな意識を植えつけるのが目的の道具で、もともとは政略結婚をする姫君の嫁入り道具として作られたのだとか。心を操るので『恋に落ちる呪い』と呼ばれるようです。ただし、不安の感じ方には個人差があるため、効果の表れ方にもかなり個人差があるみたいですね」

ヴィスリーがミシェルから受け取った道具をアレクシスに渡す。

アレクシスはしみじみとその道具を見つめた。なんの変哲もない、手のひらにすっぽり入るほどの木の筒だ。覗いてみたら中は空洞だった。何がどうやったらあんな強い光が出せるのだろう。

「大きな不安を抱えていたり、繊細だったりする人ほど、強く効果が出るんですって。あなた、そんなに繊細だったのねぇ」

ベアトリスがからかうように言う。アレクシスは姉を睨みつけた。アレクシスの視線に気づいてベアトリスが「何よ」と睨み返してくる。

「まあ、本当に呪いが解けているかどうか、一日ほどバートン嬢に接触しないで過ごしてみましょう。本当なら、バートン嬢も晴れて放免ですな」

ヴィスリーの言葉に、アレクシスがあることに気づく。

——そういえば、この何日か、リーナとはまともに会ってないな……？

あの夜以降はリーナを気遣って、距離を取っている。そういえばその間、毒消しをしていない。けれど、問題なく過ごせている。

その事実に、アレクシスは愕然（がくぜん）とする。

呪術師の言葉は正しかったのだ。アレクシスにかけられた呪いはとっくに解けている。

不安が大きいほど、繊細なほど、効果が強く出るという呪い。アレクシスを苦しめたあの毒は、不安が具現化したものだったのか。

そしてリーナはアレクシスの不安に寄り添い続けてくれた。アレクシスはその姿に心を奪われていったのだ。

リーナの言う通り、この呪いはまさしく「相手を特別に思う呪い」だったわけだ。

リーナが懸念するのも頷ける。

「ところでアレクシス殿下、リューデリッツ侯爵とミシェル様に対してはどのような処分を下されますか？　王太子殿下のお心を操ろうとし、お体まで蝕んだ呪いを放ったのです」

ヴィスリーに声をかけられ、アレクシスがはっと我に返る。ミシェル父娘に目を向けると、リューデリッツ侯爵は顔をこわばらせ、ミシェルは青くなって固まっている。

「……二人には半年の謹慎処分を」

「それでよろしいのですか？」

アレクシスの下した処分に、ヴィスリーが意外そうな顔をする。

「ああ」

「では、銀髪の娘は報酬を渡してさっさと解放してやりましょう。これであの娘ともお別れできますな。勤め先の斡旋は不要と啖呵を切っていたので、これ以上関わらなくてもいいから気が楽ですね」

「……ちょっと待ってくれ。今までずっと拘束してきたのに、勤め先の斡旋もなしなのか？　このまま近衛騎士団の事務官として……」

「毒消しの任務が終わればここを出ていき、二度と関わらない。あの娘とアレクシス殿下、双方の合意のもと、そういう契約を交わしたはずです」

薄情すぎると暗にヴィスリーを非難したが、あっさりと断られる。

確かに、そういう契約を交わした覚えがあるため、アレクシスはそれ以上、ヴィスリーに食い下がることができなかった。

「さて、最後に。呪術師の娘はどうされますか」

ヴィスリーが、床に座り込んだままの娘を見やる。

「……呪術師の娘は、この国での呪いの道具の販売を禁じる。人の心を操るようなものを作ってはいけない」

アレクシスの決定に、ヴィスリーが頭を下げ、その場は解散となった。

なんともあっけない幕切れだ。荒れる気持ちをのみ込み、アレクシスは謁見の間をあとにする。

「ああ、アレクシス殿下、よかった。こちらにいらっしゃったんですね」

執務室に向かっていたら、アレクシスの第一政務補佐官に呼び止められた。歩きながら、早速次の仕事の打ち合わせが入る。

『本当に呪いが解けているかどうか、一日ほどバートン嬢に接触しないで過ごしてみましょう』

先ほどのヴィスリーの言葉がよみがえる。カイルはアレクシスがリーナに触れずに過ごして平気になっていることに気づいているかもしれないが、ヴィスリーは気づいていない。リーナがいなくても平気だと証明してしまったら、リーナはここを出ていってしまう。

リーナはどう思うだろう。ほっとしているだろうか？　少しは寂しく思ってくれるだろうか……。

呪いが解けたらリーナはいなくなる。それはわかっていた。ミシェルがなかなか解呪方法を見つけられないから、油断していた。もっと早くに手を打たなければならなかったのに。

外は明るいのに、体がどんどん冷たくなっていく。寒い。

第一政務補佐官との話を終えると、アレクシスはそのまま執務室に侍従長を呼び出した。

「父上に至急連絡を取りたい。妃選びの件で相談……いや、報告があると」

アレクシスの切り出した内容に侍従長が驚いたような顔をするが、そのまま頭を下げて出ていった。

父はベアトリスとアレクシスに政務を丸投げして母のもとにいるが、連絡がつかないわけではない。

アレクシスは凍える指先をぎゅっと握り込んだ。

ヴィスリーの言うように、その日は一日、リーナと会うことができなかった。カイルに聞けば、本日リーナには休みを与えているので、どこで何をしているのか知らないという。

「今まではアレクシス殿下の毒消しのために、休みの日も出かけることができなかったでしょう。今日くらいは放っておいてあげようかと思って」

「そういえば、そうだな。ずっと俺に付き合わせていたんだな……」

呪いという口実が使えないとリーナと会うこともできない。アレクシスは改めてリーナと自分との関係の脆さに驚いた。

ことがことだけに、父とは早々に連絡がついた。そして翌日、実に半年ぶりにアレクシスは国王である父と顔を合わせた。

あの事故からずっと、両親は兄の死を受け入れられないでいる。自分が王太子として申し分ない人間になれば、二人の心も少しは安らかになるかと思ったが、そうではないらしい。要するに二人とも、優秀な長男を亡くしたのが悲しいのではなく、最愛の長男を亡くしたのが悲しいのだ。

必死にアルベルトの穴埋めをしようとしているアレクシスにとって、両親のその態度には傷つくが、それだけ喪失感が大きいのだろう。

「久しぶりだな。ほかの者からおまえがよくやっているとは聞いている。大変な目にも遭っていたようだが、グラキエスとの交渉はうまくいったようだな。あそこと同盟を組むことができれば、レグルスも今までのようにはいくまい」

久しぶりに会う父は淡々と、アレクシスの成果について触れてくる。

「お久しぶりです、陛下。お体の具合はいかがですか」

「ゆっくりさせてもらっているからな、私は悪くない。おまえの母親は相変わらずだ」

「そうですか」

アレクシスにとって目の前にいるこの人物は、父というよりは国王だった。親しみを覚える存在ではなく、なんとしても認めてもらわなければならない存在。今でも、対峙(たいじ)する時は緊張する。

「私にかけられていた呪いについては、聞き及んでおりますか」

アレクシスは自分を鼓舞するようにこぶしを握り締め、父に問う。

「何日か前に、報告があったな。おまえの体はおまえのものだけではない。命に関わるようなことを秘密にするな。……妃の件で話があると聞いたが」

単刀直入に父が切り出す。

「実は、私と一緒に呪いを受けた娘を、妃にと考えています」

「ヴィスリーからの報告では、前のフェルドクリフ伯爵がグラキエス人に生ませた庶子で、平民になる手続きを取っている娘だそうだな。本気でおまえの妃になれるとでも思っているのか」

「本気で思っています」

「ふん……東方に伝わる人の心を操る術というのは、たいしたものだな」

父が鼻で笑う。

「私は操られておりません。呪いはすでに解けております。解けた上で、彼女を妃にしたいと考えています」

　呪いは関係ないと訴えるアレクシスに、父の視線は冷ややかだ。

「王太子の結婚は、国益にかなうものでなくてはならない。その娘でならない理由があるのか？」

「あります。私は……彼女以外には不能ですから。今まで頑なに女性を避けてきたのは、そのためです。でも、リーナは違いました」

「早まったのか。愚かなことを」

　アレクシスの告白に、父の顔つきが険しくなる。

「彼女の貞操を奪うような真似はしていません。……世継ぎを残すことが義務だというのなら、私はリーナ以外受けつけられない体です。リーナは十分国益にかなう存在だと思いますが」

「そうか。それならば早急にベアトリスもどこかに嫁がせよう」

　父の決定に、アレクシスが怪訝そうな顔をする。

「おまえが我が王家の血を残せないのなら、ベアトリスしかおるまい？　ベアトリスの子を養子にすればいい。血をつなぐことが王家に生まれた人間の宿命でもある」

「父上！」

「おまえには縁談が来ている。グラキエス王家からの縁談だ」

　アレクシスは息をのんだ。

「だから、おまえのお気に入りの娘を妃にすることはできぬ。もとよりその資格のない娘であろう。どうしてもというのなら愛妾として手元に置くがよい。まあ、グラキエスの王女次第だな。王女が否と言えば、お気に入りの娘を愛妾とすることは控えろ。国と国との関係に関わる」

父の眼差しは相変わらず冷ややかだ。アレクシスのことを愚か者と思っていることがわかる。

「おまえのお気に入りの娘は銀髪だと聞いている。グラキエスの王女も銀髪だ。年も近いし、そう変わりはあるまい」

それだけ言うと、父は部屋を出ていく。

アレクシスは誰もいなくなった部屋の真ん中で立ち尽くした。

＊＊＊

オーデンの視察から戻った当日と翌日、リーナは休みを与えられた。カイルによると呪術師が見つかり、無事にアレクシスの呪いが解けたらしい、とのことだった。

「呪いが解けているかどうか、経過観察中なんですよ。その間、リーナ嬢もお休みです。今まで休みの日もお出かけ禁止でしたから、気分転換に外出されてもいいですよ」

カイルがにこやかにそう声をかけてくる。

「……皆さん、アレクシス殿下の呪いが解けて喜んでいらっしゃいますか……？」

笑顔ということは、カイルは解呪を喜んでいるのだ。カイルが喜んでいるということは、ヴィスリーだって喜んでいる。

そう思って聞いてみると、

「そうですね。みんな喜んでいると思います。……でも、正直なことを言えば、オレは少し寂しいですね。リーナ嬢がいるのが当たり前になっていましたから、時計を見ながらリーナ嬢を連れてアレクシス殿下のもとに行くことはもうないんだな……と。きっと、アレクシス殿下も同じお気持ちでしょう」

カイルが、しみじみと答える。

「……そうだと嬉しいです」

カイルの言葉に、リーナは力なく微笑む。カイルの言葉はありがたいが、手放しで喜ぶ気にはなれなかった。

カイルには外出をすすめられたが体中が痛むので出かける気にもなれず、リーナは与えられた部屋でぼんやりして過ごすことにする。

——呪いが解けた、ということは、私はいよいよお払い箱なのね。

アレクシスはどうしているだろう。どうして会えないのだろう。これは、アレクシスが我に返って冷静になったからだろうか。リーナのことは、どうでもよくなってしまったのだろうか。

そうなるのではないかと思っていたし、アレクシスのためにはそうなったほうがいいとも思っていたが、いざ現実となると胸が締めつけられる。

——毒消し任務が終わりということは、ここも出ていかなければならないのね……。

そういう契約を交わした。覚えている。

リーナはベッドに腰かけ、深くため息をついた。

休暇二日目の午後、ヴィスリーからの呼び出しを受ける。

「アレクシス殿下の呪いは解けました。ご協力に感謝しますよ、バートン嬢」

ヴィスリーは実に満足そうだ。得体の知れない娘をようやく追い出せるとあって、嬉しさが隠しきれないというのが伝わってくる。

「お約束のものです。どうぞご確認を」

そう言って、金額が記載された小切手が渡される。

金額は千五百万ギリン。リーナの言い値よりも五百万ギリン上乗せされている。

「契約の報酬金にいくらか上乗せさせていただきました。あなたの献身を評価した金額ですよ」

——私の献身を評価した金額……？

意味深な言い回しだと思うのは、考えすぎだろうか。

カイルから、アレクシスの呪いは解けたようだと聞かされていたので、ヴィスリーに呼び出された時点で覚悟はしていた。それでもやはり現実に直面してしまうと、動揺してしまう自分がいる。

「ありがとうございます。あの、最後に、アレクシス殿下にお別れを……」

ただ最後に、本当に呪いが解けているのかアレクシスに会って確かめたかった。

「それはできません。最初に交わした契約書に、『呪いが解けた暁には速やかに関係を解消し、その後の接触はしない』とあったのを覚えていらっしゃいますかな？　また『契約締結後、いかなる内容の変更も認めないこと』という項目も。これはバートン嬢の意見です」

リーナの申し出を、ヴィスリーがあっさりと却下する。

覚えている。契約内容が覆されるのが嫌で、その文言を入れたのだ。

「つまり、呪いが解けた今、あなたとアレクシス殿下の関係は解消され、二度と接触しない。これは守っていただきますよ」

「でも、私には毒消し係として、アレクシス殿下が本当に……」

「昨日一日、何事もなく過ごすことができたのが何よりの証拠。侍医による診察も受けており、特に異常がないことも確認済みです」

一縷の望みも目の前でバッサリと切り捨てられ、リーナはこぶしを握り締めた。最後にきちんとお別れの挨拶をしたいだけなのに、それすらも許してもらえないのか。

「つきましては、明日の朝一番に王宮からご退去願えますか？　いつまでも居座られても困りますのでね。ああ……制服は返却を」

「わかっております」

早く出ていけと言われ、リーナはつい強い口調で返事をする。言われなくても、いつまでも居座ったりなどしないし、近衛騎士団の制服を悪用したりするつもりもない。

「そうそう、そういえばあなた宛てに手紙が届いていたのでお渡ししておきます」

そんなリーナを満足そうに見ていたヴィスリーがふと思い出したように、ポケットから封筒を取り出す。受け取って差出人を見ると、バンスブルー大学の文字。もうこの大学とはなんの関係もないはずなのに、なぜ。

「あなたの幸せを願っていますよ。バートン嬢。では、失礼します」

ヴィスリーがリーナに慇懃（いんぎん）な口調で声をかけ、踵を返す。

「今までありがとうございました」

リーナはもらった小切手と封筒を握り締め、ヴィスリーの背中に向かって頭を下げた。最後の最後までヴィスリーから下に見られたことが悔しかった。

部屋に戻り、バンスブルー大学からの封筒を開けてみる。中にはバンスブルー大学宛てにフェルドクリフ家の弁護士が送った封筒が入っていた。どうやらリーナ宛ての封筒がバンスブルー大学に届いたので、転送されてきたようだ。

中の封筒を開けると、リーナの戸籍変更が完了したという通知が出てきた。

リーナはその通知をしばらく見つめていた。

もう、ため息も出ない。

ついにリーナ・クラン・フェルドクリフから、リーナ・バートンになってしまった。姓こそシリルと同じだが、戸籍の上では縁者が一人もいない、一人ぼっちの存在。それが、リーナ・バートンだ。

——お父様が生きていれば。せめてお母様がこの国の人間なら。それなら私は一人ぼっちにならなくて済んだのかしら。本当に大切な人に好きだよと言ってもらえる人生だったのかしら。

起きてしまったことはどうしようもないし、泣いて運命が変わるわけではない。

父に言われてからできるだけその考えで生きていたけれど、今ほど過去が違っていればと思ったことはない。

両親は早世し、継母には家から出ていけと言われ、学園でも輪の中に入れなくて、差別せず採用してくれたバンスブルー大学には行くことができず、代わりに用意されたのは期間限定の職場。

過去は変えられないから、自分なりにいい未来が来るようにと努力してきたつもりだ。なのに、どこにいてもうまくいかない。

好きになった人にお別れの挨拶すらできない。別に、アレクシスに想いを伝えたいとか、すがりついて王宮にいたいとお願いするとか、そんなことをするつもりはまったくないのに。ただ、最後に一目会いたかっただけなのに。自分の運命は、そんなささやかな希望すら叶えられない。自分には希望通りの未来なんて、手に入らないのかもしれない。どんなに努力をしても、無駄なのかもしれない。

——もう、疲れちゃったわ……。

リーナは窓の外に目をやった。

空は晴れ渡り、悲しくなるほど美しい青が広がっていた。

その日のうちに荷物をまとめ、最後に近衛騎士団の詰め所に行き、カイルに制服を返却する。かっこいいデザインを気に入っていたが、着用できたのはひと月ほどだった。

「あなたに感謝します、リーナ嬢。あなたの献身ぶりに、アレクシス殿下も救われたことでしょう。……寂しくなりますね」

仕事に忠実で、リーナを見張る役目も持っていたカイルが、ほんの少しだけ目つきを緩める。

「アレクシス殿下は、どんなご様子ですか？　最後にお会いして、お別れのご挨拶だけでもと思ったのですが、契約の都合上、難しいようなので……」

「以前と変わらず、健やかにお過ごしですよ。呪いの一件があっても、大きな問題もなく過ごせたのは間違いなくリーナ嬢のおかげです。アレクシス殿下もきっと感謝の念を抱いていると思います。アレクシス殿下に伝えたいことがありましたら、承りましょう」

カイルの申し出に、それなら一筆書こうかなと思ったが、思い直し、リーナは首から鎖を外すと、服の中から鍵を引っ張り出し、鎖ごとカイルに手渡した。

「これは……？」

「私の大切なものです。私の最後の挨拶の代わりに、アレクシス殿下にお渡しください」

大切な人ができたら使うよう父に言われたものだが、もう恋をすることはないだろうし、実家も出たのだからこの鍵を使うことはない。それなら、アレクシスに持っていてほしかった。自己満足にすぎないし、アレクシスがこれをどうするかはわからないけれど、自分が彼を好きだったという証を残しておきたかった。

「わかりました。必ず、アレクシス殿下に渡しておきます」

カイルが微笑み、鍵をしっかりと握り込む。

「そろそろ時間ですね。リーナ嬢もお元気で」

「はい。カイル様も。……今までお世話になりました」

リーナはカイルに頭を下げ、詰め所をあとにした。

両手にひとつずつトランクを持って壮麗な玄関ホールに赴くと、最初にリーナを王宮に連れてきた使者が立っていた。彼に促され、正面につけられていた黒塗りの馬車に乗る。人生で二度目の高級馬車だ。

「どちらに向かいますか」

乗り込む際に聞かれたが、リーナには行くあてがない。

「この近くに王宮に用がある貴族が使うホテルがあります。アレクシス殿下から、もし宿泊先が決まっていないようならそこに案内するようにと仰せつかっております。費用はこちらで持ちますのでご安心を」

言葉に詰まると、使者はそう気を利かせてくれた。

最後まで至れり尽くせりである。アレクシスの餞別なのだろう。

馬車が出発する。

後ろは振り返らなかった。

第五章　王子様は私なしでは生きられないそう

街路樹として植えられているポプラから、白い綿毛がふわふわと飛ぶ季節がやってきた。初夏の王都ベルンの片隅で、リーナは出かけるついでに、スタンドで売っていた新聞を購入する。

王宮から出た数日はアレクシスが押さえてくれたホテルに泊まっていたリーナだが、ホテルのコンシェルジュに若い娘が一人でも長期滞在できる宿を教えてもらい、今はそちらに移っている。

王宮を出たあと、リーナは真っ先に銀行に行き、継母に対して一千万ギリンを振り込んだ。これで継母とはきれいさっぱりお別れだ。

――さようなら、お父様、お母様。そして、リーナ・クラン・フェルドクリフとしての私。

そして残ったお金で、リーナはしばらく王都に滞在することにした。地方よりも王都のほうが仕事は見つかるだろうと思ったのだ。もう学費返済のことは考えなくていいので、身の丈に合った暮らしができる収入を得られればいい。高望みはするまい。

そうは思うが、職探しをする元気は出ない。シリルとエドアルドくらいには近況を知らせたほうがいいと思うものの、手紙を書く気力が起こらず、身の振り方が決まってからにしようとずるずる先延ばしにしていた。

そんなわけでリーナは、日がな一日ぼんやりとしていることが多かった。

理由はやはりアレクシスのことだ。

——呪いが解けたあと、アレクシス殿下から何もないのも、そういうことよね。

確かに呪いが解けたら速やかに関係は解消し、二度と接触しないという契約ではあった。けれど、労いの一言もなく小切手一枚を渡されて出ていけ、なんて、あんまりではないだろうか。

——アレクシス殿下にとって呪いに振り回された日々は、思い出したくもない出来事になっているのかもしれないわ。

アレクシスの性格からして、自分が世話になった人間になんの言葉もかけないとは考えにくい。だからこそ、事実から導かれる結論にどうしても気分が落ち込む。

——いいえ、これでよかったのよ。アレクシス殿下が呪いをかけられる前の日々に戻れた、ということなのだから。

もともとリーナとアレクシスは交わるはずもない運命だ。呪いで一時重なっただけで、今の状態が正常なのだ。そう思うのに、アレクシスのことばかり考えてしまう。

もう、氷色の瞳を間近で見ることもないし、彼の声を隣で聞くこともできない。あの大きな手に触ることもない。それがこんなに寂しいなんて……。

ずっと一緒にいたから、心の大部分がアレクシスで占められてしまった。今はそこにぽっかりと穴があいてしまったような感じだ。

仕事探しのことを考えなくちゃ、この先のことを考えなくちゃと思っても、心はすぐにアレクシスと過ごした日々に帰っていく。

見張り塔で笑い合ったこと、ベアトリスから庇ってくれたこと、オーデンに向かう列車でこれまでの自分を褒めてくれたこと。

助けに来てくれた時のことは、今思い出しても胸の奥が熱くなる。

そして、ベアトリスと喧嘩はしていないか、あれほど苦手としている女性と関わることになって困ったことになってはいないか、何よりまた無理をしていないかと心配をしてしまうのだ。

——もう縁は切れたのに。

わかってはいるのだが、気がつくとアレクシスの面影を探している自分がいる。癖のある黒髪の男性を見かけると、はっとしてしまう。

こんな町中にいるわけがないのに。

アレクシスに会えなくて寂しい。彼に会いたい。そんなことばかり考えてしまう。もう会うことは叶わないのに。

だからこそなんとか前向きになろうと、リーナはなるべく出歩くようにした。メソメソしていたら、天国の両親が悲しむ。リーナの幸せを願っていた両親を悲しませたくはないのだ。

公園をそぞろ歩きしたり、図書館に行ったり、カフェテリアに行ってみたり。クライトン先生も訪ねた。近況を詳しく聞かれても困るので、バンスブルー大学の仕事については、出発直前に体調を崩して寝込んでいる間に内定が取り消されたことにしておいた。

『なんという不運なの』

クライトン先生にはいたく同情され、また仕事探しを手伝おうかと提案されたが、やんわりと断った。王宮からの手切れ金でしばらくは生きていけるし、再びクライトン先生に迷惑をかけるわけにはいかない。

図書館からの帰り際、賑やかに歩く女学生たちを見て懐かしい気持ちになる。つい最近まで自分も制服を着て校内を歩いていたというのに、ずいぶん遠く感じる。

もう、ボーフォール学園の生徒でもない。フェルドクリフ家の娘でもないし、近衛騎士団の事務官でもない。アレクシスの毒消し係でもない。リーナには何もない。

寄る辺のない孤独と不安は、想像していたよりもずっと大きい。

虚ろな心を抱えてリーナがぼんやりしているうちに、いつの間にか季節は移ろう。いろいろあった四月が過ぎ、新緑の五月が過ぎ、ポプラの綿毛が舞う六月が来てしまった。

足元を、綿毛が転がっていく。

——もうひと月以上もぼんやりしているわ。そろそろ仕事を見つけて、住まいを定め、自分の生活を始めなくちゃ。天国のお父様とお母様が心配してしまう。

まずは新聞の求人欄をチェックだ。そう思って、部屋を出てきた。クルック通りのあちこちにあるスタンドのひとつで新聞を買ってから、行きつけのカフェに入る。注文をして、飲み物を受け取り、町並みと王宮をいっぺんに眺めることができる席に座ると、先ほどの新聞を開いた。

一面にはグラキエス王女訪問に関する記事。

二か月前、グラキエスとの修好条約及び軍事同盟が成立したことにより、この国ではにわかにグラキエスブームが起きていた。今まで敬遠していたくせに、現金なものだ。

国交樹立を記念し、もうすぐグラキエスの王女がこの国を表敬訪問する。王女の名前はエリザベータ・ノエル・アスローン。年齢は二十歳。世間では、この訪問はアレクシスとエリザベータの実質的な見合いであろうと噂されていた。リーナもそう思う。今まで完全中立主義、鎖国政策を取ってきた孤高の王国のたった一人の王女がわざわざ赴いてくるのだ。そうとしか思えない。

アレクシスを取り巻く状況は動き出している。王宮を出たあの日から時間が止まっているのは、自分だけのような気がして寂しくなる。

――アレクシス殿下の女性嫌いは治っているかしら。……治っているといいな……。

アレクシスのことは今でも好きだ。でも彼とどうこうなりたいという気持ちはまったくない。ただ、好きになった人には幸せになってもらいたい。そうすれば自分の行き場のない恋をようやく終わらせることができる気がする。

新聞には連日グラキエスの情報が載っている。今までどうやっても知ることができなかった母の祖国の様子が、明らかになる。グラキエスがベルンスターとの新しい関係を歓迎していることがわかる記事の内容に、リーナは少し嬉しくて、同時に誇らしい気持ちになった。

アレクシスのやったことが、グラキエス側にも評価されている。

彼の大きな手はちゃんと、この国を導いてくれる。

そして次は、グラキエスの王女の手を取るだろう。

悪くない組み合わせだ。

＊＊＊

空は晴れ渡り、どこからか飛んできたポプラの綿毛が足元を転がっている。

アレクシスは正装姿で王宮の正面に立っていた。

傍らには父である国王がいる。グラキエスの王女を迎えるにあたり、代理であるアレクシスとベアトリスだけでは失礼にあたるということで、南の離宮からこのためにやってきたのだ。父を挟んで反対側にはこれまた正装姿のベアトリス。目の前には儀仗兵が整列中だ。もうじきグラキエスの王女がやってくる。

表情には出さないものの、アレクシスは浮かない気持ちで王宮前の広場を見つめていた。

グラキエスから王女の表敬訪問を打診されたのは、四月の使節団訪問の直後だった。

隣国レグルスと敵対関係にある国の中から、グラキエスを選んで同盟を持ちかけたのはアレクシスだ。かつては海の覇者として名を馳せたグラキエスも、昨今は勢力を増す大陸国家に押され気味で、中立主義も鎖国政策も崩壊秒読みと囁かれてはいた。とはいえ、ベルンスターとグラキエスは距離があるので、今まで交流らしい交流は持ったことがない。果たしてアレクシスの話に乗ってくるか、それはわからなかった。

わからなかったから、乗ってきた時には本当に驚いたものだ。

父が離宮に引きこもり、国王の代理を任された時、王太子らしく何かしなければと考えて、アレクシスはグラキエスに軍事同盟を持ちかけた。五年前のことだ。そしてこの五年、水面下でいろいろとやり取りをした。時間がかかったのは、途中でレグルスと小競り合いが起き、そちらに対応していたせいだ。

——その仕上げに王女とはね……。

グラキエスとベルンスターでは、グラキエスのほうが国力は上だ。にもかかわらず、グラキエスのほうが前のめりな姿勢を見せるのは、この新たな関係を盤石なものにしたいと考えているからだろう。

王宮の正門が開かれ、待ち構えていた楽団によってファンファーレが鳴る。

どうやら王女ご一行が到着したらしい。


二か月前。

父から縁談の話を聞かされたあと、すぐにリーナに会いに行こうとした。だがヴィスリーにより「契約で関係解消後の面会はできないことになっている」「契約内容の変更もできない」と、リーナがアレクシスと交わした契約書を突きつけられ、行くことができなかった。

その代わり、リーナを見送ったカイルから一本の鍵を渡された。

「これは？」

「リーナ嬢からアレクシス殿下にお渡しくださいと頼まれたものです。大切なものだと言っておりましたよ」

「……ほかには？」

「アレクシス殿下のお体を案じておりました」

「……」

最後の最後まで優しさを見せたリーナに切なくなりながら、アレクシスは手渡された鍵を見つめた。年季が入った鍵には細い鎖が通してあり、リーナが首からかけて持ち歩いていたものだろうことがうかがえる。

「リーナ嬢、約束の金額より多めの報酬金をもらって、ようやく王宮から解放されるというのに、少しも嬉しそうにはしていませんでした。最初に会った時は、お金を受け取ったらさっさと出ていってやる、という感じだったのに、不思議ですよね」

不意に、カイルがリーナの様子を話し始める。顔を上げれば、いつもよりも穏やかな表情をしたカイルと目が合った。

「最後に、アレクシス殿下にもう一度会いたがっているように見えました」

「……そうか」

「アレクシス殿下も、最後に会いたかったのではないですか？」

「……契約は守れと言ってきたのは、おまえの父親なんだがな」

何を言っているんだと、アレクシスはカイルを睨んだ。

「別に常に父の言いなりになる必要なんてないでしょう。アレクシス殿下のほうが立場は上なのですから。それに、その契約って、そんなに大切なものだったんですか？　アレクシス殿下、本当に大切なものを見誤ってはいませんか？」

「……どうしたんだ、急に。おまえは俺とリーナが近づくのは反対だったんじゃないのか」

アレクシスが怪訝そうに聞き返すと、カイルが「ええ」と頷いた。

「最初は警戒していましたよ。でも、リーナ嬢に悪意がないことはすぐにわかりました。アレクシス殿下も、そこに惹かれたのではありませんか？」

「……」

「アレクシス殿下が我慢強いのは知っていますが、オレは、もっとご自分の気持ちを大切にされてもいいと思いますね。一生後悔することになりかねませんよ」

カイルはそう言うと、頭を下げてアレクシスの前を辞した。

アレクシスは改めて手の中の鍵を見つめた。なぜリーナが大切な鍵をアレクシスに託したのか、それはわからない。ただ、リーナのもので手元に残ったのはこの鍵しかない。

「……俺に、どうしろと言うんだよ……」

アレクシスは鍵を握り締め、呻くように呟く。

リーナ本人には拒絶され、父の説得には失敗。あげく、同盟国からの縁談が来ている。自分の気持ちを大切にするも何も……。

突然放り出されることになってしまい、リーナはどう思っただろう。アレクシスのことを「薄情な男だ」と思ったのではないだろうか。

誤解だ。面倒な呪いに最後まで付き合ってくれたリーナには感謝してもしきれない。それに、呪いは解けても気持ちは変わっていない。そう告げたかったが、ヴィスリーが目を光らせているのでリーナに接触を図ることができない。

やがてアレクシスは呪いにかかる前と変わらない、公務に追われる日々に戻っていった。アレクシスにできることは、リーナに見張りをつけて困ってはいないか、危険な目に遭ってはいないかを確認するくらいだった。

リーナは、王宮から出て数日はアレクシスが手配したホテルに泊まっていたが、すぐに長期滞在者用の安宿に移った。その安宿は、アレクシスが手を回して用意したものだ。リーナの安全を考え、治安のいい場所にある宿を丸ごと貸り、ホテルのコンシェルジュを買収してリーナを誘導した。見張りの何人かは宿泊客に偽装させている。ある程度はリーナの安全を確保できるだろう。

リーナのことだからすぐに職探しを始めるかと思ったが、散歩に出かけたり、買い物をしたりしてのんびり過ごしているようだ。

リーナが健やかに日々を送っていることは喜ばしい。しかし、アレクシスのいない日常に戻っていくのはつらい。

口実さえあれば連れ戻せるのに、どこを見渡してもそんなものは見当たらない。

時間がたつほどにリーナの状況はもちろん、自分の状況も変わっていく。それを止めることができないことに焦りを覚える。

ゆっくりと馬車が近づき、正面に停まる。ドアが開かれ、中から異国の服を着た女性が降り立つ。長い銀色の髪の毛をきれいに結い上げ、にっこりと微笑む王女の瞳は菫色。その姿に、アレクシスは息をのんだ。

王女がゆっくりと近づいてきて、まずは国王に挨拶をする。

「初めまして、アレクシス殿下。エリザベータ・ノエル・アスローンと申します」

そこにいたのは、リーナ・バートンによく似た女性だった。

「このたびはわたくしたちと新しい関係を築いてくださり、ありがとうございます。わたくしたちはもちろん、グラキエスの国民も歓迎しておりますわ」

一通り歓迎の式典が終わり、アレクシスとベアトリスは休憩と親睦を深める目的で、エリザベータとお茶の時間を持つことにした。場所は王宮にたくさんある応接間のひとつ。明るい陽射しが降り注ぎ、ベルン王宮自慢の庭園がよく見える部屋だ。

エリザベータが微笑みながら優雅な手つきでカップを手にする。

アレクシスは不思議な気持ちで、そんなエリザベータを見つめていた。

よく見れば顔の輪郭も目鼻立ちも違うのだが、全体的な雰囲気がリーナによく似ている。そのせいか、いつも女性を前にすると現れる吐き気が、不思議と現れない。

「それに、ほっとしましたのよ。大陸でのわたくしたちの評判は悪いものですから。でもスウェレンの港から王都ベルンに至るまでの沿道に、それは大勢の方がいらしてくださって」

エリザベータが微笑む。

しばらく当たり障りのない雑談をしたあと、アレクシスは気になっていたことを聞いてみることにした。

「こちらこそグラキエス最初の同盟相手に選んでくださり、光栄に思います。条約締結後の今だから言えますが、同様の誘いは数多く受けていらっしゃるはずなのに、どうしてベルンスターを選ばれたのでしょうか？」

「そうですわね。確かに、多くの国から開国を求められていました。我々の国の内情から言って、このまま鎖国政策を取り続けることは不可能であろうという結論は、ずいぶん前に出ていましたのよ。ではどこと初めに手を組むか……地理的に近い国とは、過去にいろいろございましたから難しくて。そこに、ベルンスターからお誘いが来たのです。……というのは表向きでございまして」

アレクシスの問いかけに、エリザベータがカップを置く。何やら重要な話があるらしいことに気づき、アレクシスは身構えた。

「実は、父にとって大切な人物が、ベルンスターにいる可能性が高いのです。その方を大っぴらに捜すために、ベルンスターと交流を持つことにしましたの」

「ずいぶん個人的な理由でベルンスターを選ばれたのですね」

ベアトリスが驚きを隠せない様子で呟く。その様子を見て、エリザベータが笑みを浮かべたまま頷いた。

「もちろん、それだけが理由ではありませんが、決め手のひとつにはなりました。その方の行方を捜すのも、わたくしがこちらを訪問いたしました目的のひとつです」

「どのような方なのですか？」

アレクシスの質問に、エリザベータが菫色の瞳を向けてくる。

「父の妹、わたくしにとっては叔母にあたる方が、ベルンスターの貴族の男性と駆け落ちしましたの。今からちょうど二十年前になりますでしょうか」

「駆け落ち、ですか」

アレクシスが驚いて聞き返すと、エリザベータは「ええ」と頷いた。

「我が国の船が海難事故に遭った船から救い出した乗客の一人に、ベルンスター出身の貴公子がいたのです。叔母は奉仕活動が好きな人で、よく身分を隠して困っている人たちを助けて回っていたそうですが、その叔母がこの遭難者の世話をすることになり……あとはよくある話です。貴公子と恋仲になって、何も言わずに王宮から出ていきました。叔母は病にかかり亡くなったことにされましたが、祖父母も父も、ずっと行方を捜していたのです」

エリザベータの話に、アレクシスは目を見開いた。

――まさか……。

リーナの父親には若い頃に大陸を旅した記録が残っている。時期的に、この旅の間にグラキエス人女性と知り合って、彼女をベルンスターに連れてきたはずだ。それから間もなく、彼女は一人娘の命と引き換えにこの世を去った。

――符号が一致する。何より、王女とリーナは似ている。リーナは今年で十九歳。

もしそうなら、エリザベータとリーナはイトコ同士になる。リーナはグラキエスの血のほうが強く出ているから、エリザベータと似ていてもおかしくない。

「ベルンスターとグラキエスは行き来がありません。銀髪は目立つはずです。そういう目論見もあって、ベルンスターからのお誘いを受けることにしました。銀髪の女性を妻に持つ貴族の話を聞いたことはありませんか？」

「……エリザベータ殿下によく似た顔の娘なら、見かけたことがありますわね……」

なんと答えようかアレクシスが思案している間に、ベアトリスが答えてしまう。

「本当ですか⁉　素晴らしいわ、こんなにすぐに見つかるなんて！」

エリザベータが顔を輝かせる。

「その方に会わせていただくことはできませんか⁉　叔母の消息をつかむことが、家族の悲願なのです。特に父は……どうやら叔母と最後に会話をしたのが父らしくて……言い合いになり、叔母を泣かせてしまったことをいまだに悔やんでいると、申しておりました」

エリザベータを前に、アレクシスは複雑な気持ちになった。

現在のリーナは、両親を亡くし、実家から縁が切られ、天涯孤独になっている。もし、エリザベータとリーナに血縁関係があるのなら、リーナにとっては嬉しい知らせだろう。

——しかし、これが本当なら、リーナはどうなる……？

駆け落ちから二十年、妹の行方を捜し続けていたというグラキエスの国王は、妹の忘れ形見であるリーナを引き取ろうとするのではないか？　リーナもグラキエスを訪れてみたいと言っていた。血のつながった人々が迎えてくれるのなら、そのままグラキエスに留まってしまうかもしれない。

グラキエスは遠い。そして、自分の立場では気軽に訪れることができない。リーナとの間に距離が開いてしまう。

だが、リーナの力になれるものならなりたい。

エリザベータとベアトリスは会話を続けている。その声を聞きながら、アレクシスはリーナのことを考えていた。

「あの娘じゃないの。銀髪の新人ちゃん」

エリザベータが宿泊用の部屋に引き下がったあと、応接間に残ったベアトリスがアレクシスにそう切り出す。

「あの娘、グラキエス国王の姪でエリザベータ王女のイトコということになるのね。こんなことってある!?」

へぇえ、すごい、とベアトリスは興奮気味だ。アレクシスはそんなベアトリスを冷めた目で見つめた。あれだけリーナに対しひどい仕打ちをしたくせに、今さら関心を向けられても困る。

「ですが、リーナの母親がグラキエス王女であることを証明してくれるものは何もありません。リーナの継母にあたる人が、すべて処分してしまったということですから」

「あの顔が証拠でしょ!? そっくりじゃないの」

「他人の空似の可能性は否定できません。赤の他人を捜し人だと押しつけてしまっては、エリザベータ殿下にとってもリーナにとっても悲劇です。ことは慎重に運びたい。姉上も勝手なことはなさらないように」

ベアトリスはおもしろいもの、気になるものには首を突っ込みたがる性格をしている。引っかき回されてリーナが傷つくようなことだけはしたくない。そう思ってアレクシスが釘を刺すと、ベアトリスは「偉そうに」と頬をふくらませた。

エリザベータとリーナを引き合わせるのは簡単だ。リーナは今も王都にいるのだから。だが、もし間違っていたら大変なことになる。

――リーナの出生届によると、リーナはフェルドクリフ家の屋敷で生まれている。そういえば、リーナの通名「バートン」は、フェルドクリフ家の執事の名前だったたな。保証人になるくらいだ、縁が深いに違いない。もしかしたら、リーナの母親本人を知っている可能性もある。

――まずはシリル・バートンに当たるか……。

そう判断したアレクシスは、侍従に「フェルドクリフ家の執事をしていたシリル・バートン」について調べるように指示をする。時間がかかるかと思いきや、その日の夕方にはオーデンの近くに息子夫婦と住んでいることがわかった。

一刻も早くシリルと連絡が取りたいアレクシスは、「グスタフの亡くなった内縁の妻とリーナの相続について聞きたい」と、手紙ではなく電報を使って連絡を入れさせた。

シリルはリーナの父親が亡くなった時に執事をしていたのだから、リーナの母親についても、リーナの相続についても何か知っている可能性が高い。

リーナの相続に関しては違和感があるため、ずっと探りを入れている。しかし、書類上は問題がないので、アレクシスとしてはこれ以上どうしようもできないでいた。だが、シリルならどうだろう。

驚くべきことに、翌朝、シリルから電報で返事があった。午前中の汽車に乗って王都に向かうという。夕方には到着するそうだ。

「そういう方がいらっしゃるなら、ぜひわたくしもお会いしてみたいですわ！」

電報を受け取ったあと「叔母かもしれない人を知っている可能性がある人物に話を聞いてみる」という話をしたら、エリザベータは勢いよく食いついてきた。

「ですが、その人物がエリザベータ殿下の捜している人物の関係者かどうかは、まだわからないのですよ？」

「関係者ではないという証拠もないのでしょう？　それならば、話を聞く価値があります。わたくしはそのためにはるばるベルンスターまで来たのですから」

行方がわからなくなった家族を見つけたいというエリザベータの純粋な気持ちに、アレクシスは目の覚める思いだった。

「……家族思いなのですね」

「叔母のことは、幼い頃から父がよく話をしてくれましたから。……だって、気になりませんか⁉　王女が駆け落ちですよ⁉　素敵すぎます！」

しんみりした話をしているのかと思いきや、エリザベータが突然叫んで、自分で自分の体を抱きしめる。

——気になるのはそこなのか……⁉

態度の豹変ぶりと論点のずれに、アレクシスは呆気に取られた。だが、妖精の見た目に反する性格をしている点は、なんだかリーナと似ていなくもない……気がした。

そして朝方届いた電報通り、夕方、シリル・バートンが王宮を訪れた。

晩餐会の開始時間を遅らせろと侍従長に命じ、アレクシスはエリザベータを伴ってシリルが待つ部屋に向かう。

シリルは白髪と顔の皺から高齢であると察せられたが、背筋のピンと伸びた男性だった。駅から直行してきたようで、手にはトランクを持っている。アレクシスとともに部屋に現れたエリザベータを見た瞬間に息をのんだところから、リーナを連想したに違いない。

「遠路はるばる駆けつけていただき、感謝する。こちらはグラキエスのエリザベータ王女だ。この話と無関係ではないので、同席を許していただきたい」

そう言ってアレクシスは、部屋の真ん中にあるテーブルにシリルとエリザベータを促す。

「こちらこそ、王宮にお招きいただきありがとうございます。シリル・バートンです。旦那様やリーナお嬢様についてお聞きしたいことがあるそうですが、どういうことでしょうか？　エド……いえ、リーナお嬢様の弟君からの手紙には、リーナお嬢様がこちらに勤めていると書かれてありましたが、その、何か問題でも起こしましたか……？」

シリルがおそるおそるといった感じで聞いてくる。確かに、いきなり「リーナの母親やリーナの相続について聞きたい」などと言って呼び出されたら、リーナが何かトラブルを起こしたと思ってもしかたがない。

「いや、そうではない。実は、こちらのエリザベータ殿下が捜しておられるお身内が、亡きグスタフ氏の内縁の妻の可能性があるのだ。それで、彼女を知っているかもしれないシリル殿に話をお聞かせ願えないだろうかと思った次第だ」

「……奥様が……？」

シリルは呆然と呟き、しばらくエリザベータを見つめた。

「……確かに、奥様とそちらのエリザベータ殿下は、似ていらっしゃる気がいたしますが……」

「わたくしの叔母は二十年ほど前、海難事故に遭って保護したベルンスター人の貴公子と一緒に、国を出ていきましたの。お心当たりはございませんか？」

エリザベータの言葉に、シリルが「ああ……」と、呻きとも感嘆とも取れる声を漏らす。

「確かに……旦那様は外遊中に乗っていた船が遭難し、グラキエスの船に助けられたと申しておりました。そして、美しいグラキエス人の女性を連れてお帰りになりました……覚えています。確かに二十年ほど前のことになりますね。旦那様も奥様も、奥様の素性のことについては決して触れようとはしませんでしたが、高貴な生まれの方であることは一目瞭然でした」

シリルの言葉に、アレクシスとエリザベータは顔を見合わせた。

「私はてっきり、グラキエスの貴族の令嬢かと思っていたのですが……そうですか、エリザベータ殿下の叔母上でしたか……。にわかには信じがたい話ですけれど、私としては、腑に落ちた感じがいたします。奥様が素性について隠していたのは、そういうことだったのですね」

シリルがしみじみと呟く。いろいろと思い出しているのだろう。

「さて……何から話しましょうか」

ことは二十年前にさかのぼる。

リーナの父グスタフは成人を迎えてすぐに二年ほど、見聞を広める目的で大陸を外遊していた。貴族の令息が異国を外遊すること自体は珍しくない。かくいうアレクシスも成人してから一年ほどをかけ、様々な国を見て歩いた。

当時のグスタフはパトリシアと婚約をしており、帰国後、結婚することが決まっていた。ただ、この婚約はパトリシアの実家である侯爵家の意向を大きく反映させた政略的なものであり、グスタフ本人は気乗りしなかったという。だが、相手のほうが格上なので逆らえない。そんな状況の中、グスタフは外遊に出かけていった。

グスタフが事故に巻き込まれたのは、両親が事故で不慮の死を遂げ、予定を切り上げ急いで帰国するために乗った船だった。嵐に襲われ、転覆してしまったのである。そして事故の救助に当たったのが、近くを航行していたグラキエスの軍艦だった。

重傷を負ったグスタフはグラキエスに連れていかれ、そこで一人の娘から手当てを受けた。二人は意気投合し、恋仲になるまで時間はかからなかったらしい。ところが、グラキエスは鎖国政策中で、異国人は長居できない。それにグスタフは国に戻って結婚し、フェルドクリフ家を継がなくてはならない。泣く泣く最愛の人に別れを告げ、船に乗ってグラキエスを離れた……のだが。

「旦那様によると、引き返せないところまで来たあたりで、奥様が姿を現したといいます」

思い切りのいいリーナの母親は、そうしてグスタフとともにベルンスターにやってきた。帰国後、グスタフはパトリシアとの婚約を破棄。この影響で、パトリシアの実家はもちろん、親戚中から縁を切られてしまったという。

「フェルドクリフ家としてはだいぶ厳しい状況に置かれましたが、旦那様は幸せそうでしたよ。奥様も大変気さくで、私たち使用人にも優しかった。旦那様が虜になるのもわかります。私たちもあっという間に、奥様の虜になりましたから」

懐かしそうに、シリルが目を細める。

「先ほども申しましたように、旦那様は奥様の素性については明かしてはくださいませんでした。もちろん奥様ご自身も、一言も。奥様のお名前すら、私たちには秘密でした。ただ、奥様のことを旦那様はリーナ、と呼んでいらっしゃいました。リーナお嬢様の名前は、旦那様が奥様の名前にちなんでつけられたのです」

「……アレクシス殿下。叔母の名前は、エカテリーナというのです。家族からは、リーナと呼ばれておりました」

シリルの言葉を受け、エリザベータが口を開く。

「グスタフ氏の内縁の妻という女性は、エリザベータ殿下の叔母上……グラキエスのエカテリーナ王女の可能性が高そうだな」

アレクシスの言葉に、シリルもエリザベータも異を唱えない。二人とも同じ意見なのだろう。

なぜ、リーナが実の母親の本名すら知らないのか、ようやく腑に落ちた。連れてきたのが一国の王女であることが明るみに出れば、間違いなく外交問題に発展する。リーナの父は、誰にも何も言わないことで妻子を守ろうとしたのだろう。もしかしたら、それがエカテリーナの希望だったのかもしれない。それで、実の娘にすら秘密を貫き、母親が王女であることを隠し通したかったのではないだろうか。

「アレクシス殿下。わたくし、その方にお会いしてみたいですわ」

エリザベータが目を輝かせながら、くるりとアレクシスに顔を向ける。

「……残念だが、彼女は出産後すぐに亡くなっているのです」

「えっ……？」

エリザベータが驚いたような声を上げて固まる。

「そして、その方の遺品はグスタフ氏の正妻がすべて処分してしまったと、その方の一人娘から聞いています。だから、グスタフ氏の内縁の妻が本当にエリザベータ殿下の捜している方なのか、証明ができないのです」

「そ……そう……、ですけれど……、でも、ここまで符号が一致する方がほかにそうそういるとは……」

そこでエリザベータは何やらはっと思い出したように、目を見開く。

「そういえば、叔母様……じゃない、グスタフ様の内縁の奥様のお子様のお名前は、リーナさんとおっしゃるのですよね。シリルさんがおっしゃるには、リーナさんは王宮に勤務中なのでしょう？　リーナさんにお会いできませんか？　ベアトリス殿下も、わたくしによく似た娘を見たことがあるとおっしゃっておりました。血縁関係があるなら、会えばこう、わかるものがあるかもしれません」

「……リーナは、ここにはもういないのです。契約満了で、出ていきました」

アレクシスの言葉に、期待に満ちたエリザベータの顔がみるみる悲しげに曇る。見れば、シリルも同じような表情を浮かべていた。

「では、リーナお嬢様はどこへ行かれたのでしょう？　リーナお嬢様からはなんの連絡もないのです。弟君から王宮で事務官をしているようだと手紙をもらって、安心していたのですが……」

「エドアルドとは頻繁にやりとりをしているのか？」

「年に何度か、という頻度ですね。アレクシス殿下はエドアルド様をご存じで？」

名前を出したからか、シリルが不思議そうに聞いてくる。

「以前、フェルドクリフ家を訪れた時に少し話をした。あの子だけはリーナの味方だったんだな」

「そうですね。エドアルド様はリーナお嬢様に懐いておいででしたから、私が屋敷を出たのを機に連絡を取り合うようになったのです」

フェルドクリフ伯爵の位は、エドアルドの成人とともにパトリシアからエドアルドに譲られることが決まっているのだという。シリルとエドアルドは、そのタイミングでリーナが手放した権利を取り戻したいと考えているのだが、その根拠となる書類が見つからず、難航しているとのことだった。

「書類……というと……相続の？　ここに勤務する都合上、リーナからはいろいろ話を聞いているのだが、彼女の経歴には不可解な点が多いことが気になっていたんだ。今日、シリル殿にご足労いただいたのは、それの確認もしたくて……」

アレクシスはちらりとエリザベータに目をやった。

「わたくしはお邪魔かしら？　それでしたら、退散いたしますわ。ただ、そのリーナさんという方はわたくしのイトコかもしれない方でしょう？　父には現状を伝えなければなりませんから、このまま同席をお許しいただけると嬉しいですわ」

エリザベータの言葉を受け、アレクシスはシリルを見やった。「私は構いませんが」と言いつつも、シリルがアレクシスをうかがう。アレクシス次第、ということらしい。

「そうだな……エリザベータ殿下にもお話を聞いていただこう」

居住まいを正し、アレクシスはシリルに話をするよう促した。

シリルはぽつぽつと、グスタフがリーナの母を連れ帰ってきたところから話を始めた。

リーナが生まれ、母が亡くなった時のこと、元婚約者であるパトリシアが「グスタフの子を身ごもった」と押しかけてきたこと、身に覚えがあるということで責任を取る形でパトリシアと結婚したこと。そのため、リーナはパトリシアからの風当たりが強かったこと、それをグスタフも心配していたこと……。

どうやらグスタフはパトリシアに一服盛られて一夜をともにしたらしい。その話に、アレクシスは久々に吐き気を覚えた。パトリシアは、アレクシスがもっとも苦手とするタイプのようだ。

「そんな経緯ではありますが、旦那様は下のお子様二人をかわいがっておいででしたよ。できれば三人平等に育てたかったようですが、パトリシア様がお許しになりませんでした。お嬢様を王都のボーフォール学園に入れようと思ったのも、そのためです」

「やはり、そうか」

「旦那様は、お嬢様が十歳の時に亡くなられているのですが、直前に遺言状も作成してあります。相続人――つまりパトリシア様に、お嬢様が成人するまでの養育義務と、パトリシア様からの支援がなくても困らないよう、かなりの額をお嬢様に譲るよう書かれました。遺言がその通りに執行されない場合は伯爵位も領地もすべて国に返上することとなっています。私もそれを確認しております。が……」

「……が？」

「旦那様が亡くなったあと、弁護士により公開された遺言状には不備がありました。お嬢様に渡すはずの財産目録がついていなかったのです」

「……どうしてそんなことになるんだ」

「さあ、どうしてでしょうね。直前に弁護士事務所が強盗に入られた事件ならございました。事務所は荒らされていましたが、なくなったのは旦那様の財産目録だけでした。弁護士によると、遺言状にも目録にもすべて控えがあるということで屋敷を探しましたが、控えは見つかりませんでした」

「……」

「ですから、お嬢様への遺言は一部しか実行されなかったのです。話し合いの場では、屋敷に保管されている目録の控えが見つかり次第、お嬢様に財産を譲り渡す、ということになりましたが」

「実行はされていないし、この先される予定もないわけ、だ」

アレクシスの言葉に、シリルが頷く。

――弁護士事務所への襲撃がリーナの継母によるものなら、それは私文書偽造にあたるのではないか？

「リーナはそのことを知っているのか？」

アレクシスの問いに、シリルが首を振る。

「弁護士との話し合いの場に、パトリシア様はお嬢様を同席させませんでした。まだ十歳でしたし、お父様を亡くされて憔悴(しょうすい)されておりましたから。……そのあと、お嬢様の命が大切なら、余計なことを言うなと私も釘を刺されました」

その言葉から誰が首謀者かバレバレではないか。だが、執事とはいえただの雇われの身であるシリルがリーナを守るには、フェルドクリフ家の屋敷でおとなしくするしかなかったのだろう。胸糞(むなくそ)が悪い。

「ボーフォール学園への入学手続きは、パトリシア様が取り消されているものとばかり思っていました。ですから、ボーフォール学園からの入学の案内には大変驚きました」

「それで、借金をさせてでもリーナをボーフォール学園に」

アレクシスの確認に、シリルが頷く。

「その学費なんだが、娘の将来を案じていたグスタフ氏はリーナのために学費を用意していなかったのだろうか？」

「もちろん、進学費用はお嬢様へ譲る財産の中に含まれていました。でも遺言は実行されておりませんから……」

「なるほどな。リーナの継母は金を出してやったと恩着せがましく言うが、逆にリーナが受け取るべき財産を横領していたというわけか」

アレクシスは大きく吐息を漏らした。

「で、目録の控えがない以上、シリル殿たちも動けないということか……」

ふと、アレクシスはリーナから渡された鍵のことを思い出した。リーナが鎖に通して持ち歩いていた鍵だ、フェルドクリフ家の屋敷のどこかの部屋の鍵ではないかと思ったのだ。

胸元から鎖を引っ張り上げ、鍵をシリルに見せる。

「これはどこの鍵だか見覚えがあるか？　リーナがくれたんだ」

「形状から、フェルドクリフ家の地下室のどこかの鍵のように見えます。地上の部屋の鍵はもっと大きいですから。ただ、どこの部屋、とまではわかりません。あの屋敷の地下は迷宮なので、私も把握していない部屋がたくさんあるのです」

確かに、地下室の向こう側に隠し通路があるくらいだ。

「リーナさんがお持ちだったのですから、リーナさんにとって大切なものがしまってあるお部屋なのではないでしょうか？　鍵を託されたということは、アレクシス殿下でしたら入室してもいい、ということだと思います」

エリザベータが、口を挟む。

「旦那様の隠し部屋の可能性は大いにあり得ますね。部屋数も多いですし。その鍵をリーナお嬢様にひそかに譲っておられたのかも……」

シリルも頷く。

——リーナはこの部屋に何があるのか知っているのか？

それはわからないが、実家から縁を切られてもなお持ち歩いていた鍵だ。リーナにとってこの鍵がとても大切なものだとわかる。確かめてみる価値はあると思う。

「それにしても、リーナさんという方はずいぶんひどい目に遭わされていらっしゃるのね。わたくし、腹が立ってまいりましたわ」

憤慨するエリザベータの声に、アレクシスははっと我に返る。

まったくもって同感だ。

「リーナには世話になった。オーデンに行って、この部屋を確かめてこようと思う。相続の件はこちらからも調査しよう。先ほどの話が本当なら、立派な犯罪だからな。見過ごすことはできない」

「そういうことでしたら、善は急げですわ。明日の予定をキャンセルするとさすがに怒られそうですから、明後日の予定をキャンセルして、明日の夜に出発ということでいかがでしょうか？」

「まさか、ついてくる気ですか？」

エリザベータが思い切りのいい提案をするので驚いて聞き返したら、

「だって、わたくしの滞在時間は限られていますもの、悠長にはしていられませんわ。いけませんか？」

逆に不思議そうに首をかしげられた。

見た目に反して豪胆な行動をするところがリーナと似ている。血のつながりを証明するものは何もないが、リーナとエリザベータには本当に血のつながりがあるような気がする。

「アレクシス殿下！　いったい何を考えているのですか！」

開始時間を遅らせた晩餐会に出席する前に、アレクシスは侍従長を呼びつけて明後日の予定のキャンセルと明日の夜行の手配を頼む。そしてそのまま晩餐会の会場へ向かおうとしたところで、ヴィスリーに呼び止められた。

「誰かから報告がいっていないか？　エリザベータ王女が人を捜しているから、その手伝いだ」

「そんなものは人に命じたらよろしい。アレクシス殿下にもエリザベータ王女にも予定がびっしり詰まっているんですぞ。なぜこんな直前になって予定のキャンセルなど……！」

「俺が動かなくては意味がない」

アレクシスはヴィスリーを睨み返した。

「アレクシス殿下。ご自分のお立場をよくよくお考えください。あなたはこの国の王太子。自分勝手は禁物です」

「それはわかっている。だが、これは俺がエリザベータ王女から依頼された件なんだから、俺が応えるものだろう」

「だとしても、今すぐに応えるべきものなのですか？　優先順位というものがあるでしょう。アルベルト様なら、優先順位を間違われることは……」

「そんなことはわかっている！」

大きな声で言い返すアレクシスを、ヴィスリーがじっと見据える。

ヴィスリーの言う通りだ。人捜しはアレクシス自らがやることではない。今、アレクシスがするべきことは、エリザベータのために組まれた歓迎行事に参加することだ。兄ならどうするだろうかなんて、考えるまでもない。

「本当にわかっていらっしゃるのであれば、おとなしく予定を優先してください」

「それはできない」

「なぜですか。王太子自ら動かなければならないほどのものですか？　エリザベータ王女の頼み事を聞くことが?」

「そうだ」

「それは、エリザベータ王女の心情を思いやってのことですかな。そうであれば私としても歓迎しますが」

ヴィスリーの慎重な様子に、アレクシスは怒りのこもった目を向けた。

今回のエリザベータ訪問中、アレクシスはほとんどの行事でエリザベータをエスコートすることになっている。そう仕組んだのはヴィスリーだ。明らかにアレクシスとエリザベータを近づけようとしている。リーナのことは白い悪魔と蔑んでいたくせに。

「とにかく、明後日の夜には戻る。調整をしておけ」

「無茶を言わないでいただきたい!」

「だったら、姉上を出席させればいい。それくらいの機転を利かせろ、ヴィスリー」

アレクシスはそう言い残すと、困惑する侍従長にもう一度夜行の手配を念押しし、晩餐会の会場へと向かった。

＊＊＊

二日後の朝。

アレクシスはエリザベータ、シリルとともにオーデンの駅に降り立った。護衛としてカイルほか二名の近衛騎士、エリザベータの世話係として侍女が一人、ついてきている。

目立たないようにという配慮なのか、エリザベータはシンプルなデイドレス姿だ。初めての夜行列車だそうだがぐっすり眠れたらしく、元気はつらつといった様子で侍女と話している。

「おまえ、駅で少し休んでいくか……？」

一方、乗り物酔いに加え寝不足でフラフラしているのがカイルだ。

「いえ、大丈夫です」

「そこまで無理しなくても。護衛なら、あと二人ついてきているし」

「無理をすると十分に能力を発揮できなくなりますから、無理はしない主義なんですが、今は無理してでも動く時ですからね。そうでしょう？」

カイルにはリーナの事情を一通り説明してある。カイルはリーナとも親しかったから、知っておいたほうがいいと思ったのだ。

「そうだな」

「帰ったら、いろんな人に怒られますね、きっと」

カイルが青い顔のまま笑う。

予定を土壇場でキャンセルしたので、大勢の人に迷惑をかけてしまった。アレクシスの代役を押しつけられたベアトリスにはものすごく嫌そうな顔をされ、嫌みの嵐を食らった。

兄ならこんなことはしない。王太子が私情を優先させていいわけがない。ましてこれほど大勢の人に迷惑がかかるとわかっていることを押し通してしまうなんて、許されるはずがない。頭ではわかっているが、どうしても今回ばかりは兄と同じ選択肢を取ることができなかった。

時間がたてばたつほどリーナは遠くなる。手が届くうちに、リーナのために動きたかった。

「……まあ、たいしたことじゃない」

怒られる程度で済むのなら安いものだ。

フラフラしているカイルが大丈夫だと言い張るので休憩は入れず、駅前にいる辻馬車をつかまえて、フェルドクリフ家の屋敷を訪ねる。

「これはアレクシス殿下。どうされましたか？　前触れもなくいらっしゃるなんて……」

朝早くに突然フェルドクリフ家の屋敷を訪ねたので、パトリシアは驚いた様子で飛び出してきた。

そしてアレクシスと一緒にいるエリザベータとシリルに気づき、眉をひそめる。

「これはどういうことなの？　どうしてシリルとリーナが、アレクシス殿下と一緒にいるの」

パトリシアはエリザベータをリーナと勘違いしたらしい。

「フェルドクリフ前伯爵の内縁の妻について調査したい」

パトリシアが何か言うよりも先に、アレクシスがエリザベータの前に出て言う。

「内縁の妻？　調査？　なんのことでしょうか」

「グラキエスから私へと直々に、ベルンスターに渡ったグラキエス人女性についての調査依頼が来ている。リーナの母もその候補の一人だ。リーナは母親の身元を証明するものは何も持っていないそうだから、嫁ぎ先であるフェルドクリフ家のこの屋敷を調べさせてもらう」

「そ……そういうことでしたら、前もってご連絡いただけませんと！　急に来られても……」

「急に来られると、何か困ることでも？」

パトリシアを遮り、アレクシスが聞く。

「……十分なおもてなしができません」

パトリシアが一瞬詰まって、答える。

「もてなしは不要だ」

「では、どうぞお好きなだけお調べください。ですが、リーナの母親がこの屋敷にいたのはもうずいぶん昔のことですから、おそらくご期待のものは見つからないと思いますわ」

どうぞ、とパトリシアが屋敷の中に招く。きっぱりと開き直るあたり、リーナの母親に関するものはすべて処分済みなのだろう。もちろん、リーナの相続に関することも、だ。

「おまえはこの屋敷に入ることを許可していないわ、白い悪魔。冷たい北風のごとく、おまえはこの家に災厄を持ってくる。縁を切ったのだから立ち入らないでちょうだい」

アレクシスに続いて中に入ろうとしたエリザベータを、パトリシアが呼び止める。エリザベータの後ろにいたカイルが前に出ようとするが、エリザベータはそんなカイルを押しとどめ、パトリシアに向かってにっこりと笑みを浮かべた。

「でしたら、わたくしを怒らせないようにしたほうがよろしいのではなくて？　わたくしの怒りが招くのは災厄ではなく、グラキエスの艦隊ですもの。聞いたことはございませんか？『黒の艦隊』の名を」

それはかつて海の覇者として名を馳せた、グラキエス艦隊の通称だ。優しげな声音に似つかわしくない剣呑（けんのん）な内容は予想外だったのだろう、パトリシアが虚を衝かれたように固まる。その前を、エリザベータが悠々と通り過ぎていった。エリザベータに合わせ、シリルやカイル、エリザベータの侍女も一緒に屋敷の中に入り込む。

屋敷中から何事かと使用人たちが集まってくる。アレクシスは近くにいた使用人に人数分の明かりを持ってくるように命じ、地下室の入口へと向かった。

以前来たことがあるから場所はわかる。ドアから覗き込むと、中は真っ暗だった。

使用人がランプを持ってくる。それを受け取り、アレクシスは暗い地下迷宮へと踏み込んだ。

――この鍵の部屋が、地下迷宮の奥のほうでなければいいが。

「地下室は基本的に倉庫として使われています。私がいた頃と変わっていなければ、使用中の部屋には鍵がかかっていないはずです」

追いついたシリルがそう教えてくれる。さすが元執事、屋敷のことはよく知っている。感心しつつ、二人で手分けしてドアを確認していく。

シリルの言う通り、使われている部屋には鍵がかかっていなかった。ワインに、野菜に、埃をかぶった器具類……。

手前は鍵のかかっていないドアばかりだ。

二人でドアの開閉を確認する様子を、エリザベータとカイルが明かりを持ってついてきながら見つめている。

「どうして地下からお調べになりますの？　奥に行きすぎますと迷子になって、戻ってくることができなくなりますわよ」

地下室の入口のほうから声が飛んでくる。振り返ると、パトリシアが何人かの使用人たちと地下室の入口に立ち、部屋を検めるアレクシスたちを怖い顔つきで睨んでいた。

それには答えず、アレクシスはドアの開閉を確認していく。

しばらく行くと、部屋のドアに鍵がかかるようになる。

アレクシスは首から鎖を外すと、鍵穴に差し込んでみた。

動かない。

その隣も。

そのまた隣も。

そのまた隣も、鍵は開かない。

――埒（らち）が明かないな……。

開かない部屋のノブを触りながら、ため息をつく。よっぽど長い時間使われていないのだろう。中が錆（さ）びついているのか、びくともしない。

ふと、アレクシスはもう一度鍵を見つめた。

――錆びてないな……。

年季は入っているが、錆は浮いていない。

アレクシスは並ぶドアのノブを注意深く見ながら移動していった。

やがてひとつのドアの前で立ち止まる。明らかに隣の部屋よりもドアノブがきれいだ。手入れがされた形跡がある。

鍵穴に鍵を差し込むと、手応えがあった。

カチリ、という音とともにドアを開け、中を照らす。

狭い部屋だった。だが、立派な書斎でもあった。

テーブルがあり、本棚がある。机の正面の壁には、二枚の肖像画がかかっている。

部屋の中に入り、アレクシスはその肖像画を食い入るように見つめた。

一枚は若い男女の肖像画。男性の髪の毛は黒く、女性の髪の毛は銀色。もう一枚は女性のみの肖像画。まっすぐな銀色の髪の毛に菫色の瞳。彼女はリーナによく似ているが、リーナよりも甘い顔立ちをしていた。母親そっくりと言われているが、リーナのすっきりした目元は父親似のようだ。

「旦那様と奥様です。お二人の結婚式は大変質素なものでしたから、記念に残るものをと画家に描かせたのです。覚えています」

あとから入ってきたシリルが言う。

アレクシスはなんとはなしに机の引き出しを開けてみる。

そこには一冊の本といくつかの書類が入っていた。本を手に取って中を拾い読みする。

『おなかの赤ちゃんは元気。グスタフが話しかけるとポコポコ動くようになってきた。私の声には反応しないのに』

『グスタフが赤ちゃんの名前を考える。女の子だったらリーナにするみたい。私のエカテリーナから、リーナと名づけるのだそう。家族にリーナが二人もいたら混乱するわね、グスタフはどう呼び分けるつもりかしら？』

『今日は赤ちゃんの産着を作った。着せるのが楽しみ』

出産を間近に控えて幸せそうな、リーナの母親の気持ちがつづられていた。

話を聞く限り、リーナの両親は親戚に認められての結婚ではなかったようだが、リーナの母親は子どもの誕生を心待ちにしていたことがわかる。

後ろから心配そうに覗き込んでくるエリザベータに日記を渡し、アレクシスは引き出しに残っていた書類を引っ張り出した。

ひとつはリーナを嫡子として認めてほしいという嘆願書と、それを却下する王宮からの通知書だった。理由はやはり、グスタフとエカテリーナが正式に結婚していないこと。

貴族の結婚には国王の許可が必要だ。この国の生まれではないエカテリーナと伯爵であるグスタフの結婚は、認められなかったのだろう。

王宮への訴えや、ボーフォール学園への手続きなどを鑑みるに、グスタフも必死でリーナのことを守ろうとしていた。だが一歩及ばなかった。その事実がアレクシスの胸を抉る。実家での扱いや、なかなか就職先が決まらなかった話など、その一歩のせいでリーナがどれほどつらい思いをしてきたのかと思うとやるせない。

憤りにのみ込まれそうになる頭を振り、アレクシスはもうひとつの書類を確認する。生活費、衣装代、進学費用、結婚持参金……かなりの額がリーナへの相続金として記されていた。

「見つけたぞ。目録の控えだ」

アレクシスが言うと、背後にいたエリザベータとシリルがこちらに目を向ける。

思った通り、リーナが金銭的に困らないようにグスタフはちゃんと財産を残していた。

リーナの父はずっと娘の行く末を案じていたのだ。

書類を置き、机の脇にあるキャビネットを開ける。

いくつかの宝石箱が入れられていた。そのうちのもっとも大きなものを取り出してみる。中には豪華な首飾りやブレスレット、指輪などが入っていた。そのうちのひとつ、黄金でできた指輪を手に取る。複雑な紋章が精巧に彫り込まれた指輪は、ずっしりと重たかった。

「竜と互い違いの剣、我がアスローン家の紋章ですわね。わたくしも持っています。紋章の裏に識別番号と持ち主の名前が刻まれているはずです。偽造防止のために」

後ろから覗き込んできたエリザベータが言う。

アレクシスはランプをかざして指輪の裏を確認した。

「エカテリーナ・シャノン・アスローン。識別番号は……」

識別番号を聞き、エリザベータは「本物ですわよ」と頷いた。

「グラキエスでは子どもが生まれるとこうした指輪を作ります。何かあった時、これを家族なり親しい人なりに送りつけると『助けてくれ』という意味になるのです。だから肌身離さず持っていますし、嫁ぎ先にも持っていきます。ただし普段は人には見せません。デザインも識別番号も家族や親しい人だけにしか知らせません」

後ろから覗き込んできたエカテリーナが指輪の説明をする。

アレクシスはまだないかと手を入れてほかの宝石箱を引っ張り出す。ひとつにはお揃いの首飾りと耳飾りが、もうひとつの箱の中にはブローチが。そしてキャビネットの奥には小さな額がある。宝石箱を引き出さなければ気がつかなかった。

額を取り出す。家族の肖像画だった。全員、銀色の髪の毛をしている。背景に竜と互い違いの剣の紋章。間違いなくアスローン家の肖像画だ。

「おじい様には面影がありますわね。こちらの男の子がわたくしの父でしょう。だからこちらの女の子が、叔母様かしら」

横から再びエリザベータが解説をする。

「叔母様はいくつかの品を王宮から持ち出していたのですね。こちらの宝飾類は逃走資金の足しにするつもりだったのかも」

「グスタフ氏はリーナに関する書類だけでなく、妻の正体がわかりそうなものもすべてここに隠していたんだ」

アレクシスが呟くと、傍らのエリザベータも日記をパタンと閉じて頷いた。

この部屋は、グスタフが亡き妻の秘密を守り、偲(しの)ぶための部屋だったのだろう。そしてパトリシアの性格を察し、リーナに関するものをすべてここに避難させた。

ただ、リーナは母親のことを知らないようだったから、リーナ自身はこの部屋に入ったことがない。知っていたら、鍵を人に渡すようなことはできないだろう。

「間違いありませんわね。リーナさんはわたくしのイトコ」

リーナは、グラキエスに親戚がいるかどうかわからない、と言っていた。

――いたじゃないか。

しかも、とんでもないところにつながっていた。リーナはグラキエスの王家の血を引くフェルドクリフ伯爵の娘。

「エリザベータ殿下。もし、リーナがあなたのイトコだとしたら、グラキエスはリーナをどう扱うでしょうか?」

ふと、アレクシスは気になって聞いてみた。

「それはわかりません。父次第といったところではないかと思います」

エリザベータが答える。

「……」

少し考え込んだあと、アレクシスは部屋から身を乗り出し、パトリシアに呼びかけた。

「リーナに譲るはずの財産目録の控えが見つかった。フェルドクリフ伯爵グスタフの署名が入っている、正式なものだ。確か、グスタフ氏の遺言をその通りに執行しない場合は、伯爵位も領地もすべて国に返上するのではなかったか？」

「なんですって……？」

アレクシスが目録の控えをヒラヒラと振ると、パトリシアが目を剝いて地下室の廊下に下りてきた。

「どうしてそこに隠してあるとわかったの⁉　どうして今頃出てくるの⁉　あんなに探しても、どこにもなかったのに‼」

恐ろしい形相になったパトリシアの前に、廊下にいたカイルが立ちはだかる。そのカイルを突き飛ばし、続いて部屋の入口付近にいたシリルを突き飛ばすと、パトリシアが部屋の中に押し入ってきた。

「こちらに渡しなさい！　それはフェルドクリフ家のものよ‼」

相手が王太子であることも忘れたのか、手を伸ばしてアレクシスが持っている書類をひったくろうとする。アレクシスがかわすと、飛びかかる勢いで再びパトリシアが手を伸ばす。

「おやめください！」

そんなパトリシアを、廊下から飛び込んできたカイルが羽交い絞めにして部屋から引きずり出した。

「どうして、どうして今頃、それが！」

パトリシアが髪の毛を振り乱して叫ぶ。ものすごい力なのか、パトリシアを押さえ込んでいるカイルの顔が歪んだ。

「グスタフが白い悪魔を連れ帰った時から、何もかもが狂い始めた！　おまえたちがここに来なければ……！　この疫病神が‼」

「王女への暴言はやめていただきたい。不敬罪で捕まりたいのか」

アレクシスが睨むと、パトリシアがぴたりと動きを止めた。

「お、王女……？　何を言っているの……王女なんて」

パトリシアが虚ろな目でアレクシスを、そしてエリザベータを見る。

エリザベータとリーナはぱっと見た感じの印象は近いが、よくよく見ると違う。エリザベータは丸っこく優しい雰囲気の顔立ちをしているのに対し、リーナはとにかく整っていて凛とした美しさを持っている。

「わたくしはグラキエス王女のエリザベータ。こちらにいたリーナさんは、わたくしのイトコにあたります。間違えるということは、よく似ているみたいね。会うのが楽しみだわ」

エリザベータはにっこり笑ってみせた。

「遺言状にはリーナが成人するまで養育する義務と、リーナが受け取る財産について書いてあった。で、あなたは養育する部分だけを実行したわけだ。リーナは返済の必要がない借金を背負わされたということになる。……この件については追って連絡する。また、この部屋にあるものはすべてこちらで証拠として保全させてもらう。作業を邪魔する場合は容赦しない」

アレクシスはパトリシアを正面から見据えた。

「……イトコ……？　リーナのイトコが王女って……どういうことなの……？　グスタフが連れて帰ったあの娘は、誰なの……？」

パトリシアがぶつぶつと呟く。暴れたせいで髪の毛が乱れ、肩で息をしているパトリシアは、なぜだか一気に老け込んだように見えた。

リーナをいじめ抜いたパトリシアだが、彼女もある意味で運命の犠牲者なのかもしれないと、ふと思った。だが、リーナに対して行ったことが消えるわけではない。

「カイル、伯を執事に引き渡せ。おまえは近衛騎士と屋敷の人間を使って、この部屋のものを運び出すんだ」

それだけ言うと、アレクシスは日記と書類、そしてエカテリーナの指輪を手に、シリルとエリザベータを促して地下室から出る。

リーナの出生の秘密はわかった。

彼女が手にするはずのものもわかった。

彼女のことを気にかけている人がいることもわかった。

血縁がある人も現れた。

早くリーナに教えてやりたい。

どういう反応をするだろう。彼女のことだ、今さら……と言うだろうか。

今さらだろうがなんだろうが、リーナには取り返せるものを手にしてほしい。「泣いても運命は変わらない」と自分に言い聞かせる人生から、救い出してやりたい。

そしてリーナにはもうひとつ知ってほしいことがある。

アレクシス自身の気持ちは、呪いが解けても何ひとつ変わっていないということだ。

今でも心の真ん中にリーナがいるし、リーナにそばにいてほしいと思っている。

呪いのせいでおかしな行動をしたと思われているが、呪いのせいではなかったと……本当にリーナのことが好きなのだと伝えたい。

＊＊＊

王宮に戻れたのは夜遅くになってからだった。予想通り、父とヴィスリーにこっぴどく怒られた。私情を優先するなど、兄なら絶対にしないだろうことをやってしまったことで気持ちは落ち着かないが、リーナのためにしたことだから後悔はしていない。

翌日の昼。

「姉に感謝しなさいよー。あなたの不在をきちんと埋めてあげたんだから」

執務室で憮然(ぶぜん)としながら変更が生じた予定の一覧を眺めていたところに、ふらりとベアトリスが現れる。

「それにしてもグラキエスの王女と旅行とはねぇ。今までさんざんご令嬢方を避けてきた人間と同一人物とは思えない。いったい何が王子様の心を溶かしたのかしら？」

確かに昨日のベアトリスは、アレクシスが出席予定だった行事にすべて出たと聞いている。そこは感謝しているが、どうしてこうも恩着せがましいのだろうか。こちらだって、ベアトリスがドタキャンした視察へ代わりに向かっている。

「まあでも、あの呪いのおかげであなたの女嫌いも克服できたみたいだから、よかったわね。アンネリーゼもほっとしていることでしょう」

「アンネリーゼ？」

聞き覚えのある名前に、アレクシスが思わず目を上げると、ベアトリスがにんまりと笑うのが見えた。無反応なアレクシスを釣るための罠だったらしい。

「そうよ、アンネリーゼ。まさか忘れたの？　あなたにキスされて、結婚の約束をしてもらったのに、次に会った時には突き飛ばされて、二度と話をしてくれなくなったと悲しんでいたわ。それからよね、あなたが茶会にも夜会にも、どんな令嬢からのお誘いにも絶対に乗らなくなったのは」

「……」

ニヤニヤ笑う姉に、アレクシスはこぶしを握り締める。せっかく忘れていた出来事なのに、事細かに話してくれるものだから、当時の嫌な気持ちが鮮やかによみがえってきた。

こちらを見ながら令嬢たちが囁く。彼女たちの話題にいつも自分が出てくる。

王太子だから注目されているのかと思ったら違った。アレクシスの一挙一動をただおもしろおかしく語っていただけなのだ。……その情報の発信源こそ、アンネリーゼだ。

アレクシスに優しい微笑みを浮かべて近づいてきた、若き侯爵令嬢。

「アンネリーゼが気にしていたのよ？　自分がアレクシスを傷つけてしまったから、彼が豹変してしまったんだって」

「そのアンネリーゼをけしかけて俺を笑い物にしていたのは誰ですか」

アンネリーゼはただ、人付き合いが下手で女慣れしていない友人の弟をからかいたかっただけだ。それは彼女たちにとっては日常的な、ちょっとしたお遊びだった。アンネリーゼに罪の意識はなかったはずだ。

「笑い物になんてしていないわ。女同士のよくある恋愛話よ」

むくれるベアトリスを見て、こと恋愛に関しては姉と自分との認識にかなり差があると痛感する。

「女同士はそれで済んでも、俺の気持ちは済まない、とは思わなかったんですか」

「あなたが驚くほど器が小さいということがわかって、よかったくらいよ。まあでも多少は責任を感じていたのよ？　だから、効果抜群だと聞いていたあの呪いの道具を、ミシェルに渡したんだもの」

アレクシスは耳を疑った。

あの呪いの道具を、ミシェルに渡した？

「……どういうことですか」

アレクシスはベアトリスに鋭い視線を向けた。

「言葉通りよ。私があなたを女嫌いにしたらしいから、私がなんとかしてあげようと思ったわけ。ミシェルなら私も親しいし、身分も年齢もあなたと釣り合うしね」

「つまり、ミシェル嬢に呪いの道具を融通したのは、あなたなのですか、姉上？」

ベアトリスの告白に、アレクシスは呆然となった。

「ミシェル嬢も呪術師も嘘をついていた、と？」

先日追及した際、ミシェルだけでなく呪術師もベアトリスとのつながりを口にしなかった。

「私が口止めしたのよ。二人とも約束を守ってくれて嬉しかったわ。ああ、誤解しないでほしいんだけれど、あの道具はもともと自分で使うつもりで手に入れたものよ。私も政略結婚が義務づけられた身だもの。ミシェルに頼まれたから譲っただけ。ミシェルの恋は叶わなかったけれど、あなたは女嫌いを克服できたんでしょ？　その証拠に、あの銀髪の子にはずいぶんご執心だもの。ま、グラキエスから縁談が来た以上、身を引くしかないと思うけれど」

ふふ、と笑うベアトリスの言い分に、血が沸騰するかと思った。

リーナをなんだと思っているのだ。

「どうしてそういう考えができるんです？　姉上にとってリーナは使い捨てができる道具か何かに見えているんですか」

アレクシスの怒りを抑えた声に、ベアトリスもさすがに怯んだようだ。

「何よ……人の厚意にケチをつける気？」

「厚意？　何が厚意なんですか」

アレクシスは込み上げる怒りを懸命に堪えながら、ベアトリスに聞いた。

「さっき言ったでしょ。あなたの女嫌いを治すために気を遣ってあげたのよ」

「それであんなものを持ち出してきたと？　俺の迷惑も考えずに？」

「こんなことになるなんて思わなかったもの。だからミシェルから顛末を聞いたあと、必死で道具を売ってくれた呪術師を捜したわよ」

「で？　それも感謝しろと言うわけですか？」

「そんな言い方はないのではなくて？」

ベアトリスがムッとする。もう、込み上げる怒りを抑えることができなかった。

「前から思っていた。姉上は俺の何が気に入らなくて、俺の邪魔ばかりするんですか。王位継承法で継承順位は男子優先と決まっている。ご自分のほうが次期国王にふさわしいと思っているなら、俺を害するのではなく法律の改正が先でしょう。やり方が姑息（こそく）すぎる！　無関係な人間を巻き込むな‼」

アレクシスは手にしていた書類を机に叩きつけた。大きな物音に、ベアトリスが一瞬だけ怯えたような顔をするが、すぐにいつもの不遜な表情に戻る。

「やり方が姑息？　権力の座にいる人間にとって足の引っ張り合いは常套手段でしょ。このくらい、お兄様ならうまくかわしてみせ……」

「あなたは、兄上の足は引っ張らないでしょう」

「……ええそうね。お兄様の足は引っ張らないと思う」

ベアトリスの答えに、アレクシスの怒りがまた一段階上がった。

「なぜ、兄上の足は引っ張らないのに、俺の足は引っ張るのですか？　そんなに女王になりたいのですか」

「別に女王になりたいわけではないわ。ただ、あなたが気に入らないだけよ」

きっぱりとベアトリスが言う。アレクシスは目を見開いた。ベアトリスの本音には気づいていたが、それでも彼女は「王太子をサポートする姉」という建前は貫いていた。真正面から本音をぶつけられたのは初めてだ。

「外育ちのあなたが私たちを羨んでいたのを知っているのよ。あの事故は偶発的なものかもしれないけれど、あの事故のおかげであなたは王太子の座とともに、ずっとほしがっていた王宮暮らしを手に入れた。あの事故がなければ、あなたはそのまま臣籍降下して地方領主で終わるところだったものね」

ベアトリスがアレクシスを睨みつける。しかしその目に涙が浮かび始め、アレクシスは信じられない思いで見つめていた。

「王宮に来たあなたときたら、見られたものじゃなかった。最初はおどおどしていたわね。こんな子が王太子なのかと絶望的な気持ちになったわ。そのうちあなたはお兄様の物真似を始めた。何もかもお兄様そっくりに行動して。はっきり言って気持ち悪いの！　あんなところに肖像画まで飾って、なんのつもり⁉」

ベアトリスが指さした先には、アルベルトの肖像画がかけてある。

「お兄様はお兄様なりに考えて努力して、ご自分で『王太子アルベルト』を作り上げていたのよ。アレクシス、あなたはどうなの。あなたが考えもなしにお兄様のフリなんてするから、お父様はおかしくなって離宮に逃げてしまうし！　ヴィスリーには王家のためになんて言われてあなたの補佐に就くように言われるし！　そんなことをしているうちに、私はもう二十六歳よ！　嫁き遅れにもほどがあるわ‼」

ベアトリスは涙をこぼしながら、つかつかと寄ってきてアレクシスが机に叩きつけた書類をつかむと、アレクシス目がけて投げつけてきた。

ピリッと、頬に痛みが走る。

書類が床に散らばる。

「お兄様のフリをしている限り、あなたはいつまでもまがい物のままなのよ。いいかげん気づきなさいよ。お兄様が本物の黄金なら、あなたはただの鍍金(めっき)！　同じように見えて全然違う。まがい物に利用されて人生を台無しにされるなんて、まっぴらよ!!」

ふーふーと肩で息をするベアトリスを、アレクシスはじっと見つめた。

ベアトリスが独身のまま国王の補佐に就いている理由を初めて知った。考えてみれば、アレクシスは王太子。いずれは国王になるのだから、国王の代理もアレクシス一人で十分なはずなのに、ベアトリスを配置される理由……それは、アレクシスのことを父もヴィスリーも不安視しているからではないか？

確かに、兄のやり方をなぞってきた自覚はある。父もヴィスリーもそれを望んだから。だから兄のやり方を真似すれば間違いは起きないと思っていた。

――俺がやっていたことは、兄上のまがい物を作り出すことだったのか？

ふと、展望デッキでのリーナが脳裏によみがえる。リーナの目に、アレクシスは立派な人物に映っていると言ってくれた。とても真摯に自分の立場と向き合っている、と。

アルベルトを知らないリーナには、アレクシスがきちんと努力を重ねているように見えた。だからリーナはアレクシスを認めてくれた。

――ああ、そうか。

「自分のやり方」でまわりを認めさせることが重要だったのだ。「アレクシス」が王太子として、次期国王として認められるためには。

アルベルトの真似をしたままでは、アレクシスはいつまでもアルベルトの模倣品でしかない。それ以上になることはないのだから、劣化版のままだ。それではいつまでたっても父やベアトリス、ヴィスリーがアレクシスに満足することはない。

どうしてこんな当たり前のことに気づけなかったのだろう。

リーナが何度も握り締めてくれた手に視線を落とす。いつだって、リーナは自分をまっすぐ見てくれていた。

兄は一人で歩いていけるのかもしれない。だが自分は無理だ。一緒に歩いてくれる人が必要だ。

グラキエスとの関係強化のためにエリザベータとの結婚が有効であることはわかっているが、自分が自分らしくあるためには、リーナは譲れない。

「目が覚めましたよ、姉上」

静かな口調のアレクシスに、頬を伝う涙もそのままのベアトリスが怪訝そうな顔をする。

「俺が俺であるために何が必要なのか、はっきりしました。今からそれを取ってきます。誰にも文句は言わせません。姉上にもたくさんご心配をおかけしましたが、俺はもう大丈夫です」

アレクシスはそう言うと、足元に散らばった書類を集めて机の上に置く。そして机の引き出しから日記と書類と指輪を取り出し、ベアトリスを置いて執務室をあとにした。

「え……あ、ちょっと、アレクシス！　どこに行くのよ！　また私に代役をさせる気!?」

後ろからベアトリスの慌てた声が聞こえてきたが、無視をする。

王宮の誇るアートギャラリーを見学中だったエリザベータのもとに行き、この縁談は受けることができないと断りを入れて、そのまま一人で王都中心部に向かう。

「わたくし、アレクシス殿下と結婚する予定でもありましたか？」

アレクシスが去ったあと、エリザベータが国から連れてきた侍女に不思議そうに聞いていたことは、アレクシスの知る由のないことだった。

＊＊＊

リーナは王都中心部にあるクルック通りの市場で、籠に盛られたベリーを真剣に見つめていた。

王都の中でももっとも賑やかな通りに面した広場には市場が立ち、大勢の人が買い物に訪れる。色とりどりの野菜や果物が並ぶ一角にベリーの籠が置かれていたのだ。そんな季節になったのかと思い、足を止めたところだった。

——久しぶりに焼き菓子を作ってみようかな。

ボーフォール学園では、淑女のたしなみとしてお菓子作りが推奨されていた。この季節、リーナは学校の裏山で採れるベリーを摘んでは焼き菓子を作ったものだ。

現在、グラキエスの王女が来訪中だ。新聞に二人の様子が載っていることもあり、王都はアレクシスとエリザベータの噂で持ちきりだ。リーナ自身も、二人の婚約は決定事項で、発表まで秒読みなのではと思っている。

アレクシスの噂が少しでも耳に入るとわけもなく涙が出てくるので、リーナは一生懸命、好きなものに取り組んで現実逃避に励んでいた。

お菓子作りもそうだ。たくさん作って、クライトン先生に持っていこうかな、などと考えながら籠に手を伸ばした矢先、誰かがひょいとリーナの取ろうとした籠を先に取る。

え、と思って目を向けると、シャツに幅広のタイ、ベスト、スラックスという初夏らしい装いのアレクシスが立っていた。

「店主、いくらだ?」

「四百ギリンになります」

慣れた手つきでお金を払い、ベリーを紙袋に包んでもらう。リーナはそんなアレクシスをぽかんと見つめていた。この人は誰、アレクシスによく似た誰かなのだろうか? 王子様がこんなに市場での買い物に慣れているはずがない。

「俺は十三歳まで田舎で育ったんだ。町にも出かけていたし。買い物くらいできる」

不思議そうな顔をしているリーナに向かってアレクシスがそう言い、紙袋を差し出す。

「今日は君に報告がある。少し付き合ってくれ」

ベリーを受け取りながら、リーナは思わずアレクシスの誘いに頷いた。


連れていかれたのは、リーナがよく行くカフェだった。オープンテラスの、通りに面した席に座る。

「お一人ですか?」

リーナはあたりを見回して、護衛らしき人物がいないことを聞いてみた。

「一人ではないが、近くにはいない。話を聞かれたりはしないから安心してくれ」

見た目だけでなく声も、ちゃんとリーナの知っているアレクシスだった。だとしたら、なぜ本物の王子様が町中をほっつき歩いているのだろう。会えて嬉しい気持ちより先に、疑問のほうがくる。何しろアレクシスはこの国の王太子なのだし、今はグラキエスの王女が訪問中である。それでなくても多忙な彼が、フラフラと外を歩けるわけがない。

「まずこれを君に返す。とても大切なものを俺に預けてくれてありがとう」

テーブルに着くなり、アレクシスが首からかけていた鎖を外し、リーナの前に鍵を置いた。

確かにカイルには大切なものだと言って渡した。返されるということは、アレクシスには迷惑だった、ということなのだろうか。

「これを返すために、わざわざここへ？」

仮に迷惑だから返しに来たのだとしても、なぜ今頃、それも直接返しに来たのだろう。アレクシスの立場なら人づてに返却しそうな気がする。だいたい、捨てたとしてもリーナにはわからないことである。

「いや、本題はこっち」

困惑しつつ鍵を見つめるリーナの前に、アレクシスがスッといくつかの書類と一冊の本、そして、黄金でできた大ぶりの指輪を差し出す。

「……これは……？」

困惑して目を上げると、

「指輪を取って」

アレクシスが指示する。リーナは指輪に手を伸ばした。ずっしりと重い。本物の黄金だ。

「竜に互い違いの剣は、グラキエスの王家であるアスローン家の紋章だ。グラキエスでは子どもが生まれると、そういう指輪を作る風習があるんだそうだ。紋章の裏に持ち主の名前がある。その書類や日記と一緒に見つけた」

「アスローン家？」

どうしていきなり、グラキエスの王家の話をされるのだろう？　意味がわからない。

「指輪の裏に刻まれた名前を見てごらん」

アレクシスに言われ、困惑しながらもリーナは指輪を傾けて紋章の裏を覗き込んだ。文字が彫ってある。

「エカテリーナ・シャノン・アスローン……？」

先ほどの説明を聞く限り、この指輪は「グラキエスのアスローン家のエカテリーナ」の持ち物、ということになる。なぜこれをアレクシスが自分に見せるのだろう？

「エカテリーナの愛称はリーナ。彼女は、当時の使用人にはリーナと名乗っていた。彼女の娘の名前は、その愛称に由来しているらしい」

「……え……？」

リーナは呆然とアレクシスを見つめた。

アレクシスは何も言わず、目だけで本を手に取るよう促してくる。

混乱した頭のまま、リーナは本を開いた。パラパラめくると、どのページにも手書きの文字がびっしり書かれている。日記のようだ。ページを最初に戻して目を走らせる。日記は、引っ越してきたところから始まっている。

日記の主は新婚のようだ。グラキエスから来ているようで、ベルンスターの文化や風習の違いに頑張ってなじもうとしていることがわかる。

ところどころに、グスタフやシリルの名前も出てくる。

「……お母様……？」

リーナは日記から目を上げ、アレクシスにたずねた。

「ああ。全部、その鍵の部屋にしまってあった」

「お母様のものはすべて処分されたと聞いていましたが……」

父は宝物を隠したと言っていた。継母に処分されずに済んだものがあったということか。

「その部屋にはほかにも、いくつかの宝飾品と肖像画があった。いずれも君のお母上の出自がはっきりわかるものだ。ただ、シリルによると君のお母上は素性を決して語らなかったそうだ。君のお父上は、お母上を守るために素性がわかる品をすべて地下室に隠したのではないかと思っている」

「……本当に……？　私のお母様、本当にグラキエスの……？」

父は、母のことはとてもきれいな人だったと言っていた。乗っていた船が難破して、グラキエスの船に助けられてグラキエスに連れていかれ、そこで母に会ったのだと。国に帰る父の船に母が勝手に乗り込んできて、もう引き返すことができないから、一緒にベルンスターに来たのだと。

日記を置き、次に書類を手に取る。

ひとつはリーナを嫡子として認めてほしいという嘆願書。それに対する却下の知らせ。

正式に結婚していない二人から生まれているので、リーナを嫡子にすることができなかった。それは以前シリルから聞いていたことだが、父がリーナを嫡子にしようと国に訴えてくれていたとは知らなかった。

もうひとつの書類は遺言状のようだ。リーナへ財産分与をする旨と、その目録が記してあった。ボーフォール学園への進学費用も含まれている。

つまり、リーナは継母に借金などせずに進学することができたのだ。

「君の継母が意図的に目録を隠し、君が受け取るはずの財産を横取りしていたんだ」

女学校時代、リーナの頭にあったのは常に「どうやって借金を返していこう」だった。まずは奨学金。次に待遇のいい仕事。そのためにはどうするべきか？

六年間、返済のことばかり考えていた記憶しかない。娘らしい装いも、友達との時間も、ほとんど持てなかった。楽しそうにしている級友たちを横目に見ながら、図書館の片隅に座り続けた。

――必要がない努力だったなんて……。

その事実をどう受け止めていいのかわからず、リーナはぼんやりとした気持ちのまま書類をテーブルに置き、アレクシスに目を向けた。

「君のお父上は、君のことが大切だった。君のお母上と、君のことを、本当に愛していた」

「……知っています」

父がどんなふうに母との思い出を語ってくれたか、今でも覚えている。

「現在、グラキエスの王女が訪問中なのは知っているか？　彼女は二十年前にベルンスター人と駆け落ちした叔母、つまりグラキエス国王の妹君を捜しているという。彼女の捜索に協力する中で、これを見つけた。このほかにもいくつか、君のお母上の品が残っていたよ。お母上は素性を隠したがっており、お父上はそれに応えた。同じ王族として、本当に好きな人と結ばれてひっそりと幸せに暮らしたいという気持ちは、わからないでもない」

リーナはじっとアレクシスを見つめた。

グラキエスには、血のつながった人がいるかもしれないとは思っていた。けれど、それが消えた王女だなんて……。にわかには信じられない。

「……この鍵は、父が亡くなる直前に渡してくれたものです。この部屋には、父の宝物があると。大人になって、大切な人ができたら。心から信頼できる人ができたら開けなさいと言われ、託されました」

リーナはテーブルの上の鍵を見つめながら、父から鍵を渡された日のことを思い出していた。

「父は母の話をたくさんしてくれました。でも、母が何者であるかは一度も教えてくれませんでした。だから私は、母の名前すら知らなかった。……とはいえ、その母がグラキエスの王女というのは、無理がありませんか？」

いろいろなことが一度に押し寄せてきて、理解もできなければ、心も追いつかない。アレクシスが嘘をついているようには思えないが、母親が実は異国の王女でしたと言われて、あらそうですかとすぐに納得できるわけがない。リーナは首を横に振って、指輪と日記と書類をアレクシスに押し返した。

「だが、エカテリーナ王女が行方不明になっているのもまた事実。でなければ、アスローン家の人間が直々に乗り込んできて捜索などするはずがない」

アレクシスが冷静に証拠を突きつけてくる。頭がパンクしそうだ。

「これだけの証拠があれば、リーナが手にするはずだったものをすべて取り返すことができる。お父上がリーナのために残した遺産だけでなく、身分も。お父上がくれた名前を人前で一度も名乗ったことがないのが、心残りだったんだろう？」

アレクシスの言葉に、なぜ彼がリーナの母親のことや、相続のことについて調べてきてくれたのかがわかった。そういえばアレクシスは以前にも、リーナに父が残そうとしてくれたものを諦めるなと言っていた。

けれど……。

「今さらそれを取り返したところで、なんになるというのです」

リーナは首を振って項垂れる。

「確かに私は伯爵家の生まれですが、貴族らしい生活を送った記憶がありません。社交界のお付き合いもできそうにない。今さら伯爵令嬢として振る舞うなんて無理……」

「俺が、名乗ってほしいのだと言ったら？」

アレクシスが強い口調で言い、テーブルの上に置いているリーナの手に自身の手を重ねてくる。

驚いて、リーナは顔を上げた。

アレクシスがまっすぐリーナを見つめている。

「リーナはボーフォールの乙女なのだから、貴族らしく振る舞おうと思えば振る舞えるはずだ。首席の君が誰かに劣るとは思えない。フェルドクリフの名を取り返して、もう一度俺の前に現れてくれ。そうしたら俺は跪いて正々堂々と君に求婚できる」

「求婚？」

リーナは訝しげに聞き返した。アレクシスは何を言っているんだろう？　呪いは解けているはずなのに。だいたい、アレクシスには同盟を結んだ大国から縁談が来ている。アレクシスがこの国を守るために結んだ同盟だ。

「……グラキエスの王女様はどうなるのです……？」

関係を盤石なものにするための縁談を、断ることなどできるはずもない。

「グラキエスとの縁談は断る」

「だめです、そんなことをしたら……」

「前にも言ったと思うが、俺のせいで兄は亡くなったと思っていた。家族だけでなく、ヴィスリーや議会も大切な王太子を失った。穴埋めできるのは俺だけだから、兄のような立派な人間になろうと。でもうまくできなくて、まわりの人を失望させてばかりで、そんな自分が嫌いだった」

重ねられた手は温かくて、呪いの気配はもう感じない。

「でも君は、俺は悪くないと言ってくれた。十分頑張っていると。俺は……誰かにそう言ってほしかったんだ。兄と俺を比較しないで、俺だけを見てくれる人がほしかった。君は、まっすぐ俺だけを見てくれた。君の存在がどれほど俺の支えになったかわからない」

アレクシスの真摯な言葉が胸に沁み込み、リーナの心を揺さぶる。

それは確かにリーナがアレクシスに伝えた言葉だ。リーナの言葉がアレクシスの救いになっていたのなら、これほど嬉しいことはない。

「そしてこれからも俺を支えてほしい。ずっと。……できれば、一生。――呪いはとっくに切れている。俺は、君が好きだ」

氷色の瞳がじっとリーナを見つめる。目が逸らせない。

アレクシスの告白に涙が込み上げてくる。大切な人の支えになれていたのだ。その大切な人からそばにいてほしいと言われた。

この二か月、ずっと寂しかった。アレクシスとは住む世界が違う、もう会えない人なんだと自分に言い聞かせていても、会いたいという気持ちが消えなくて、ずっとつらかった。

そばにいられるものなら、そうしたい。

けれど、と思う。

――難しいわよね。たとえ私が身分を回復したとしても、王族同士の縁談を断ることなんて……。

「その程度のことで国同士の約束がだめになったりはしませんわよ。それに、わたくし、別にアレクシス殿下にお嫁入りする予定はありませんよ？」

突如として明るい声が聞こえてきて、リーナとアレクシスはぎょっとして振り返った。

二人のテーブルの脇に、銀髪に菫色の瞳の女性が立っていた。グラキエス風のドレスをまとい、いくつものアクセサリーをつけた姿は、見るからに高貴で特別な女性だとわかる。

アレクシスとの話に夢中になりすぎて、人が近づいていたことに、まったく気づかなかった。

「エリザベータ殿下……なぜ、ここに」

アレクシスもさすがに動揺を隠せないようだ。声が上ずる。

エリザベータ……グラキエスの王女の名前だ。新聞で何度も目にした。

――この方が、アレクシス殿下のお相手。私の、イトコ……？

「ベアトリス殿下が、ここに行けばリーナさんに会えるわよとおっしゃるので、お言葉に甘えました。込み入ったお話をされている最中でしたので、お声がかけづらく。ですが、何か大変な誤解をされているようでしたので、思わず話しかけてしまいましたわ」

エリザベータが微笑む。

リーナはそんなエリザベータを凝視した。

エリザベータの顔は、確かに自分と似ている気がする。

まさか、そんな。さっきの話は、本当だったというのか。

「初めまして、リーナさん。わたくし、グラキエスのエリザベータと申します。先ほどアレクシス殿下がおっしゃった通り、わたくしは父の指示でベルンスター人と駆け落ちした父の妹、わたくしにとっては叔母を捜しに来ましたの。アレクシス殿下にご協力いただいて、叔母を捜し当てたのですが、すでに亡くなっておりまして。でも、叔母のお嬢様にはこうしてお目にかかれました」

アレクシスから話を聞いた時は半信半疑だったが、エリザベータも同じ話をするのでは信じないわけにはいかない。二人が揃ってリーナを騙す理由はないからだ。

「父はずっと、叔母の行方を捜し続けていたのです。それはもう、執念深く」

「執念深く……？」

「ええ。ただ、ベルンスターとは国交がなくて叔母の行方をつかむことができなかったのです。だから、アレクシス殿下から同盟の打診が来た時、父は両手を挙げて喜びましたわ。比喩ではなく」

ほう、とエリザベータは頬に手を当ててため息をつく。

「まあ、とにかく、わたくしはアレクシス殿下に嫁ぐ予定はありませんので、そこはご安心くださいませね」

「待ってください、俺は縁談だと聞いているのですが……？」

アレクシスが混乱したようにエリザベータに聞く。

「タイミング的にはそう思われてもおかしくありませんわね。どなたかが勘違いされたのでしょう」

その時、エリザベータに一人の女性が近づいてきて、耳打ちをした。銀色の髪の毛に菫色の瞳。雰囲気からしてエリザベータの侍女であろう。

「わたくしの馬車のせいで渋滞が起きているそうなので、そろそろ行きますわね。……ああ、そうだわ、大切なことを忘れていました。リーナさん、その指輪をわたくしにお預けくださいませんか？叔母を見つけた証として父に見せたいと思います。その後、わたくしが責任を持ってリーナさんにお返ししますから」

エリザベータがそう言って手を差し出すので、リーナは状況がのみ込み切れないままテーブルの上にある金色の指輪をエリザベータに渡す。指輪を手のひらに包み、エリザベータは二人に頭を下げると、侍女を伴ってあわただしく去っていった。

「……話が中断してしまったな。リーナ、さっきの返事は？」

その姿を見送ったあと、アレクシスがリーナに向き直る。

「返事？」

「俺はリーナが好き。リーナと一緒にいたい。グラキエスからの縁談は誤報だった。君の返事を聞かせてほしい。俺は、君に返事をもらわないと身動きができない」

アレクシスがじっと見つめる。アレクシスの言い分はわかる。

「……嫌なら嫌と言ってくれたらいい。ただ沈黙はだめだ。俺は君の口から答えを聞きたい」

「私は……」

目の前にいるのはリーナの好きな人。同時に、この国の王太子。アレクシスの求婚を受け入れるということは、王太子妃、やがては王妃になるということでもある。王妃の役割が国王の隣でニコニコしていることだけではないことくらい、リーナにもわかっている。

「アレクシス殿下のことが好きです……」

だが、アレクシスの祈るような表情を見ていたら、ぽろりと本心がこぼれた。

お互いの立場を考えれば、ここできっぱり断るべきだとは思う。けれど、それは嫌なのだ。リーナ自身が諦めたくないのだ。目の前にいる人とずっと一緒にいたいのだ。この二か月、アレクシスのいない日々を過ごして嫌というほど痛感した。

自分がどれだけアレクシスのことが好きだったかを。

そしてアレクシスもリーナと一緒にいたいと言ってくれている。

もう、あの忌まわしい呪いは存在しない。アレクシスは、呪いに操られていない。

想いがあふれ頬を涙が伝い落ちる。

「その好きは、俺と同じ気持ちなのだろうか？」

「……はい」

アレクシスが一瞬驚いたあと、心底安堵したように大きく息を吐く。

「でも、よろしいのですか……？　私をお妃に選んだら、いばらの道が待っていますよ」

涙声で聞けば、

「覚悟もなしに君を口説いたりしない。いばらの道、上等だ」

アレクシスが手を伸ばしてリーナの頬の涙をそっと拭ってくれた。

リーナはテーブルの上にある母の日記に目をやる。

リーナがアレクシスの妃になろうとしたら、問題は山積みだ。そんなことはわかっている。でも、アレクシスのそばにいられるのなら山積みの問題がなんだというのだ……という気持ちにもなる。その程度でそばにいられるのなら、お安いものだ。

——お母様も、同じ気持ちだったのよね。

でなければ、国を捨てるなどという決断ができるわけがない。父についていくよりも、父に未練を残しつつ国に残ったほうが、平穏な生活を送れたはずだ。でも母は父の乗る船に勝手に乗り込んでついてきた。山積みの問題なんて、好きな人と離れ離れになってしまうことに比べたら些細（ささい）なことだったのだ。きっと、そう。

「母が国を捨てた気持ちが、今ならわかります。不思議なものですね、私も母と同じ決断をすることになるなんて。……いばらの道、上等です。アレクシス殿下とご一緒できて光栄です」

「ずいぶん堅苦しい言い方だなぁ」

迷いを吹っ切って微笑むリーナに、アレクシスも笑ってみせる。久しぶりに彼の笑顔を見た。

今日の決断を後悔する日が来るかもしれない。

でも、何があってもこの人と一緒なら大丈夫。

そう思える人に、何度も出会えるわけがない。

カフェでお茶を飲み、少し話をしたあと、アレクシスが伝票とリーナの買い物用のバスケットを持って立ち上がる。

「ほかに買い物は？　それくらいなら付き合える」

「ありません。お菓子の材料は、宿の厨房（ちゅうぼう）にあるはずだから」

「帰るのか？　なら、部屋まで送ろう」

そう言って手を差し出すので、おとなしく手をつないでポプラの綿毛が舞う町並みを歩いていく。

彼の手は何度も手のひらで包み込んだが、こうしてつなぐのは初めてだ。大きくてごつごつしていて、力強い。リーナの大好きな手だ。なんだか嬉しくて、つい指先に力を込めたら、アレクシスも握り返してくれた。

リーナにとっては歩き慣れた道を歩き、宿のエントランスをくぐる。

ばらの咲く中庭を抜けて、部屋に続く階段を上る。

アレクシスによると、少し離れたところに護衛がついているとのことだったが、ちらりと振り返って確認した感じでは、宿の敷地内に誰かがついてくる気配はなかった。

「……ここが私の部屋です。ありがとうございました」

リーナは一番奥のドアの前で立ち止まり、アレクシスを振り返る。

「また、使いを出す。グラキエスの王女がいる間は忙しいから、王女が帰国したら、だな」

「はい。お待ちしております」

「……リーナ。その……、君に口づけをしても……いいだろうか？」

にっこり笑ってみせると、アレクシスが少しだけためらってから切り出す。

「ええ、構いません」

平日の昼間なので、廊下には人の気配がない。リーナが頷くと、アレクシスがおずおずといった感じでリーナの顎を持ち上げ、顔を寄せてきた。

唇が重なる。感触を確かめるような優しい口づけにうっとりしていたら、不意に強く抱き寄せられた。驚く間もなく口をこじ開けられ、舌が差し込まれる。舌先で歯の形を確認され、根元から舐め上げられる。密着度の高い口づけに、鼓動が速くなり体温が上がる。舌同士をこすり合わせられた時には、足の力が抜けそうになった。

背中に回された腕がもどかしげにリーナの体をたどる。触れられた部分からゾクゾクとなんとも言えない刺激が体中に広がる。じっとしていられない衝動に突き動かされてほんの少し体をねじったら、おなかの下のほうに硬いモノが当たった。

アレクシスが何を求めているか、痛いほどわかる口づけだ。前に展望デッキで口づけされた時には戸惑いのほうが大きかったが、今はまっすぐに求められることが嬉しい。

リーナをすっぽり腕の中に閉じ込めたまま、アレクシスが唇を離す。目元が赤くなり、氷色の瞳が熱に浮かされて潤んでいる。

「……ごめん。性急すぎたな……。でも、嬉しくて。リーナからすぐにいい返事をもらえるとは、期待していなかったから……」

アレクシスが照れ臭そうに微笑む。

「……ごめんなさい。私たちは立場が違いすぎるから……」

「ああ、わかっている。だけど俺は逃がす気はなかった。ただ、時間は必要だろうなとは思っていた」

「……それにしても、ずいぶんな心の変化ですね。初めてお会いした時は本当に冷たかったのに」

リーナの指摘に、アレクシスは少しだけバツが悪そうな顔をした。

「あれは本当に悪かったと思っているよ。だからこそ、君に振り向いてほしくてここまで必死になっているんだから。……リーナ、もう少しだけ、君に触れてもいいだろうか……？」

アレクシスの言葉に頷けば、アレクシスは唇ではなく首筋に自身の唇を落としてきた。皮膚の柔らかい部分を唇で食まれ、足から力が抜ける。

慌ててアレクシスにすがりつくと、その反応に気をよくしたのか、今度は舌先が首筋をたどる。

「……っ、ん……っ」

駆け抜ける刺激に思わず声を漏らすと、今度は耳の縁を舐められた。

「あ……っ」

強くて甘い刺激に、アレクシスの背中に思わず爪を立ててしまう。そんなリーナに構うことなく、アレクシスは舌先を這わせ続ける。舌先が動くたびに甘い刺激が体中を駆け巡り、体から力が抜けていく。反対に、心臓がドキドキして体の奥が熱くなる。下腹部に押しつけられている硬いモノも気になる。

「リーナ」

唇を離してアレクシスが耳元で名前を呼ぶ。何度も、何度も。

リーナはアレクシスの体に腕を回したまま、その声を聞いていた。もう間近で聞くことはないと思っていた、リーナの大好きな声だ。

どれくらいそうしていただろうか。やがて、アレクシスがそっと体を離す。

「……どこかで少し、気持ちを落ち着けないとな。このままでは人前に出られそうにない」

アレクシスが苦笑する。それが先ほど下腹部に押しつけられた硬いモノを意味していることくらい、リーナにもわかる。

「……でしたら、私の部屋で少し休んでいかれますか？　狭いですけれど」

リーナはそう言うと鍵を開け、ドアを開いた。

アレクシスが目を丸くする。

「リーナ、何を言って……そう簡単に、男を招き入れるものではない」

「……アレクシス殿下以外、入れるわけがないでしょう」

赤くなりながら、リーナはアレクシスを見上げた。

「そうではなくて」

「次にお会いできるのは、しばらく先になるんでしょう？　もう少しだけ、アレクシス殿下と一緒にいたいんです。だめですか……？」

アレクシスが固まる。リーナは真っ赤な顔のままアレクシスの手を引き、部屋の中に招き入れた。ドアを閉じて振り返り、固まったままのアレクシスの唇に、背伸びをして口づけをする。

はしたないと思われただろうか。でも、アレクシスのそばにいたいという気持ちは抑えがたい。

不安に苛まれながら二度、三度、ちゅっと音を立てて唇に吸いつけば、アレクシスがリーナの体をかき抱いて先ほどのキスの続きをくれる。硬いモノが下腹部に当たる。今度は当たるだけではなく、アレクシスが押しつけてくる。何度も、何度も。そうしているうちにそれが硬度を増していく。

アレクシスに強く求められているのがわかる。リーナも同じ気持ちだ。アレクシスに応えたい。どうすれば彼に伝わるだろう？

あふれる気持ちを持て余し、リーナはアレクシスの体に腕を回すと自分からアレクシスの舌に舌を絡めていった。

さんざんリーナの舌を味わったあと、アレクシスが唇を離してリーナを見下ろす。

「リーナ……俺は、君が好きだ。君がほしい」

「わ、私も……アレクシス殿下と……」

恥ずかしくて全部は言えず、アレクシスの胸にぽんと顔を埋めた途端、アレクシスがリーナを抱き上げる。

部屋の造りはワンルームだから、中に入ればすぐにベッドが見える。シンプルで飾り気のないベッドにリーナを下ろし、脇の窓にかかるカーテンを引いて、アレクシスが上からのしかかってくる。

「……引き返すなら今だ。今ならまだ」

見下ろしながらそう告げる彼に、引き返す意思がないことを示すために、真っ赤な顔のままリーナは両手を差し伸べた。リーナの気持ちがわかったらしい。アレクシスが顔を寄せて唇を重ねてくる。さっきの噛みつくようなキスとは違って、唇に吸いつくだけのキス。やがてアレクシスの唇はリーナの頬や額にも同じように吸いついてきた。くすぐったくて体をよじれば、今度は耳に、首筋に、さらには薄いブラウスの上から鎖骨にも。頬や額と違って皮膚が薄く敏感な場所への口づけは、くすぐったさ以外のざわめきを呼び起こす。

そうしているうちに、体がわずかな刺激にも敏感に反応するようになる。特に大きなざわめきを起こす部分を刺激されると、勝手に体が跳ねてしまう。アレクシスも気づいたようで、リーナの反応がいい部分を見つけると念入りにキスしてくる。される側は大変だ。静かな水面に絶え間なく小石を投げ込まれているようなもので、リーナの体はざわめきが押し寄せ続けて落ち着かない。

体が熱くなり、呼吸が上がる。ズキズキと、下腹部の奥に血が集まり脈動を感じる。

なぜその部分が反応するのかわからないが、同時に今まで感じたことがないもどかしさも灯る。

もどかしさを逃がそうと足をもぞもぞさせたら、リーナが苦しがっていると思ったのかアレクシスが体を起こした。アレクシスの目元は赤くなり、瞳は明らかに熱で潤んでいる。

「……知っていると思うけど、俺は女性とこういうことをした経験がない。だから、うまくやる自信もない」

「大丈夫、私もないですから」

「……女性の初めては痛いらしいな。痛い思いをさせたらごめん」

自信なさげなアレクシスに、リーナは微笑んだ。痛いという話はあちこちで聞いているが、大好きな人を受け入れる痛みなら我慢できると思う。

問題ないということを伝えるために、リーナはもう一度さっきと同じように腕を伸ばす。

しかし今度はさっきと違い、アレクシスによってその腕を引っ張られてベッドの上に体を起こす形になった。

アレクシスがリーナのブラウスに手を伸ばし、胸元のボタンを外す。

「呪いにかけられてすぐの頃、ヴィスリーに言われたんだ。心というものは、自分で制御できるものではない。こと、恋に関しては、と」

ふと思い出したようにアレクシスが言いながら、ブラウスをはぎ取り、その下につけているコルセットのリボンに指をかける。

「ヴィスリー閣下が？」

聞き返すリーナの胸元でしゅる、という音がしてリボンが抜かれ、コルセットが緩んだ。あ、と思った時にはもう、コルセットを外される。

「やけに実感がこもっていたから、ヴィスリーにも身に覚えがある感情なのかもしれないな」

その下にまとっている薄い生地のシュミーズも、肩紐を落とされてしまう。

あっさり晒された胸に、大きな手が直接触れてくる。人に見せたことのない場所を触られていることが恥ずかしくて、リーナは真っ赤になった。正面から触られているから、アレクシスの手つきが全部見えてしまうのがまたリーナの羞恥心を煽る。

「そんなもので押さえつけているから気づかなかったけど、実は胸が大きいんだな……柔らかい」

リーナの羞恥などお構いなしでアレクシスは胸に触れてくる。なぞったり、揉んだり、双丘がどのようなものか確かめているようだ。

「そ……そうですか？　普通だと思うけど……」

「リーナはもっと、自分が美人でスタイル抜群だということを自覚したほうがいいと思う」

胸のふくらみで遊んでいたアレクシスの指先が、不意に頂をかすめる。突然の甘い刺激にリーナの体が大きく揺れた。それに気づいたアレクシスの指が、今度はわざと、両方の胸の頂に触れてくる。

「ま……待って」

敏感な場所への刺激ゆえに、リーナの中で広がる波紋の大きさは首筋へのキスとは比べ物にならない。何より触られるたびに体がビクビク震えるのが恥ずかしくてたまらない。アレクシスの体を引きはがそうと突っ張ったら、逆に顔を寄せられて胸の頂を口でくわえられてしまった。

指先とは違う刺激は強烈で、目の前でちかちかと星が躍る。体の奥が熱くて何かがどろりと溶け出し、両脚の間からあふれ出す。

外はまだ明るく、遠くから町の喧騒が聞こえる。そんな中で大好きな人にずいぶんみだらなことをされている現実に、リーナは頭がくらくらしてきた。体に力が入らない。

ふにゃふにゃになってしまったリーナに気づいて、アレクシスが顔を上げる。

「さっきは真っ白だったのに、今はきれいなピンクになっている」

そんなリーナを再びベッドに横たえて、腰のあたりにたまっていたブラウスやコルセットを床に放り投げる。リーナのスカートに手を伸ばし、ウエストを締めるボタンを外す。

「待って……」

「待てない。あんまりゆっくりすると、外についてきている連中がここに踏み込む」

「ええ⁉」

アレクシスの告白に、リーナが驚いた声を上げる。

「一人ではないが、近くにはいないと言っただろう。何人か近衛騎士がついてきている」

「待って待って待って、それって私たちの行動が筒抜けという意味なんじゃ……」

結婚どころか婚約もしていないのに体の関係を持ってしまったとなると、大問題だ。特にヴィスリーは荒れそうな気がする。

「筒抜けで問題ない。が、踏み込まれるのは嫌だ」

「なぜ問題ないの⁉」

問題だらけだと叫ぶリーナに、アレクシスが目を上げる。

「リーナに求婚したことは、どうせ公になることだからな。向こうも前もって知らせがあるほうがありがたいだろうし」

向こうというのは議会のことなのかヴィスリーのことなのか、リーナにはわからなかった。リーナが驚いている隙をついて、アレクシスがボタンの外れたスカートを素早く抜き取る。えっ、と思った時にはもう、最後に残った下穿きにまで手がかかっていた。

おなかのあたりから下穿きの中に手を差し込まれ、拒む間もなくもっとも敏感な場所に触られてしまう。

「ま……待ってってば！」

いったい何度待ってくれと言っただろうか。

焦った声を上げたリーナの唇を、アレクシスが自分の唇でふさぎに来る。舌先が入り込んでくるキスでは、何も言えない。

アレクシスはキスでリーナの抗議を封じ込める一方、指先は秘所をまさぐり続ける。やがて指先がぬかるんだ部分を見つけ、そのあたりを丁寧に撫で始めた。さっき何かが溶けて、あふれてきたような感じがしたあたりだ。触られることで、思っていた以上にそこが濡れていることを知る。

触られているうちに、あの体の奥のもどかしさが耐えがたいほどに高まっていく。触れられて特に感じてしまう部分は体がビクンと反応してしまうので、アレクシスにはもうバレバレなのだろう。気がつくとそんな部分ばかり重点的にこすってくる。絶え間なく送り込まれる強くて甘い刺激に、頭がどうかなりそうだ。

そのうちアレクシスが舌先と指先の動きを連動させ始めた。リーナとしてはたまったものではない。もどかしさのうねりが大きくなり、体の中で荒れ狂う。だがもどかしさを解放するには至らない。

「すごい、ぬるぬるだ」

しばらくしてアレクシスが腕を引き抜き、指先をリーナの前に示してみせた。指先がねっとりと濡れている。

「女性は気持ちいいとこんなふうに、内側から蜜があふれてくるんだそうだ。これはけっこう、きてるよな？　リーナ」

アレクシスが嬉しそうに笑うので、リーナは恥ずかしさから顔を逸らした。

「あ……アレクシス殿下こそ、どうなんです？　私ばっかり触っていても、アレクシス殿下はちっとも」

「それは大丈夫。かわいいリーナを見ているだけでこんなふうになっているから」

アレクシスがリーナの太ももあたりに昂りを押しつける。

「正直、生身の女性相手に自分が反応できるなんて思っていなかったから、驚いているし、嬉しい」

「生身……反応……え？」

「俺の女嫌いは筋金入りだからな。こんなふうに誰かに欲情したことがない。だから妃選びなんてしたくなかった」

しみじみとアレクシスが呟く。

確かにアレクシスは女嫌い……とは聞いているが、そんな悩みを抱えていたなんて知らなかった。というより、

──そこまで筋金入りなのなら、この一連の不埒な行いはなんなの⁉

「アレクシス殿下、本当に初めてなんですか？　すごく手慣れている気がします」

ためらいや戸惑いなどが感じられない手つきに、どうにもアレクシスが未経験だとは信じがたい。

「初めてだよ」

アレクシスが体を起こしてシャツのボタンを外していく。

「嘘。絶対に初めてじゃない！」

リーナの非難にアレクシスは小さく笑っただけだった。答える気はないらしい。

アレクシスが下着と一緒にズボンを脱ぎ捨てる。彼の裸体の中心にあるものが目に入り、リーナは思わず固まった。色も形も大きさも、リーナが想像していたものとはずいぶん違う。そんなリーナから、アレクシスが下穿きをはぎ取る。そして再びリーナの上にのしかかってくると、今度はリーナの脚を抱えて膝に唇を落としてきた。

唇は膝からリーナの太もも、そして先ほどさんざん指を遊ばせた秘所へ。

「ま……待って、そこは汚いから！」

リーナの抗議は受け入れられず、アレクシスの舌先が秘所にたどり着く。指とは違いざらざらとした舌先がぬかるみに這わされたかと思うと、そのすぐ近くにある敏感な部分を舐めてくる。

あまりに強烈な刺激に腰が跳ね、目の前で星が躍る。

「リーナは本当にわかりやすいなあ」

脚の間でアレクシスのくぐもった声が聞こえたかと思うと、下半身をがっちり押さえ込まれ、再びそこを舐められる。

「いや……やだ、それ、いや……っ」

ぴちゃぴちゃという水音はわざとなのだろう。とっくに耐えがたいほど快楽を高められているので、リーナの陥落はあっという間だった。

「あ、ああ――――っ」

大きな声を上げ、シーツをつかんで自由になる上半身を大きく逸らせる。解放された時の落下は長くて深い。

やがて体の力が抜け、リーナはシーツの上に崩れ落ちた。体が熱く、呼吸が上がる。アレクシスが顔を上げ、リーナの上に覆いかぶさってくる。彼の体もまた汗ばんでいた。

「リーナ、入れるよ」

リーナの膝をつかんで広げ、ぬかるみの源に自身の雄芯を押しつける。何度か往復させ、丸みを帯びた先端を入口で遊ばせたあと、ぬぷりと熱いものがリーナの隘路（あいろ）に侵入してきた。

異物の侵入に、リーナは息を詰める。リーナの怯えた気配に、アレクシスが動きを止めた。

「……大丈夫」

リーナは安心させるように言って、アレクシスの体に手を回し、そっと引き寄せる。

「痛いか？」

アレクシスが囁くように聞く。

「大丈夫」

リーナの言葉を受けて、雄芯がゆっくりと肉をかき分けて沈み込んでくる。引き裂かれるような痛みが走り、体がこわばったが、今度はアレクシスも動きを止めなかった。

「これで全部だ。まだ痛むか？」

アレクシスの問いに、痛みを堪えながらリーナは首を横に振った。痛いと言えば彼が気にしてしまう。気にしてほしくなかった。

「アレクシス殿下は……痛くありませんか？」

「痛くはない。すごく……気持ちいい。幸せすぎて泣きそう」

アレクシスがかすかに声を震わせながら、リーナの頭を抱き込む。

「今まで、女に溺れていくやつを軽蔑していた。何がそんなにいいんだと思っていた。……撤回する。俺はもうリーナなしでは生きていけない。好きな女の子に受け入れてもらえることがこんなに嬉しいなんて、知らなかった」

アレクシスがぐり、と差し込んだ楔を中で動かす。なんとも言えない感覚が体を突き抜けてリーナは喘いだ。

「君は、呪いがきっかけで俺が君に恋をしたと思っているかもしれないが」

アレクシスが腰を動かし始める。最初は小さく、ゆっくりと。

「あ、え……？　あ……いや、またきちゃう……」

アレクシスの動きにつられて体が揺さぶられるうちに、リーナの体の奥に再びあのもどかしい衝動が灯る。アレクシスの楔がその衝動を煽る。

「呪いの騒動があろうがなかろうが、俺は君に恋をしたと思うよ。初めて君を見た時、俺はもう君に囚われていたから」

自分ばっかり快楽に翻弄されるのはずるい。アレクシスも少しは翻弄されてほしい。でもどうやったらアレクシスを翻弄できるのかわからない。

「わ、私……も、アレクシス殿下のことが……、んん……っ」

最初は小さくゆっくり動いていたアレクシスの動きが、次第に大きくなっていく。つられるように、リーナの中の衝動も大きくなる。一度味を覚えたせいか、快楽の炎が燃え広がるのは速かった。

「あ……あ、んふ……っ」

高まっていく快感をアレクシスの楔が煽る。

「わ、私ばっかり、……っ」

リーナは涙目になりながらアレクシスにすがりついた。

「俺も気持ちいい。リーナ、許してくれ。これ以上は優しくしてやれそうにない」

アレクシスの腕がベッドとリーナの間に差し込まれ、力いっぱい抱きしめられる。背中がしなったせいで角度が変わり、アレクシスとの結合部分が深まる。

アレクシスの動きが大きくなる。がっちり拘束されているので、リーナはどうすることもできない。アレクシスの背中をかき抱く手に力を入れながら、揺さぶられ続けた。

「……も、もう……！」

自分では止められない奔流に、リーナはアレクシスを強く抱きしめた。

「リーナ、愛してる」

アレクシスがひときわ強く腰を押しつける。

「わ、私も……、あなたを愛してる……っ」

体を強い衝撃が突き抜け、リーナはアレクシスの背中に爪を立てた。

終章　一目惚れの呪いにかかった王子様と私の顚末

十月。

「それにしてもきれいなお屋敷ですね。二十年も誰も使っていなかったなんて、信じられない」

夕食のあと、アレクシスと連れ立って廊下を歩きながら、リーナはあたりを見回した。

「定期的に手入れしていたそうだからな」

アレクシスも感心した声を上げる。

「でも、私が王家所有のお屋敷をいただいてもいいのでしょうか」

「国王陛下がいいと言ったんだから、いいんだよ」

アレクシスとリーナはグラキエスの王都から馬車で一時間ほど西にある、湖のほとりに建つ屋敷に来ていた。

夕食を終えたので、星が一番美しく見える部屋から星空を見ようということになったのである。

ここから見る星空が湖にも映ってそれは幻想的だからと、グラキエス国王自身がすすめてくれたのだ。

なぜ二人してグラキエスにいるのかというと、グラキエス国王の在位二十年を記念する祝賀会に呼ばれたからである。祝賀会を挟んで十日ほど滞在する予定だ。その滞在先として、グラキエス国王が用意してくれたのが、この湖のほとりの別荘だった。

「伯父様によると、この季節は運がよければ流れ星も見ることができるそうですよ」

星が一番美しく見える部屋こと主寝室のドアを開けながら、リーナが振り返る。

アレクシスもリーナもそれぞれ部屋を用意してあるため、主寝室は使う予定がない。だから主寝室には明かりの類はなく、暗闇に沈んでいた。

廊下に灯してあるランプの明かりを頼りに、部屋の中に入る。

「伯父様、か。グラキエス国王を伯父と呼べるのはリーナくらいだな」

アレクシスの指摘に、リーナは微笑んだ。

「伯父様にはほかに兄弟姉妹がいらっしゃらないから、私だけですね」

母エカテリーナは失踪後、亡くなったことにされているため、リーナは公式にはグラキエス国王の姪とは認められなかった。だが、グラキエス国王個人はリーナを姪と認め、支援を約束してくれた。

この屋敷は、王女だった頃の母が別荘として使っていたものだという。母が失踪後も「ひょっこり帰ってくるかもしれないから」と、グラキエス国王は屋敷の管理を続けていたのだそうだ。

『エカテリーナの面影が残っている場所だ。ここをリーナにあげよう』

王都の宮殿を訪れた際、グラキエス国王はそう言ってリーナに別荘の鍵を渡してくれた。

『グラキエスを訪れた際の滞在先として使うといい。宮殿は人が多いからな、人の目が少ないほうが気楽に過ごせるだろう』

そう言って、宮殿に到着早々、アレクシスとリーナはこの別荘に送られたのである。

てっきり宮殿内に滞在すると思っていたので驚いたが、確かにほかの招待客と一緒に過ごすのは気を遣うので、正直ありがたい。もちろん本当に二人きりというわけではなく、この別荘付きの使用人のほか、アレクシスたちが連れてきている随行員も一緒だ。

荷ほどきも終わり、夕食も終えたところで、アレクシスはリーナを星見に誘ったという次第である。

さかのぼること四か月ほど前の、六月。

アレクシスの求婚を受け入れたものの、リーナは「リーナ・バートン」という平民の娘でしかない。王太子妃が平民の娘ではさすがに許可が出ないだろうということで、リーナの身分の回復をしてから正式に求婚を……そのための手続きを調べるところから……という話を二人でしていたさなかに、突如としてベルンスターの表玄関、スウェレンの港にグラキエスの大艦隊が現れ、艦隊の最高責任者が国王に面会を求めてきたのである。

当然、王宮は「何事か」と上を下への大騒ぎになった。滞在中のエリザベータは「何も聞いておりませんわ」と微笑むばかり。

王宮で最高責任者を迎えてみれば、それはグラキエスの国王その人だった。

「我が妹、エカテリーナが助けを求めていると聞いて駆けつけた」

グラキエス国王は悪びれるでもなくそう言ってのけ、ヴィスリーと国王を唖然とさせたという。

その時の様子は、あとになってアレクシスとエリザベータから教えてもらった。

エリザベータはリーナから預かった黄金の指輪を、すぐさまグラキエスに送っていたのだ。グラキエスの風習である「子どもが生まれた時に作って渡す一族の指輪」は、一生肌身離さず持ち歩くものなのだという。それが一族のもとに送られてくる意味は「問答無用で助けてくれ」。指輪を受け取った一族は、全力で指輪の持ち主を救いに行くのだそうだ。ただしこれは、めったなことでは使われない、最後の手段であるらしい。

「お父様を呼び出したほうが早いかなと思ったのですよ」

とは、エリザベータの弁である。

グラキエス国王が妹に面会を求め、その妹は亡くなっているが妹の子は生きている、ということでリーナが王宮に呼び出され、図らずも伯父であるグラキエス国王との面会が叶った。

王宮に保管してあった、母の遺品を持ってグラキエス国王と面会した時のことはよく覚えている。いろいろ血のつながりを示す証拠品を揃えたにもかかわらず、グラキエス国王はリーナを一目見るなり、「エカテリーナによく似ているな」と目を細めてくれたのだ。

そして母の遺品を眺めながら、母エカテリーナの話をたくさん聞いた。

子どもの頃からおとなしくできない性格で、すぐに王宮から抜け出してしまったこと。それくらいなら監視をつけて出歩かせてみるかということになり、エカテリーナは市中での奉仕活動に生きがいを見出していったこと。

グラキエスは鎖国政策を取っているが、海難事故の救助は行っている。エカテリーナは彼らへの支援もよく行っていたらしい。

そしてある日、エカテリーナは若いベルンスター人男性と出会う。

「彼は大けがをしていて、救助された時にはひどく衰弱していた」

実はその人物に会ったことがある、とグラキエス国王は呟いた。

「遺書をエカテリーナに託したらしい。それがエカテリーナの怒りに触れて」

「なぜ……？」

「わからん。まあ、エカテリーナは挑戦されると受けて立ちたくなる性格なのでな。絶対生きて国に帰すと世話を焼いているうちに、そなたが腹に宿った、と」

しみじみとグラキエス国王が語る。両親のロマンスはリーナの予想以上に早い展開だった。

「そなたの父は健康を回復した。そうするとグラキエスに置いておくわけにはいかない。エカテリーナは王女だ、異国人とは結婚できない。腹の子は堕ろしたくない。エカテリーナに取れる手段はひとつしかなかった」

確かに、その状況なら母は父についていくほかになさそうな気がする。

船の中で母を見つけた時の父は、さぞ驚いたことだろう。

だが、それで納得できた部分もある。父が親戚中から縁を切られてもなお、母を正妻として扱おうとしたこと。生まれてきたリーナを、嫡子として認めさせようとしたこと。……母が亡くなった時、父が人目もはばからずに大泣きしたこと。リーナの銀髪をいつも褒めてくれたこと。

母の素性を実の娘にすら隠そうとしていたこと。

母の遺品をこっそりと地下室に隠していたこと……。

父は深く母のことを愛していた。同じくらい、リーナのことも愛していた。そして父は精一杯、愛する家族を守ろうとしてくれていた。

「エカテリーナが抜け出す前日、私は頭ごなしにエカテリーナを非難してしまったのだ。気丈な妹を泣かせてしまったことが、ずっと心残りだった。エカテリーナには会えなかったが、エカテリーナの娘に会うことができた。天国にいるエカテリーナの計らいだろうな」

グラキエス国王の言葉に、リーナも頷いた。

グラキエス国王という後ろ盾を得たリーナは、フェルドクリフ家の娘として戸籍を戻してもらった。これはリーナが訴えたものではなく、継母が意図してリーナに遺産を渡さなかったことが問題視され、リーナの戸籍変更が無効となったためである。この不正行為により、パトリシアの伯爵位は剝奪され罰金を支払うことになった。フェルドクリフ伯爵の位はリーナが継ぐことになったが、エドアルドが成人すれば譲ろうと思っている。

こうしてリーナは「リーナ・バートン」から「フェルドクリフ伯爵リーナ・クラン・フェルドクリフ」になった。父が残してくれた遺産も宝物もすべて手に戻ってきた。とはいえ、何も知らないリーナに伯爵の仕事が務まるわけがないため、家のことや領地のことはアレクシスが派遣した代理人が見てくれるという。

継母はこの一件ですっかりふさぎ込んでしまい、屋敷に引きこもっているという。エミーリアとエドアルドは引き続き王都の学校に通っている。エミーリアは以前に比べるとすっかりおとなしくなったと、エドアルドの手紙には書いてあった。

そしてグラキエス国王の電撃訪問からひと月後、グラキエスから「リーナをグラキエスの王族として認めることはできないが、グラキエス国王の姪であることは認める」という通知が届いた。これで何が変わるわけでもないが、母方の実家に存在を認められたことは嬉しかった。

同級生たちから遅れること四か月、社交シーズンの最後の舞踏会で社交界にデビューしたリーナは、アレクシスからその場で求婚をされた。

アレクシスがリーナを選んだことに議会は難色を示したが、意外にもベアトリスが強く後押しをし、国王もそれに頷く形でアレクシスとリーナとの婚約が認められた。

結婚式は翌年の六月と決まり、それまでの間、リーナは王宮で妃教育を受けることになった。

弟の結婚を後押ししたベアトリスは「アレクシスが伴侶を得たのなら私はもう不要でしょ？」と、国王代理補佐の辞意を表明。「これからはやりたいことをやって生きるのよ！」と早速、荷造りして外国旅行に出かけてしまった。アレクシスの結婚式までには帰ってくるとのことである。

そして国王もまた、数年にわたり国王の代理を務めてきたアレクシスを認め、アレクシスとリーナの結婚をもって王座を譲ると宣言した。

王太子とグラキエス国王の姪との結婚話のおかげで、ベルンスター国内はますますグラキエスブームが過熱し、新設されたばかりのグラキエスへの定期航路は、すでに予約でいっぱいだという。

そんな中、アレクシスとリーナのもとにグラキエスから国王在位二十周年の祝賀会への招待状が届いたのだ。それで二人してグラキエスを訪問しているのである。


大きなカーテンを開けると、窓の外に湖が広がっていた。

星空の明かりを湖が反射して、窓の外一面に星空が広がっているように見える。

息をのむ美しさとは、こういうことを言うのだろう。

「伯父様がおっしゃっていた通りね。すごい、湖を一望できますね」

窓に張りつき、リーナは感嘆の声を漏らした。

「本当だな。星がこんなに見えるなんて。湖畔に降りなければ無理と思っていた。夜の水辺は危ないから近づきたくなかったんだよな……誰かさんが突然飛び込んだら困るから」

すぐ背後に立ち、アレクシスがしみじみと言う。オーデンで水に落ちた時のことをからかわれ、リーナは赤くなった。

「あれは……」

「そうだ、その前には壁を蹴破っていたな」

「だから、あれは……」

「あ、思い出してきたぞ……通路のドアも壊れていた。体当たりしたんじゃないか？　リーナのおかげで、ボーフォールの乙女を見る目が変わってしまったよ」

「もうっ。あれは、もともと脆くなっていたんですっ」

真っ赤になって振り返ると、すぐ後ろでアレクシスが堪え切れずに噴き出す。

「凶暴ではないけど、おとなしくはないかな。見た目は月の妖精みたいなのに」

アレクシスがふわりと後ろから抱き着き、リーナの首筋に唇を落とす。敏感な場所に吸いつかれて、ゾクゾクと背筋を刺激が走り抜けていった。そんなつもりでいたわけではないので、リーナは焦ってしまった。

何しろ今は夕食後、時間帯としてはまだ遅くない。使用人も随行員たちも屋敷の中をうろうろとしている。

「ね、ねえ……星を見に来たんでしょう？　あ、そうだ、今の季節、よく流れ星が見えるんですって。流れ星が消える前に願い事をすれば、その願いは叶うって伯父様が」

「リーナの願い事はなんだ？」

後ろから抱きしめられたまま耳元で問われる。吐息が耳にかかってくすぐったい。

「私は……」

「俺はリーナと二人きりになりたい」

アレクシスの低い声に甘い響きがこもっていることに、一気に体温が上がる。

「ふ、二人で会うことなんていつでも」

「会うだけならな。だが、常に誰かの目がある」

確かに、リーナはアレクシスと同じ屋根の下に暮らしているので、会おうと思えばいつでも会える。けれど、アレクシスのそばにはカイルがいたり、侍従がいたり。リーナも似たような状況だ。キスどころか、手をつなぐこともできない。結婚式前に間違いがあってはいけないということらしいが、とっくに一線を越えているアレクシスはそのせいでかなり不満をため込んでいる。

「で、でも、ね」

アレクシスの不満は知っているが、王宮側の言い分もわかるのだ。リーナのための婚礼衣装作りは始まっており、もし妊娠してしまったら、せっかく作ったドレスを着ることができなくなってしまう。

「リーナは俺と二人きりになりたくはないのか？」

言いながらアレクシスの手がリーナの上着のボタンを外す。デザイン性重視の大きめボタンはすぐに外され、その下のブラウスのいくつかのボタンも器用に外し、そこから不埒な指先が侵入してくる。

後ろから抱き着かれて欲が滲んだ声で囁かれたせいで、リーナの体はすでにあの日の記憶がよみがえっている。六月のあの日、アレクシスと結ばれた時の幸せな気持ちは忘れたことがない。

「それは、もちろん、二人きりにはなりたいです。でも、こういうことをするのは」

「嫌なのか？　だったらやめるけど」

コルセットに包まれていない部分をしきりに撫でていたアレクシスの指が出ていこうとするので、リーナは慌ててブラウスの上からアレクシスの手を押さえた。

「やめなくてもいいということか？」

アレクシスが耳元で囁く。リーナは真っ赤になりながら小さく頷いた。

あの日の幸せな経験を、何度も反芻（はんすう）してはこの次にアレクシスに触れられる日を心待ちにしていたなんて、言えるはずもない。……でもそれは、結婚式の夜だと思っていたから、心の準備ができていなくて慌てたのだ。

「リーナは本当にかわいいな」

アレクシスが一度ブラウスの中から手を引き抜き、その手でブラウスの残りのボタンをすべて外す。あっという間に上着とブラウスを取り払われ、リーナの上半身はコルセットだけになった。

目の前には大きな窓ガラス、その向こうには息をのむほど美しい星々。なのに自分は後ろからアレクシスによって衣類をはぎ取られている。

「ね、ねえ、窓からは離れましょう？　外から丸見えです、ここ」

アレクシスの指がコルセットを締める背中の紐にかかる。ここでコルセットを外されたら、裸体を晒すことになってしまう。それはいくらなんでも恥ずかしすぎると焦って提案するが、アレクシスは意に介した様子もなく紐をほどいていく。

「アレクシス殿下ってば……！」

「この窓の下は湖畔の森で、その向こうは湖だ。誰もいないよ。それにこの部屋は明かりをともしていないから、外から中の様子は見えない」

「そういう問題では……！」

リーナが抗議している間に背中の紐がほどかれ、コルセットが胴体から離れる。ひんやりとした空気の中にふたつのふくらみがこぼれ落ちると、すかさずアレクシスの両手が後ろから触れてきた。同時に、首筋に唇が落とされる。吸いついたり、舌先でくすぐったりと、さっきの触れるだけの口づけとは違う、明らかにリーナの気持ちを煽るための口づけだ。

アレクシスの指先がリーナの胸の頂に触れる。もっとも敏感な場所のひとつを優しく撫でられ、首筋へのキスとも相まってゾクゾクと快感が体中を走り抜ける。足がわなないて力が抜けそうになり、リーナは体を支えるために思わず窓ガラスに手をついた。

アレクシスが今度はスカートに手をかける。腰紐をほどくと、スカートとペチコートが一緒にストンと床に落ちた。残るはもう下穿きと靴下に室内履きだけだ。

「ま……待って」

アレクシスの左手が再びリーナの胸で遊び出す一方、右手は下穿きの中に滑り込んでくる。驚いたリーナが抗議のために体をひねって後ろを向くと、その姿勢のまま唇を奪われた。

入り込んできた舌先がリーナの舌を絡め取り、口蓋をくすぐる。大きな手の一方はリーナの胸を揉みしだき、ツンととがってきた先端をつまんだり爪先で引っかいたりし、もう一方の手は柔らかな茂みをかき分けて体の一番奥に忍び込んでくる。

どこか一か所だけでもリーナを興奮させるのに十分なのに、同時に三か所も攻められて一気に高みに連れていかれる。心臓が破裂しそうなほど早鐘を打ち、体温が上がって体が汗ばむ。

屋敷の人々は夕食後ということもあって、ほとんどが一階の食堂や居間のあたりにいるはずだ。主寝室は二階の一番奥だから、階下の物音も届かない。明かりもない静かな主寝室に響くのは、二人の息遣いと舌先を絡め合う音と、アレクシスがリーナの下半身をもてあそぶ音だけだ。

下穿きが邪魔になったのか、アレクシスがリーナに言わせている手を離し、下穿きを引き下げる。促されてその下穿きを足から引き抜いたので、リーナは靴下と室内履きだけだ。

再び指が胸の頂と下半身に戻る。後ろからリーナを抱き込むようにして下半身に這わせているアレクシスの指が、蜜壺（みつつぼ）からこぼれる蜜をすくっては陰核にこすりつけ始める。もっとも感じる場所を、もっとも感じるようにねっとりと刺激されて目の前でちかちかと星が躍る。自分でも内側からどんどん蜜があふれているのを感じる。アレクシスは気づいているだろうか。恥ずかしい。

ずっと夢に見ていたことだが、現実はリーナが想像していたよりもずっと確かで力強くて容赦なくリーナを追い上げる。

やがて指先は陰核を離れ、蜜をあふれさせる壺につぷりと差し込まれた。

指の腹で内側をこすられ、体がわななく。

体の奥が熱くてたまらない。この熱を鎮めてほしいのに、差し込まれた指先は鎮めるどころかその熱をどんどん煽る。

早くこの熱をどうにかしてほしい。頭がおかしくなりそうだ。

「ん……ふ……っ」

「リーナがかわいすぎるからいけない」

もどかしさが限界に達し、思わず喘いだ瞬間、アレクシスがぼそりと呟く。

「……え？」

「このましたい」

そう言うと、背後からスラックスのベルトを抜く音が聞こえた。

このままとは、どういうことだろうかと思っているリーナの腰を、アレクシスがぐいと引き寄せる。

「もう少し、脚を開いて」

言われるままに少しだけ脚を開くと、熱くて硬いモノが後ろからリーナの蜜壺にあてがわれた。それがゆっくりと、だが力強くリーナの中に押し入ってくる。大きなモノに隘路を開かれて、リーナは喘いだ。強い刺激に目が潤んで涙がこぼれてくる。

「あ、あ……んんっ……」

体の奥に灯る熱がアレクシスの侵入を歓迎し、思わず鼻から抜けるような声が出てしまう。ずっとほしかったものが与えられて心が満たされる。

強い刺激に体から力が抜け、リーナはガラスに顔を押しつけ、アレクシスにお尻を突き出す姿勢になってしまった。そんなリーナの腰をつかんで、アレクシスがゆっくりと自身の腰を押しつけてくる。

あ、あ、と言葉にならない声が漏れる。

アレクシスがリーナの名を呼ぶ。何度も何度も呼んでは腰を押しつける。切なさと欲情が入り混じった声に、アレクシスをくわえ込んでいる蜜壺がきゅうきゅうと収縮する。

「リーナ、そんなに強く締めつけるな……っ」

アレクシスが苦しげに呻く。

その余裕のなさと穿つ動きから強く求められていることがわかり、嬉しさに想いがあふれる。それは涙となってリーナの頬を幾筋も伝い落ちていった。

「く、そ……っ」

アレクシスが低く呟いて動きが大きくなる。リーナはガラスに涙で濡れた頬を押しつけたまま、揺さぶられ続けた。一番奥を突かれるたびに、体の奥の熱が大きな波となってリーナに襲いかかる。

「あ、ま……待って、きちゃう……っ」

狂おしいほどの快感に、リーナはたまらずに悲鳴を上げた。この快感は危険だ。のみ込まれてしまったら何も考えられなくなる。獣と同じになってしまう。そんな姿を好きな人に見せてしまうのは怖い。呆れられたら。失望されたら。そんな思いから、リーナは本能的に体をよじらせて、アレクシスが与えてくる悦楽から逃げようとした。けれど、アレクシスはリーナをつかんで離さない。容赦なく腰を打ちつけてリーナの最奥を抉り続ける。

「俺も……、我慢できない……っ」

アレクシスの切羽詰まった声が背後から聞こえる。

「あ……あああああっ」

もう何も考えられない。逃げられないようつかまれているせいで、追い上げられていくことに抵抗ができない。ついにリーナは叫び声を上げて背中を反らせた。強い快感が突き抜けて、頭が真っ白になる。高いところから突き落とされていくような感覚。

アレクシスが呻き声を上げてひときわ強く腰を押しつける。

体ががくがくと震える。おなかの奥に温かいものがじんわりと広がるのを感じた時、視界の端で何かが動いた。

なんだろうと思って目だけ窓の外に向けると、夜空にスッと光の筋が浮かぶのが見えた。

それひとつだけではなく、いくつも、いくつも、いろんな方向に向かって光っては消えていく。

リーナはそれを、何も考えられない頭で見つめていた。

「……リーナ、大丈夫か……？」

しばらくして、アレクシスが自身を引き抜く。どろりとこぼれたものが内股を伝い落ちていく。

崩れ落ちそうになるリーナをアレクシスが支え、向かい合うように立たせてくれた。

「え、ええ……大丈夫です」

そうは言っても、足ががくがくして一人で立っていられそうにない。

「悪かった。我慢ができなくて……」

ばつが悪そうにするアレクシスを改めて見ると、彼の顔も上気して目は潤み、着衣もスラックスの前だけがはだけている。とんでもないかっこうだ。

「本当です。ひどいわ。……嘘です」

アレクシスがショックを受けた顔をしたので即座に否定し、リーナはそっとアレクシスに体を寄せて唇に口づけた。

その口づけが再び熱を帯びてくるのに、時間はかからなかった。

気がつくとリーナは主寝室のベッドに連れていかれ、アレクシスに組み敷かれていた。

つないだ手から伝わるのは、アレクシスの体温のみ。再びアレクシスの楔を打ち込まれ、揺さぶられながら、リーナは窓の外に目を向けた。窓辺ではないから、ここから流星は見えない。

さっき、アレクシスに願い事を聞かれても、何も思い浮かばなかった理由がわかった。

リーナの願いはもう叶っていたのだ。

リーナを支えてくれる人たちはいたものの、ずっと一人ぼっちで寂しかった。でも、もう一人ぼっちではない。一緒に生きてくれる人を得た。

あとは、アレクシスがリーナと叶えたいと思う夢が叶えばいい。

――それが私の願い事。


その夜、箍（たが）が外れたようにお互いを求め合った結果、二人は主寝室でそのまま寝てしまい、翌朝、使用人や随行員に大捜索されてしまった。

また、アレクシスが派手につけたキスマークのせいで用意したドレスでは支障が出ると、リーナは王宮のエリザベータに泣きつく羽目になったのだった。

グラキエス風のドレスをまとったリーナはエカテリーナにそっくりとなり、グラキエスの人々を驚かせたのはまた別の話。

あとがき

ほづみと申します。このたびは『一目惚れの呪いにかかっても、王太子とは恋に落ちません』を手に取っていただきまして、ありがとうございます。

この作品は私にとって初めての書き下ろしとなります。ケンカップルが書きたい！　というところからのスタートでしたが紆余曲折があり難産でございました……。そして通貨の単位で気づかれた方もいらっしゃるでしょうか、今作は前作と同じ世界、前作から約五十年後の別な国が舞台、という設定でした。最初は前作とのつながりを感じさせるような記述もあったのですが、いつの間にか消えてしまい、通貨の単位だけがその名残、という。物語は特につながっていないので前作を知らなくても大丈夫です。

今作のイラストは鶴(つる)先生に担当していただきました。表紙は「任務なのに惚れられちゃった⁉」がテーマだそうです。クールなアレクシスと困惑したリーナがたまりません。二人を素敵に仕上げてくださって、ありがとうございます。

いつも迷いがちな私を導いてくださる担当様。今回も大変お世話になりました。書き上げられたのは担当様のおかげです。

この本に携わってくださったすべての方々に、この場を借りてお礼申し上げます。

最後に、ここまでお付き合いくださいました読者の皆様に、心からの愛と感謝を。

ほづみ

一目惚れの呪いにかかっても、王太子とは恋に落ちません

著者　ほづみ

2023年2月5日　初版発行

発行人　藤居幸嗣

発行所　株式会社 J パブリッシング
〒102-0073　東京都千代田区九段北3-2-5 5F
TEL 03-3288-7907　FAX 03-3288-7880

製版　サンシン企画

印刷所　中央精版印刷株式会社

ISBN：978-4-86669-546-4
Printed in JAPAN